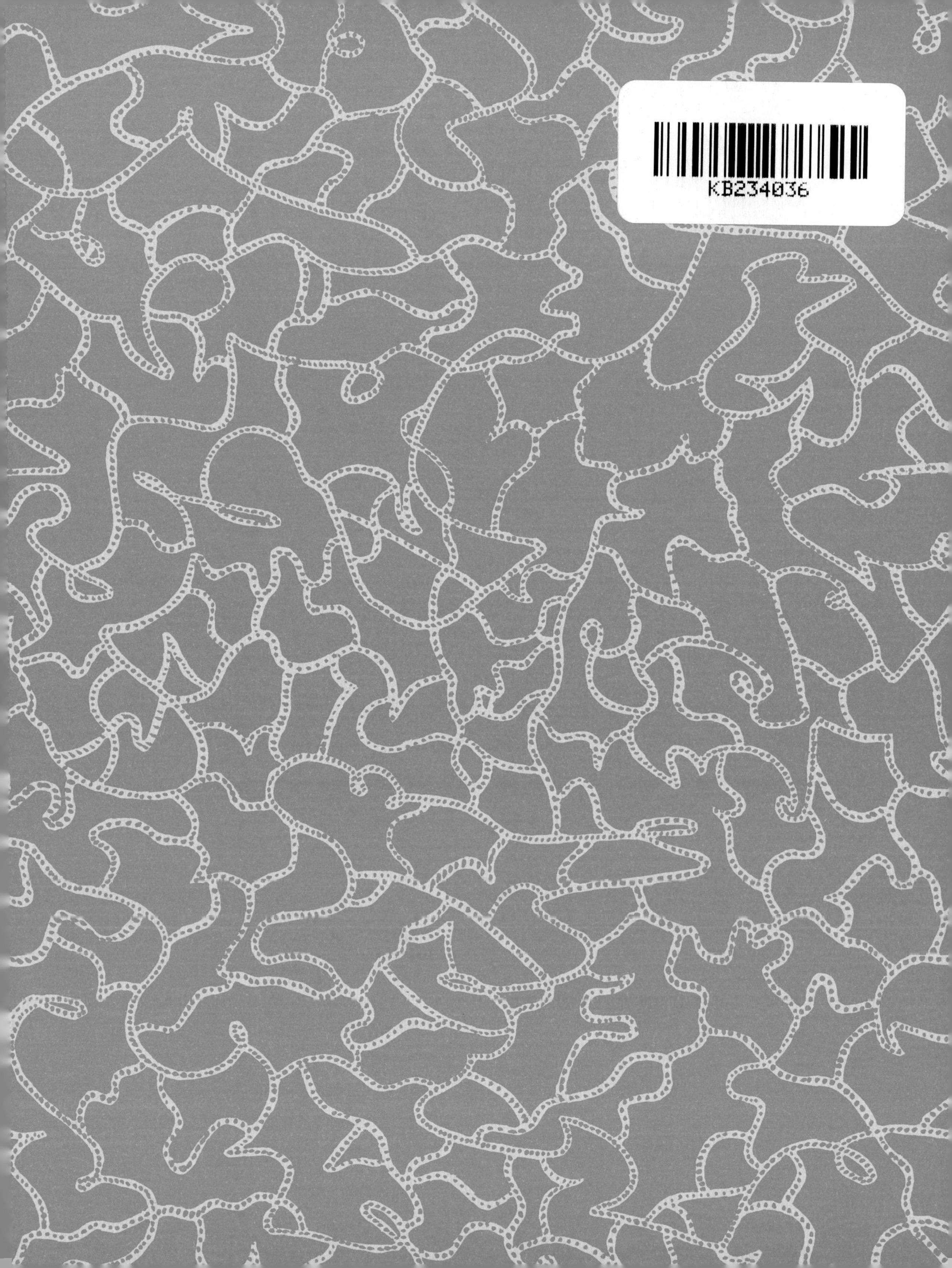
KB234036

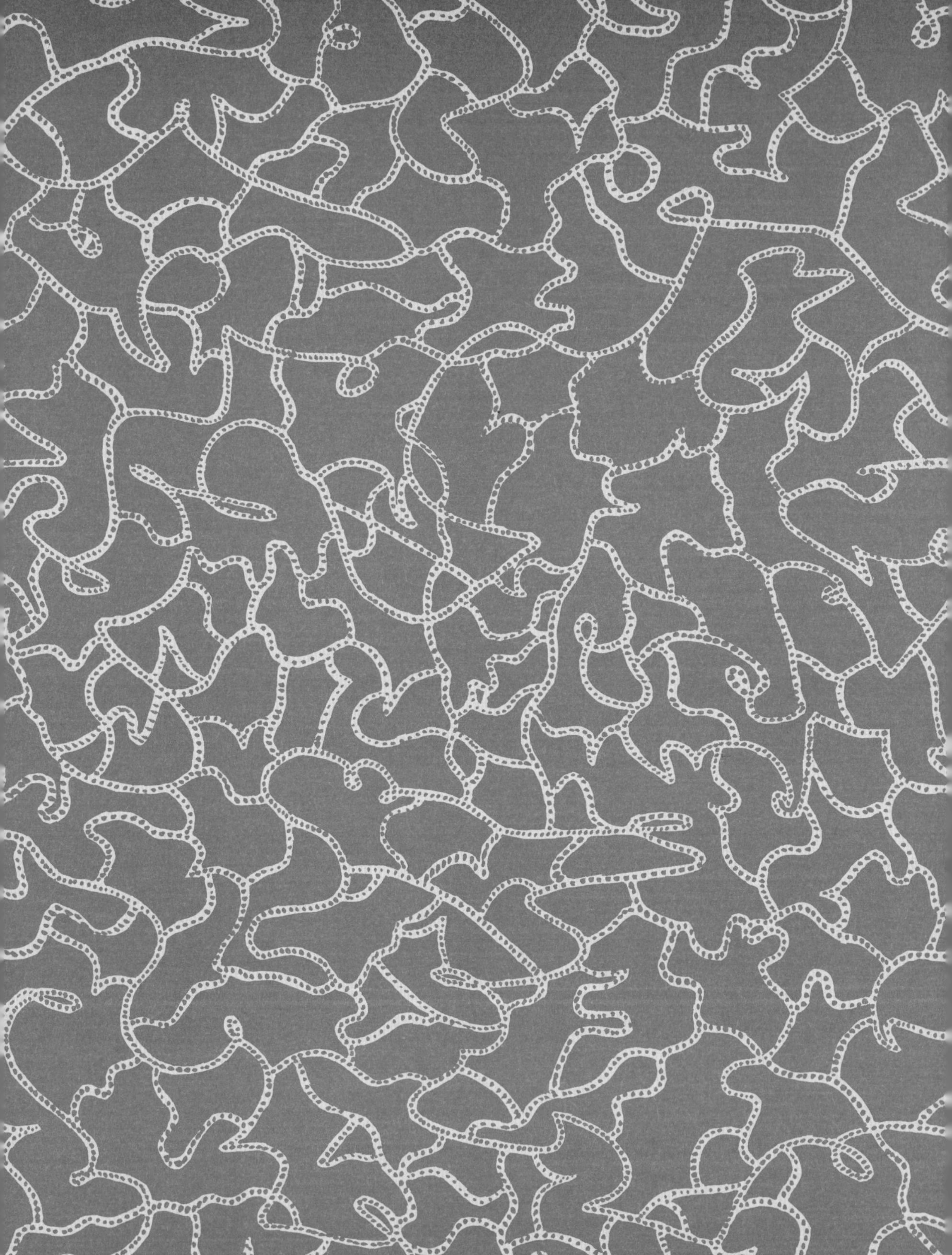

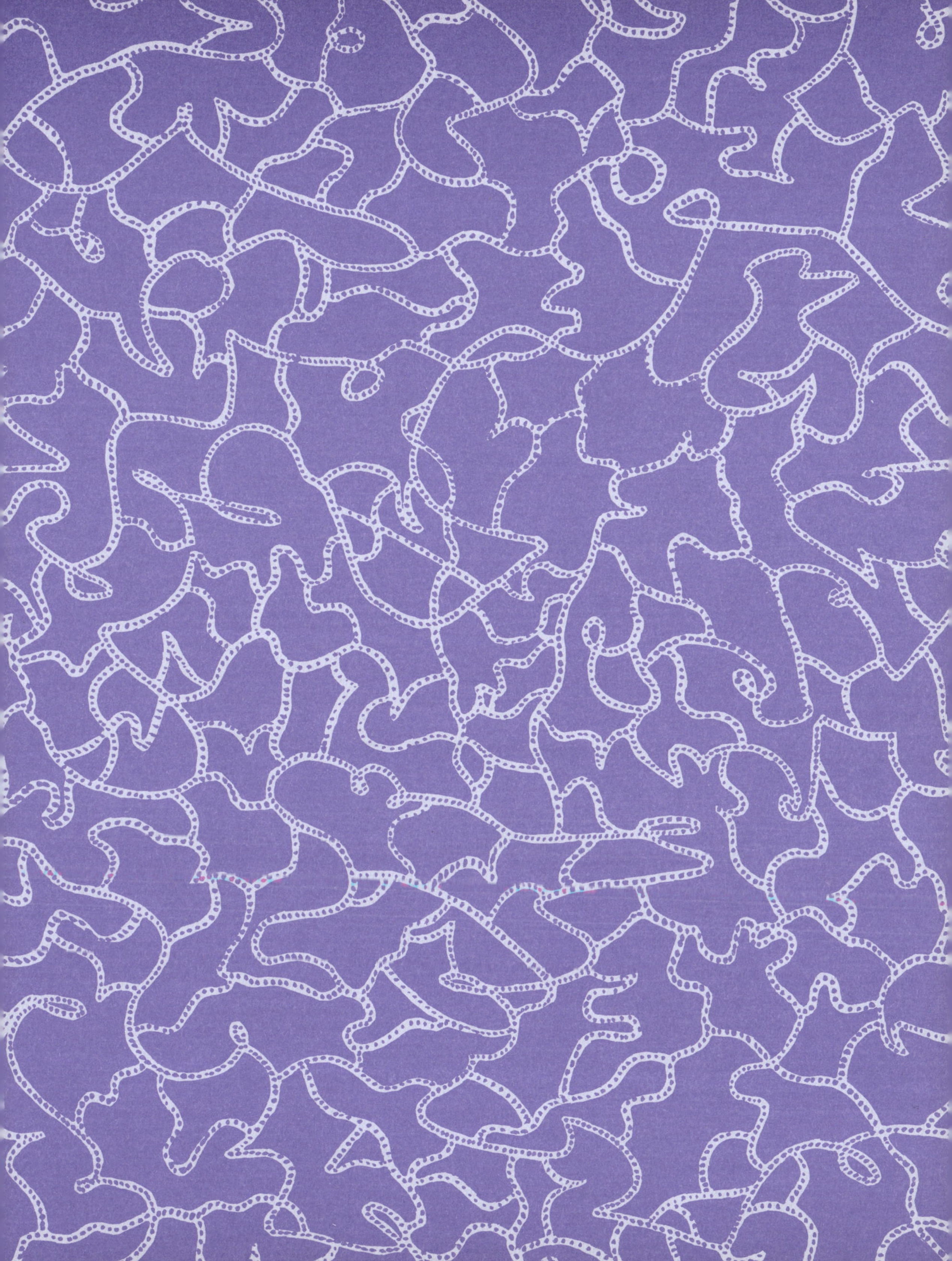

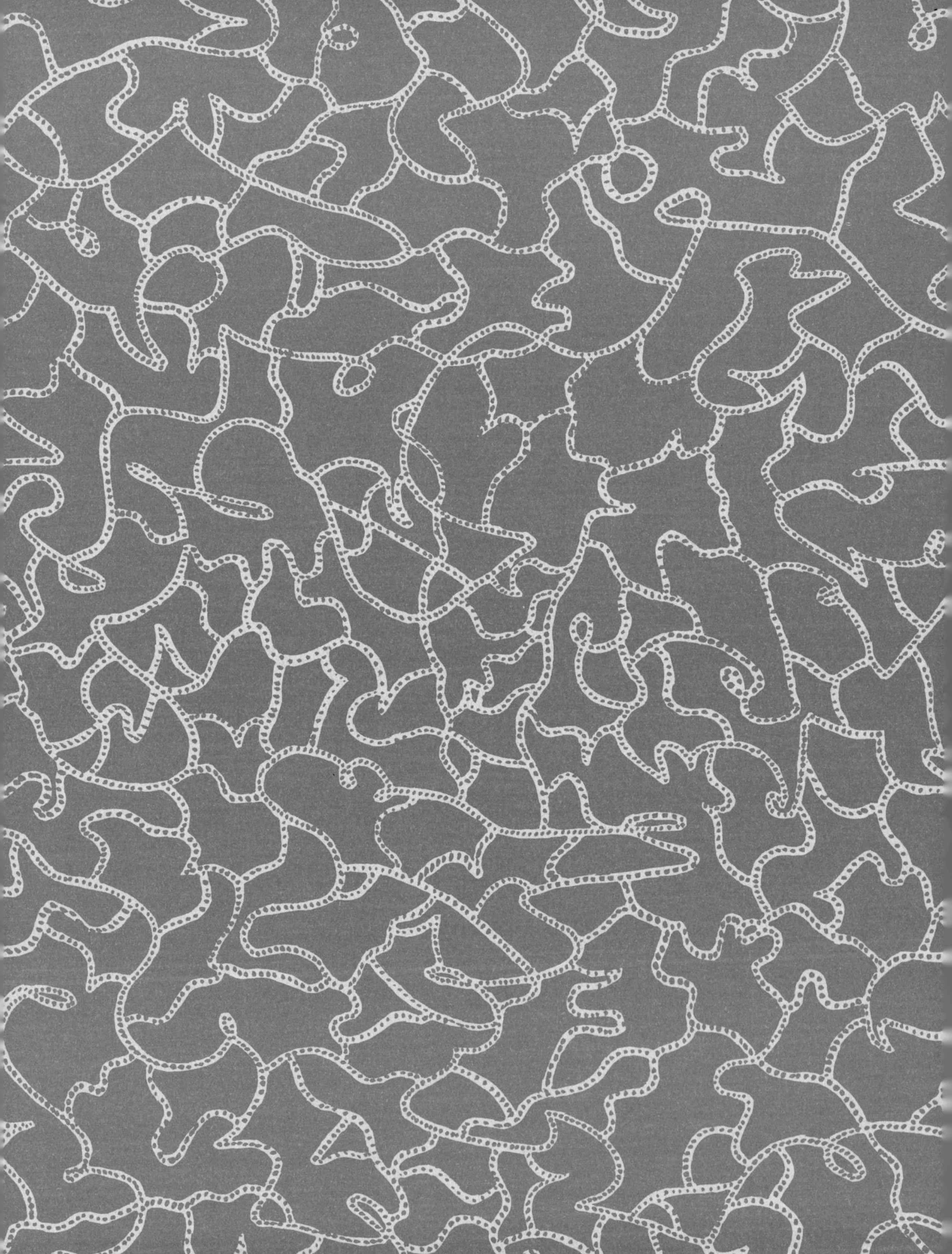

중학 교과서
고전 읽기

중학 교과서 고전 읽기

초판 1쇄 2013년 03월 27일
초판 6쇄 2024년 08월 19일

지은이 박홍순

책임 편집 황여진
마케팅 강백산 · 강지연
디자인 이인희

펴낸이 이재일
펴낸곳 토토북
주소 04034 서울시 마포구 잔다리로7길 19, 명보빌딩 3층
전화 02-332-6255 | **팩스** 02-6919-2854
홈페이지 www.totobook.com | **전자우편** totobooks@hanmail.net
출판등록 2002년 5월 30일 제2002-000172호
ISBN 978-89-6496-134-6 43100

중학 교과서 고전 읽기

박홍순 지음

팀

중학 교과서 속 고전을
왜 미리 읽어야 할까?

아마 이 책을 자녀에게 주려고 집어든 학부모 독자가 있다면, 이렇게 생각할지도 모르겠다. '이런 어려운 고전들이 중학교 교과서에 나온다고?' 고전은 요즘 시대에 상상력의 원천이자 창의적인 사람이 되기 위한 필독서로 권유된다. 그래서 많은 사람들이 고전 읽기에 도전하지만 고전을 한 권이라도 제대로 읽어 내는 건 쉬운 일은 아니다. 더구나 책보다 인터넷으로 정보를 얻는 게 훨씬 더 익숙한 청소년에게 교과서도 아닌 고전을 읽으라고 강요한다면 그것은 고문으로까지 다가올 수 있다.

하지만 고전에 대한 친근감은 어릴 때 길러지는 습성이다. 고전이 어느 날 갑자기 필요에 의해 접근한다고 재밌어지는 건 아니다. 누구나 학교에서 배우는 도덕, 사회, 역사 교과서에는 이미 많은 동서양 고전들이 등장하는데 우리는 그것이 나오는지도 모른 채 성인이 된다. 청소년 시기에 자연스럽게 학교에서 배우는 교과 내용과 연관 지어서 고전의 핵심 내용과 사상가들의 이론을 접할 수 있다면, 고전이 그렇게 멀게만 느껴지지 않을 것이다.

학교에서 교과서를 통해 가르치는 지식은 단순히 학업 평가를 위한 목적이 아니다. 청소년이 향후 자신이 속한 사회의 구성원으로서 살아가는 데 필요한 가장 기본이 되는 정보를 얻고, 가치관을 세운다는 데에 더 중요한 목적이 있다. 그런 점에서 고전과 교과서가 알려 주는 지식은 그 목적과 속성이 일치한다. 고전의 내용을 아는 것과 교과서를 공부하는 것이 별개가 아닌 이유가 바로 여기에 있다.

고전은 흘러간 옛이야기가 아니다. 생생하게 살아 있는 오늘의 이야기다. 2천 년에 가까운 세월 동안 가족과 국가의 기본 원리가 형성됐고, 그 계기마다 변화를 겪었다. 그러한 과정이 쌓여 결과로 만들어진 게 오늘날 우리가 살아가는 세상이다. 우리가 살면서 부딪히는 문제나 어려움을 이해하고 해결하려면, 왜 그런 현상이 발생하게 됐는지를 먼저 살펴야 한다. 고전을 읽는다는 건 지금의 세상과 지금을 살아가는 사람들의 뿌리와 줄기를 찾아가는 일이라는 점에서 현재진행형이다.

서점을 둘러보면 고전을 소개하는 책이 꽤 있는 편이다. 하지만 고전의 전체적인 내용이나 사상가의 문제의식을 간추려서 펴낸 책이 대부분이다. 내용이 너무 간략히 소개되거나 설명이 불친절해서 청소년이 이해하기에는 너무 어렵다. 더 큰 문제는 이 때문에 고전 읽기에 대한 흥미가 떨어지는 역효과가 발생한다는 것이다. 단순히 사상가의 이름과 그가 쓴 책 제목을 암기하는 식의 공부 방법으로는 학습에도 도움이 되지 않을 뿐 아니라, 평생 고전을 멀리하게 되는 지름길이다.

고전(古典)의 사전적인 정의는 '오랫동안 많은 사람에게 널리 읽히고 모범이 될 만한 문학이나 예술 작품'이지만, 이 책에서 다루는 고전의 범위는 사람과 세상을 이해하기 위한 기초가 되는 지식 전 분야를 포괄한다는 점을 밝혀 둔다. 독자들이 이 책을 통해 세상을 변화시킨 사상가들의 깊이 있는 관점과 치밀한 논리를 따라가며 흥미로운 생각 여행을 하게 되길 바란다.

박홍순

2013년 4월

책장을 덮고 나면 진짜 고전이 읽고 싶어지는 책

수업 시간에 배우고, 일상생활에서 자주 오르내리는 사상가들의 고전이 교과 과정에서 어떻게 언급되고 있는지, 또 그들의 사상을 어떻게 이해해야 하는지, 그 방향을 제시하고 있는 책입니다. 청소년을 위한 많은 인문서가 있지만 대부분이 사상가들의 이야기를 축약해 놓는 것에 불과해 고전 읽기를 더 어렵게 하지요.

그러나 이 책은 교과서에서 인용되고 있는 사상가의 이야기들이 왜 중요한지, 그들은 어떤 사람이었고, 어떤 이야기를 했는지 쉽게 풀어내면서 고전에 대한 흥미를 유발합니다. 고전의 핵심 내용을 차근차근 읽고 파악해, 비판적인 사고력까지 기를 수 있도록 구성되어 있습니다. 특히 각 장의 처음에 제시되는 교과서 내용과 관련 단원 소개는 논술이나 서술형 문제를 푸는 데 많은 도움이 되리라 여겨집니다.

에드워드 카(Carr)는 "역사는 과거와의 끊임없는 대화"라고 했지요. 우리가 사는 이 사회는 수많은 시행착오를 거치며 만들어진 것입니다. 치밀하고 논리적인 사상가들의 이야기를 통해 그들이 사회 문제를 어떻게 바라보고 해결했는지 알 수 있다면,

우리가 마주하는 현실 속 어려운 문제 또한 풀어낼 수 있지 않을까요? 그러한 삶 속에 살아있는 지혜와 지식이 우리 사회 교과 과정이 청소년들에게 주고자 하는 가르침이 아닐까 생각해 봅니다.

오명희 (EBS 중학 등업신공 사회, 강남구청 인터넷수능방송 강사)

교과서로 철학하는, 청소년을 위한 필독서

인간이 탄생하여 죽음에 이르는 마지막까지. 과거와 현재, 그리고 미래까지 전 시기를 아울러 고민해 볼 수 있는 문젯거리가 이 책 한 권 안에 녹아 있습니다. 중학생이 이해하기 쉽도록 써진 문체 덕에 위대한 사상가와 대화를 주고받는 듯한 생동감마저 느낄 수 있네요. 교과서와 함께 배우는 학교 공부와 날로 더 중요해지고 있는 논술도 완벽하게 대비하면서, 삶에 대한 반성과 고민까지 동시에 할 수 있게 하는 나만의 생각을 키워 주는 책! 중·고등학생이 반드시 읽어야 하는 필독서로 추천합니다.

허꽃별 (EBS TV 중학 도덕 강사, 근명중학교 교사)

차례

1장 나와 삶의 방향을 알려 주는 지혜 **철학 · 윤리**

2장 남과 행복해지기 위한 기초 지식 **사회 · 국제**

일러두기

■ 이 책에 실린 '교과서 내용'은 미래엔(도덕)과 천재교육(사회·역사) 출판사에서 출간한 중학교 교과서에서 발췌했습니다.

1장

나와 삶의 방향을 알려 주는 지혜

철학 · 윤리

1. 《사람은 무엇으로 사는가》 레프 니콜라예비치 톨스토이

: 사람은 무엇으로 사는가?

● 예술과 도덕의 관계

인간은 단순히 동물로서 생존하는 데 머무르지 않는다. 즉 예술을 통해 아름다움을 추구하고, 도덕을 통해 다른 사람과 더불어 조화롭게 살아가는 존재다. 이처럼 인간의 삶에서 큰 의의를 지니는 예술과 도덕은 어떤 관련이 있을까? 먼저 예술과 도덕은 진정한 내면의 아름다움을 추구한다는 점에서 동일한 목표를 지향하고 있다. 우리는 예술 작품을 통해 아름다움을 느끼는 데 그치지 않고, 자신의 삶을 반성하며 도덕적으로 살아가려는 노력을 하게 된다. 예술은 아름다움을 추구하는 활동이지만 배려나 정의와 같은 도덕적 가르침을 주기도 한다. 예를 들어, 톨스토이의《사람은 무엇으로 사는가》라는 작품을 통해 우리는 올바른 삶을 살아갈 수 있는 교훈을 얻을 수 있다.

● 《사람은 무엇으로 사는가》

이 소설은 러시아 대문호 톨스토이의 작품이다. 이 작품은 신의 명령을 어겨서 인간 세상으로 쫓겨난 한 천사가 신이 내 준 세 가지 질문에 대한 해답을 찾는 과정을 그려 낸다. 신은 '사람의 마음속에는 무엇이 있는가?', **'사람에게 허락되지 않는 것은 무엇인가?'**, '사람은 무엇으로 사는가?'에 대한 답을 찾으면 하늘나라로 돌아올 수 있을 것이라고 이야기한다. 천사는 인간 세상에서 구두 수선공이 되어 질문에 대한 답을 찾아간다. 이 작품에서 톨스토이는 결국 인간이 올바른 삶을 살아가는 데 필요한 것이 무엇인지를 이야기하고자 한다

 ## 《사람은 무엇으로 사는가》는 왜 교과서에 실렸을까?

사람은 나를 둘러싼 세상에 대해 생각할 뿐 아니라 자신의 삶을 돌아보며 앞으로 다가올 삶의 방향을 세우기도 해. 하지만 우리 대부분은 지금의 삶에 급급해서 물질적 이익을 좇거나 돈의 노예가 되어 하루하루를 허덕이며 보내. 삶을 평가하는 가치의 잣대도 어떻게 하면 더 많은 돈을 벌고 더 많이 소비할 수 있을까와 같은 돈에 맞춰져 있어.

〈흥부전〉이라는 옛날이야기는 모두 알고 있지? 가난하지만 착한 동생 흥부와 부자이면서 마음씨가 고약한 형 놀부의 이야기야. 흥부는 착하고 남을 돕는 사람, 놀부는 악하고 나쁜 행동을 일삼는 사람을 대표하는 상징으로 쓰이지. 하지만 현재 한국 사회에서 관심의 대상은 놀부야. 놀부부대찌개, 놀부갈비 등 놀부를 상표에 쓸 정도잖아. 수단과 방법을 가리지 않고 돈을 모으는 놀부가 현대를 살아가는 데 적합한 인간상으로 자리 잡았지. 반면, 흥부는 가난한데도 대책 없이 아이를 많이 낳은, 무능하고 게으른 사람의 표상으로 여겨지기도 해.

얼마나 더 값비싼 물건을 갖고 있는가가 얼마나 성공한 삶인가를 평가하는 기준이 되었다고나 할까. 소비를 통해 인간의 등급을 매기는 세상이 되어 버렸어. 한국 사회에서 맹위를 떨치는 이른바 '명품 현상'이 대표적인 예야. 핸드백 하나에 수천만 원, 청바지 하나에 수백만 원을 넘어도 더 이상 놀라운 일이 아니야. 100평 정도 아파트 두 채를 터서 살기도 하고, 수십 억 원이 넘는 주택도 많아. 재벌 2세들은 외국 도박장에서 하룻밤에 수십 억 원을 날리기도 한다지.

　　사회든 개인이든 더 많이 경제적으로 이익을 누릴 수 있으면, 그것이 가장 바람직한 행위라는 사고방식이 우리를 지배하고 있어. 톨스토이의 《사람은 무엇으로 사는가》는 이기적인 돈의 논리에 지배당하는 우리의 사고와 삶을 돌아보고, 새로운 눈으로 세상을 바라보는 기회를 제공한다는 점에서 중요한 의미를 지니는 작품이야.

 톨스토이는 누구일까?

레프 니콜라예비치 톨스토이(Lev Nikolayevich Tolstoy, 1828년~1910년)는 세계적인 대문호이자 러시아 문학을 대표하는 작가야. 하지만 그의 활동은 문학에 머무르지 않고 철학, 종교에 이르기까지 다양한 분야를 넘나들어. 우리에게 잘 알려진 《전쟁과 평화》는 작가로서의 명성을 드높여 주었지. 그는 1870년대 후반부터 작가로서 성공만을 추구했던 태도를 버리고, 인생의 의미를 새롭게 찾기 시작했어. 그러면서 다양한 분야에 걸쳐 뛰어난 철학적인 생각 방식을 보여 주었지. 기독교기 지배적인 종교로 자리 잡기 이전의 원시 기독교 사상에서 새로운 희망을 발견한 그는, 일하는 것과 욕망을 참는 것을 중요하게 생각하며 부귀를 버리고 소박한 생활을 하자고 말해. 악을 똑같이 악으로 대하려고 하지 말

고, 가난한 이웃을 위해 봉사하며 살아가라고 하지. 우리가 살펴볼《사람은 무엇으로 사는가》는 이러한 톨스토이의 고민이 담긴 대표적인 작품이야.

 ## 《사람은 무엇으로 사는가》에 대해 더 알아볼까?

신이 천사에게 벌을 준 것은 명령을 어겼기 때문이야. 한 여인의 영혼을 거둬 오라는 명령을 어겼거든. 방금 쌍둥이를 낳은 여인인데 아파서 아이에게 젖을 줄 힘도 남아 있지 않았어. 여인은 남편도 죽었고 아이를 키울 사람은 자신밖에 없으니 천사에게 살려 달라고 애원했지. 천사는 하늘나라로 돌아가 여인의 영혼을 거두지 못한 이유를 설명했어. 신은 천사에게 다시 여인의 영혼을 거두면 자신이 던진 세 가지 질문의 뜻을 알 수 있을 거라며 천사를 돌려보냈지. 천사가 여인의 영혼을 거둔 순간, 여인의 영혼만 하늘로 올라가고 천사는 인간의 몸으로 지상에 떨어지게 되었어.

우연히 가난한 구두 수선공의 도움을 받은 천사는 그 집에서 일을 도우며 살았어. 6년 동안 그 집에 살면서 천사는 아무 말도 없었는데, 단지 세 번의 웃음만 보일 뿐이었지. 세 번째 웃음을 보인 날 천사는 세 가지 질문에 대한 답을 찾았으니 이제는 하늘나라로 돌아가겠다고 말해. 그러고는 구두 수선공에게 자기가 겪은 이야기를 풀어 놓아.

사람의 마음속에는 무엇이 있을까?

천사가 사람의 몸으로 땅에 떨어졌을 때는 몹시 추운 겨울이었어. 벌거숭이 상태여서 몸은 얼어 가고 배도 고파 어떻게 해야 할지 몰랐지. 그때 한눈에 보기에도 가난한 구두 수선공이 다가온 거야. 천사는 생각했지. '허기와 추위로 죽을 것만 같아. 하지만 저기 걸어오는 사람도 외투와 가족이 먹을 빵을 걱정하긴 마찬가지일 테지. 그는 나를 도와줄 능력이 없을 거야.'

하지만 그 사람은 천사에게 자기 옷을 벗어 주고 집으로 데려갔어. 처음에 그의 부인은 불같이 화를 냈지만 남편이 신의 자비를 상기시키자 태도를 바꾸고는 저녁을 차려 주었지. 천사는 부인 얼굴에서 하느님을 보았다며 이렇게 말해. "그때 하느님의 첫 번째 말씀인 '인간의 마음속에 무엇이 있는가?'에 대한 답을 찾았지요. 인간의 마음속에 있는 것은 사랑임을 깨달았습니다."

우리는 흔히 인간은 이기적인 존재라고 하지. 누구나 자신의 이익을 우선으로 여긴다는 얘기야. 심지어 자기 이익을 위해 남의 고통도 아랑곳하지 않기도 해. 인간의 본질을 이기심에서 찾으려한 생각은 동양과 서양 모두에서 자주 나타났어. 한비자(韓非子)는 의사가 환자의 피고름을 빠는 것은 마음이 어질기 때문이 아니라 의사가 명성이나 경제적인 이익을 좇기 때문이라고 주장해. 심지어 장의사는 사람들이 일찍 죽기를 바라는데, 장의사가 인정이 없어서가 아니라 사람이 죽어야 돈을 벌 수 있기 때문이라는 거야. 서양 근대 경제학의 아버지인 애덤 스미스는 이기적 본능을 인간 행동의 원동력으로 여겼어. 우리가 식사 한 끼를 할 수 있는 것은 정육점 주인, 양조장 주인, 빵집 주인이 남을 위하는 마음을 가져서가 아니라 물건을 팔아 돈을 버는 것에 관심이 있기 때문이라는 거야. 그렇기 때문에 그들의 인간성이 아니라 이기심에 호소해야 하고, 우리 자신의 필요가 아니라 그들의 이익을 이야기해야 한다는 주장이지.

하지만 톨스토이는 인간의 마음에는 이기심이 아닌 사랑이 자리 잡고 있다고 주장해. 구두 수선공은 추운 겨울에 변변한 외투도 없고, 가족의 끼니를 걱정해야 하는 처지였거든. 그런데도 헐벗은 사람을 발견하자 기꺼이 자기 옷을 벗어 주고, 집에 데려와 먹이기까지 해. 부인도 처음에는 남편의 행동을 못마땅하게 생각하고 낯선 가난뱅이에게 차갑게 대했지만 결국에는 호의를 베풀지. 어려운 처지에서 그런 호의를 받으니 얼마나 감동받았겠어? 그런 누군가 베푼 사랑에 감동하는 마음이 그 은혜에 보답하려는 마음을 만들어 낸다고 본 거야. 그래서 천사는 구두 수선공의 집에 머물면서 열심히 구두 수선 일을 돕게 돼. 톨스토이는 인간이 도덕적일 수 있는 이유를 마음속에 있는 사랑에서 찾은 거지.

사람에게 허락되지 않는 것은 무엇일까?

천사는 구두 수선공 집에서 지낸 지 1년 쯤 지난 후에 두 번째 질문에 대한 답을 얻었어. 어느 신사가 찾아와서 1년 동안 모양도 변하지 않고 이음새도 터지지 않는 장화를 만들어 달라고 주문해. 그는 소문난 부자여서 수선공 입장에서는 매우 중요한 고객이었지. 그런데 엉뚱하게 천사는 튼튼한 장화가 아니라 슬리퍼를 만들었어. 구두 수선공은 당연히 불같이 화를 냈지. 하지만 곧이어 그 신사 집에서 사람이 와서는, 신사가 갑자기 세상을 떠나서 장화가 아닌 죽은 사람이 신는 슬리퍼가 필요하다는 거야. 러시아에서는 죽은 사람에게 슬리퍼를 신겨서 관에 넣는 관습이 있었나 봐. 덕분에 수선공은 그에게 꼭 필요한 신발을 건네줄 수 있었지.

천사는 이때 일을 다음과 같이 설명해. "신사 뒤에 제 친구인 죽음의 천사가 서 있는 게 보였어요. 그래서 생각했죠. 이 사람은 1년 앞의 일을 준비하고 있지만 오늘 저녁까지만 살 수 있다는 것은 모르고 있다. 그래서 신의 두 번째 질문인 '인간에게 주어져 있지 않은 것이 무엇인가?'를 알게 되었습니다. 인간에게는 자신의 육체에 필요한 것이 무엇인지를 아는 지혜가 주어지지 않았습니다."

인간에게는 앞날을 알 수 있는 지혜가 없다는 얘기지. 특히 죽음에 대해서는 더욱 그래. 실제로 우리 대부분은 마치 영원히 살 것처럼 착각하며 살아가잖아. 하지만 얼마나 많은 사람이 전혀 예상하지 못한 순간에 사고나 질병으로 죽음을 맞이하는지 한번 생각해 봐. 최근 통계치를 보면 매해 20만 건 이상의 교통사고가 나고, 5천여 명 이상이 목숨을 잃어. 이 가운데 자신이 그날 목숨을 잃으리라 예상한 사람은 아무도 없을 거야. 질병도 불쑥 찾아와. 매년 암으로 사망하는 사람이 우리나라에서만 6~7만 명 수준이라고 해. 마찬가지로 자기가 암을 비롯한 심각한 질병에 걸릴 것을 예상하고 사는 사람은 거의 없지.

그만큼 인간에게는 내일 자신에게 어떤 일이 닥칠지 알 수 있는 혜안이 없어. 톨스토이는 이성으로 무엇이든 파악하고 해결할 수 있다고 믿는 인간의 오만에 경종을 울리고 싶었던 것 같아. 특히 19세기 이후 과학 기술이 빠르게 발전하면서 인간은 자신의 이성과 정신으로는 불가능한 일이 없다는 자신감으로 가득했지. 모든 자연 현상이나 사회 현상을 밝혀내고, 모든 문제를 과학의 힘으로 해결할 수 있으리라 생각했어. 톨스토이는 이성과 과학 기술 만능주의에 빠진 세태를 비판하면서, 자연과 신 앞에서 자신의 한계를 인정하고 겸손해질 때, 진정한 인간성을 회복할 수 있을 거라 말했어.

사람은 무엇으로 사는 걸까?

마지막 질문에 대한 답은 천사가 인간으로 살던 6년 째 되던 해에 찾을 수 있었어. 어느 날 구두 수선공에게 손님이 찾아왔는데, 그들은 천사가 신의 명령을 어기는 계기가 됐던 쌍둥이었어. 그들은 양부모와 함께 찾아 지금까지 아주 행복하게 잘 살았다고 했어. 천사는 그들의 친어머니처럼 부모 없이는 아이가 살 수 없다고 생각한 6년 전의 자신을 떠올렸어. 하지만 지금 보니 친부모가 아닌 다른 부모 아래서도 이렇게 잘 자랄 수 있다니 놀라웠지. 아이를 키운 양부모가 아이를 보며 감동의 눈물을 흘렸을 때, 천사는 비로소 새로운 깨달음을 얻었어. 어떤 깨달음이었을까?

죽어 가던 친어머니는 아이들이 살아가기 위해 필요한 것이 무엇인지 알 수 있는 지혜가 없었지. 마치 튼튼한 구두를 만들어 달라고 요구한 신사가 자신에게 무엇이 필요한지 알 수 없었던 것처럼 말이야. 그리고 지금껏 천사가 사람으로 살 수 있었던 것은 스스로를 걱정하는 마음이 아니라, 길을 가던 한 사람과 그 아내의 사랑이 그를 보살폈기 때문이라는 점도 알게 되었어. 천사는 마지막 해답을 얻어. "모든 인간이 살아가는 것은 자신을 걱정하기 때문이 아니라, 사람의 마음에 사랑이 있어서다. 자기 일을 생각하는 마음만으로 살아갈 수 있다는 믿음은 착각일 뿐이고, 인간은 사랑의 힘에 의해 살아감을 알게 되었다." 결국 마음속에 있는 사랑이 인간을 살아가게 만드는 가장 중요한 힘이라는 사실을 깨달은 거야.

톨스토이의 깨달음을 접하면서 당장 떠오르는 의문이 있을 거야. 그러면 현실에서 수많은 사람에게 나타나는 이기심은 대체 무엇이냐는 거지. 실제로 우리 주변을 둘러보면 오직 자신이나 자기 가족의 이익에만 몰두하는 사람이 더 많잖아. 주변에 끼니조차 제대로 해결하지 못하는 결식아동이 적지 않는데도, 자기 아이에게 비싼 옷이나 장난감을 사 줄 생각만 하는 사람, 세계로 좀 더 시야를 확대하면 수많은 아이가 지금 이 순간에도 기아로 죽어 가고 있는데 전혀 관심조차 갖지 않는 사람이 대부분이잖아.

세계 최대 기독교 구호 단체인 월드비전에 따르면 7초마다 한 명씩 어린이가 영양실조와 이와 관련된 질병으로 죽어 가고 있어. 4명 중 1명의 어린이와 그 가족이 하루 1달러도 되지 않는 돈으로 살아가는 형편이야. UN에 따르면 전 세계에서 매일 8억 5천만 명이 저녁을 굶고 있고, 이 가운데 절반이 어린이래. 하지만 사람들은 나눌 생각을 하기보다는 오히려 자신의 재산을 불리려는 이기적인 목적에만 혈안이 되어 있어. 심지어 자기 이익을 위해 사회적 약자에게 피해를 입히는 일을 스스럼없이 벌이기도 하지.

사정이 이러하니 사람의 마음속에 본래 사랑이 있다는 깨달음이 쉽게 받아들여지지 않는 게 당연해. 톨스토이는 그의 대표작 중 하나인《부활》에서 이에 대한 나름의 대답을 하고 있어. 이 소설에는 시베리아 유형을 떠나는 사람들의 이야기가 나와. 주인공은 무리한 행군으로 2명의 죄수가 죽는 걸 목격하지. 하지만 그는 죄수의 죽음이 교도소 관리나 호송 지휘관의 악한 마음

때문은 아니라고 생각해. 단지 그들은 "자기 앞의 인간을 보지 않고, 또 인간에 대한 자기의 의무를 보지 않고, 다만 직무와 그 요구만을 중시하고 그것을 인간관계의 요구보다 더 소중하게 여겼기 때문"에 죽었다는 거야. 교도소장은 죄수를 넘겨 주는 명령을 수행하고, 호송 지휘관은 죄수를 넘겨받는 임무를 다했을 뿐이라는 거지.

그가 보기에 소장이나 호송 지휘관이나 그 밖의 실무자 대부분은 선량하고 온화한 사람이지만, 단지 공직에 매어 있다 보니 그런 나쁜 짓을 하게 된다는 말이야. 즉 사람의 마음이 본래 악해서가 아니라는 거지. 본래 선한 마음을 갖고 있지만 관료 제도가 악한 행동을 하도록 만들었다는 지적이야. 개인은 윤리적인 존재일 수 있지만 '공직'이라는 것이 이들을 윤리적이지 못한 존재로 만들었다는 거지. 사회나 외부 환경이 사람들이 본래 지닌 사랑이라는 선한 마음을 왜곡시켜 이기심으로 이끌거나, 드러나지 못하게 한다는 의미야.

톨스토이가 보기에 본래 마음속에 있는 사랑으로 살아가는 것이야말로 인류를 구원할 수 있는 유일한 희망이야. 하지만 막연히 사랑하는 마음을 갖자는 듣기 좋은 말에 그치는 것은 아니야. 좀 더 정확히 말하자면 사랑을 실현할 수 있는 사회를 만드는 것이 궁극적인 대안이라고 주장하고 있어. 사랑을 억압하고 개인을 직무 대상으로만 여기는 관료적 사회 조직이나 집행 방식은 근본적으로 개혁해야 한다는 거야. 이제 톨스토이의 문제의식이 어디에서 출발하고 있는지 조금은 이해하겠지?

 ## 《사람은 무엇으로 사는가》는 지금 우리에게 어떤 의미일까?

현대 사회는 톨스토이의 생각과는 다르게 타인에 대한 공감과 사랑은커녕 철저히 개인주의를 더욱 키우는 방향으로 달려가고 있어. 여기에는 자신의 재산 축적만을 중요한 가치로 여기는 산업 사회의 황금만능주의 영향이 크다고 할 수 있을 거야. 사회 구성원을 기계적인 직무의 대상으로만 여기는 국가와 기업의 관료제도 큰 역할을 했고.

하지만 개인주의를 확대하는 요소는 일상생활에서도 얼마든지 많아. 먼저 개인용 자동차가 많아진 점을 생각해 볼 수 있어. 승용차 내부는 철저히 개인 공간이야. 지하철이나 버스와 같은 대중교통은 서로 간의 모습이나 다른 사람의 호흡을 느낄 수 있는 요소가 많잖아. 하지만 승용차는 개인 사이에 두터운 성벽을 쌓아 버리지. 자가용이 일반적인 소유물이 되면서 서로의 교류와 교감은 점점 더 줄어들고, 그만큼 개인주의 요소는 더 많아졌어.

TV, 개인용 컴퓨터 등과 같은 자동화된 기술도 개인주의 확대에 크게 기여했어. TV와 컴퓨터는 개인을 독립적인 공간과 정서 속에 가둬 버리고, 스마트폰은 우리를 개인주의 삶의 정점을 찍게 하지. 버스나 지하철에서 각자 스마트폰만을 뚫어지게 바라보잖아. 심지어 친구들을 만난 자리에서도 각자 휴대 전화 게임에만 몰두해. 직접 접촉보다는 대중매체나 인터넷을 통한 간접 접촉이 더 편한 '고립된 개인'이 자연스러운 정서로 자리 잡았어.

셀프 서비스에 기초한 맥도날드와 같은 패스트푸드 업체의 개인화 전략도 같은 맥락이라고 봐야지. 과거에 식사는 공동체 정서를 확인하고 교류하는 시간이었잖아. 하지만 패스트푸드는 식사조차도 철저히 개인적인 시간으로 변화시켰어. 심지어 혼자 도심을 걸어가면서, 혹은 차로 이동하면서 식사를 하는 새로운 풍속도를 만들어 냈지.

개인이 쌓아 놓은 성곽 속에서 인간이 스스로 고립되어 가는 상황이야. 이러한 개인주의적 인간관계에는 서로에 대한 관심과 사랑이 점차 사라질 수밖에 없어. 문제는 사랑을 어떻게 실현할 것인가에 대한 구체적인 고민이야. 우리 모두 열심히 사랑하자는 막연한 캠페인만으로는 현실의 문제에서 한 발짝도 벗어날 수 없거든.

톨스토이가 강조하고자 했던 바도 단순한 의식 개혁은 아니었어. 사랑의 감정과 관계를 가로막는 사회적 요소를 찾아내는 과정이 그래서 더 중요해. 더욱이 우리 현실은 톨스토이가 살던 시대보다 사랑의 회복을 위해 훨씬 더 많은 장애물과 씨름해야만 하는 상황이잖아. 그 장애물을 현실에서 찾아내고, 극복 방안을 마련하기 위한 노력을 당장 시작해 보는 게 어떨까.

2. 《실천이성비판》 임마누엘 칸트

: 도덕은 의무인가?

● 도덕과 당위

도덕은 인간이 지켜야 할 도리, 또는 그 바람직한 행동 기준으로, '약속을 지켜라', '부모를 공경하라'처럼 스스로에게 내리는 명령이다. 이 내면의 명령에 따라 행동한다면 자신이 옳지 못한 욕구를 자율적으로 조절할 수 있다. 도덕은 남과 더불어 행복하게 살기를 바라는 사람이라면 반드시 지켜야 하므로 '당연히 이렇게 해야 한다' 등의 형식으로, 즉 당위로 표현된다. 당위란 누구나 마땅히 지키고 실천해야 하는 것을 말한다. 인간다운 삶을 살기 위해서는 마땅히 해야 할 일을 해야 한다. 그렇다면 우리는 해야 할 일과 하지 말아야 할 일을 어떻게 알 수 있을까? 마땅히 해야 할 일을 아는 가장 좋은 방법은 양심을 따르는 것이다. 양심이란 자신이 한 행동이 옳은지 그른지, 착한 것인지 나쁜 것인지를 구별할 수 있는 마음이다.

● 칸트

"나를 둘러싸고 있는 것 중에서 볼수록 감탄하게 되는 두 가지가 있다. 하나는 별이 총총 떠 있는 하늘이고, 다른 하나는 내 마음에 살아 있는 양심이다." 칸트는 인간의 가치와 존엄성을 부정하거나 훼손하지 않는 것이 인간의 가장 중요한 도덕적 의무라고 주장했다. 그런데 인간의 가치와 존엄성을 지키기 위해서는 본능적인 욕구만을 좇지 말고, 절제된 삶을 살아야 한다. 본능적인 욕구만을 채우려고 하다 보면 도덕적인 의무를 저버릴 수도 있기 때문이다. 즉 인간은 도덕적 의무의 실천을 통해 더욱 인간다운 삶에 이를 수 있으며, 이를 위해서는 욕구의 절제가 필요하다.

현대 사회를 '도덕의 상실 시대'라고 부르는 경우가 많아. 시대에 따라 도덕은 변하지만 현대 사회는 아예 도덕이 사라진 사회라는 진단이지. 그만큼 도덕적 혼란이 심각한 상태에 이르렀다는 의미야. TV나 신문을 보면 하루가 멀다 하고 온갖 끔찍한 사건과 사고가 줄을 잇잖아. 그중에는 사람으로서 도저히 할 수 없을 정도로 끔찍한 범죄도 있고, 심지어 부모와 자식, 교사와 학생 사이에서도 상식적으로 유지되던 도덕의 틀이 무너지는 폭행 사건도 종종 일어나지. 도덕이 사라진 현상이 특별한 소수에만 나타나지 않는다는 점에서 더 심각하다고 할 수 있어.

예를 들어, 온 국민을 경악으로 몰아넣었던 광주 장애인 학교 성폭력 사건은 도덕이 붕괴된 우리 사회의 한 단면을 그대로 보여 주었어. 〈도가니〉라는 영화로도 유명한 사건이지. 장애인을 집단 성폭행한 범죄자들은 학교에서 교사로, 가정에서는 자상한 남편이자 아버지로 나름대로 인정받고 있는 평범한 사람들이었어. 하지만 사회적으로 지극히 평범해 보이던 사람들이 인간으로서 차마 저지를 수 없는 끔찍한 짓을 하고, 서로의 행위를 숨겨 주는 파렴치한 행위를 저지른 데는 집단적으로 양심이 사라진 사회가 밑바탕에 깔려 있기 때문이라고 할 수 있지.

특히 현대 사회의 도덕 붕괴에는 사회적 가치의 변화가 큰 영향을 미쳐. 현대 사회는 도덕적 가치보다는 경제적 가치가 중심이 된 사회잖아. 경제적 이익이라는 사고방식이 압도적 우위를 차지하는 사회에서 양심이 설 자리가 별로 없어. 최근엔 여러 가치가 뒤섞인 다원화 사회로 접어들어 혼란이 더 심해졌어. 그렇기 때문에 도덕 원칙을 세우는 것 자체가 너무나 어려운 문제이지.

　　도대체 도덕이란 무엇인지, 어떻게 만들어질 수 있는 것인지, 누구에게나 적용될 수 있는 도덕이라는 게 있기는 한 것인지 등등 수많은 문제가 쌓여 있어. 어떤 면에서는 도덕이 그 위치를 지킬 수 있을지조차 의심받을 수 있는 현실이지. 이러한 상황에서 근대 서양의 도덕관을 세운 칸트의 생각을 비판적으로 검토하는 건 매우 의미 있는 작업일 거야.

칸트는 누구일까?

임마누엘 칸트(Immanuel Kant, 1724년~1804년)는 독일의 철학자로, 이성을 통해 얻는 앎을 강조하는 '합리주의'와 감각에 의한 앎을 중시하는 '경험주의'를 통합했어. 그는 근대 유럽 계몽주의 시대의 대표적인 철학자로 손꼽힐 정도로 철학사에서 중요한 위치를 차지해. 인간의 본질을 이성에서 찾은 그는 평생 자신이 연구할 주제를 '나는 무엇을 인식할 수 있는가, 나는 무엇을 행해야만 하는가, 나는 무엇을 희망해도 괜찮은가'의 이 세 가지로 압축했어. 이전에 있었던 모든 주제에 대한 비판적인 검토를 통해서 새로운 철학적 기준을 마련하고자 했어. 이를 토대로 보편적인 인간 이성의 해방을 추구했지. 이성의 힘으로 사회

의 많은 문제를 해결할 수 있다고 믿었거든. 하지만 무엇보다 가장 중요하게는
인간의 도덕적 판단과 행동 기준을 새롭게 세우려고 했어.

 《실천이성비판》에 대해 더 알아볼까?

칸트의 도덕을 흔히 '의무론적 도덕관'이라고 해. 도덕을 단순히 마음속에서 우
러나오는 순수한 양심이나 다른 사람의 불행을 보았을 때 느끼는 동정심과는 전
혀 다른, 이성적 의무로 이해하거든. 그의 도덕관을 가장 잘 보여 주는 명제는
다음의 문장이야.

> "너의 의지의 준칙이 항상 동시에 보편적 법칙 수립의 원리로서 타당할
> 수 있도록 행위를 하라."

도덕의 가장 중요한 원칙으로 제시한 이 명제는 여러 측면에서
칸트 도덕관의 특징을 잘 담고 있어. 그는 이 명제를 '정언 명령'이라고 부르는
데, 반드시 이행해야 하는 의무를 뜻한다고 이해하면 돼. 그럼 이 간단하지만 어
려운 문장이 무슨 의미인지, 왜 칸트의 도덕관을 대표하는지 하나하나 꼼꼼하게

이해해 보자.

"너의 의지의 준칙이"

먼저 '너의'라는 말이 중요해. '너'는 도덕의 주체를 의미하거든. 혹시 당연한 얘기를 뭐 그리 진지하게 말하느냐고 할지 모르겠네. 그런데 당연하거나 뻔한 이야기만은 아니야. '너'는 단수이면서 집단과 구분되는 독립적인 개인을 뜻해. 칸트는 도덕 행동의 주체를 개인에 두고 있어. 그럼 집단에 두는 경우도 있느냐고? 근대 이전의 서양 중세 사회에서는 인간이라는 집단이 도덕의 출발점이었거든. 중세는 기독교가 지배하던 신 중심의 사회였고, 기독교의 도덕관은 '원죄론'에서 출발해. 성경에 나오는 아담과 이브가 선악과를 따 먹고, 신으로부터 낙원에서 쫓겨난 이후에 모든 인간은 죄인이라는 논리야. 원죄론 아래에서 개인은 아무 의미가 없었어. 그가 누구든, 어떻게 행동하든 모두 죄인이니까 말이야. 그러므로 개인이 아닌 집단 자체가 행위의 주체가 되는 셈이지.

칸트는 도덕 행동의 주체를 집단에서 개인으로 바꿔 놓았어. 개인이 스스로 판단해서 죄인이 아닌 선한 인간으로 가는 길을 연 것이지. 정해진 종교적인 숙명이 아니라 개인이 어떻게 하느냐에 따라 얼마든지 다른 방향으로 갈 수 있게 된 셈이니까. 이는 칸트 혼자만의 시도는 아니야. 근대에 이르러 서양은 개인으로서의 인간을 중요하게 내세웠거든. 현대 개인주의 사회의 원리가 근대에 비로소 시작된 거지.

다음으로 '너의 의지'를 살펴볼게. 의지는 행동하는 것과 관계있어. 우리는 어떤 행동을 하기 전에 어떻게 하겠다는 의지를 갖게 되잖아. 만약 아무런 행동으로 연결되지 않는 생각이라면, 도덕이 있을 필요가 없어지겠지. 의지가 '너의', 즉 개인과 연결이 되면 '자유 의지'라는 의미가 더해져. 타인이나 사회로부터 어떠한 강제나 권유 없이, 순수하게 개인의 판단에 의한 의지라는 점에서 이를 '자유 의지'라고 부르는 거야.

칸트는 자유 의지가 없는 행동은 도덕의 대상에 포함되지 않는다고 말해. 자유 의지 없는 행위란 무슨 뜻일까? 의지와 상관없이 본능적으로 하게 되는 행동이나 외부로부터 강제된 행동 등을 말해. 본능적으로 하게 되는 행동엔 뭐가 있지? 예를 들어, 우리는 소나 말이 아무 데나 오줌이나 똥을 쌌다고 해서 도덕적으로 비난하지는 않아. 소와 말이 자유 의지에 의해 아무 데나 일을 본 건 아니니까 말이야. 그저 본능적인 행위일 뿐이지. 갓 태어난 아기가 옷에 똥을 싸거나 물을 엎질렀다고 해서 도덕적으로 잘못됐다고 말하지 않는 것도, 자유 의지에 의한 판단이 불가능한 나이이기 때문이야.

강제된 행동도 마찬가지야. 예를 들어, 호흡을 하거나 물을 마시는 행위는 선택의 문제가 아니라 그렇게 하지 않으면 목숨을 유지할 수 없는 것이잖아. 여기에는 어떠한 도덕적 잣대도 적용할 수 없지. 도덕은 오직 이렇게 할 수도 있고 저렇게 할 수도 있는 자유 상황이 전제되어야만 의미를 가져. 그런 점에서 자연의 인과 법칙과 구별돼. 그래서 칸트는 "도덕은 자연 법칙이 아니라 자유의 법칙이다."라고 말해. 자유 의지에 의한 선택을 전제하지 않으면 도덕은 성립할 수 없다는 거지.

'준칙'은 말 그대로 기준을 의미해. 자유 의지라고 해서 마음대로 해도 된다는 게 아니라 어떤 기준에 의해 이루어져야 한다는 뜻이야. 그래야 자유 의지에 의한 행동이 기분에 따라 좌우되지 않고 일관성을 가질 수 있으니까. 원래 우리를 둘러싼 상황이 항상 똑같지는 않기 때문에 조금만 변화가 있어도 다른 행동을 할 가능성이 있잖아. 뚜렷한 기준이 있어야 그때그때 변화하는 상황에서도 한결같이 도덕적인 행동을 할 수 있다는 거지.

"항상 동시에 보편적 법칙 수립의 원리로서 타당할 수 있도록"

그런데 칸트는 의지의 기준을 사람마다 마음대로 정할 수 있는 주관적인 것으로 보지는 않아. 보편적인 법칙에 타당해야 한다고 주장해. 보편적 법칙은 객관적이고 절대적이라는 의미야. 우선 보편적이기 위해서는 주관적인 감정에서 벗어나야 하지. 사람마다 제각기 다르면 보편적일 수 없잖아. 예를 들어, 즐거움은 사람마다 다른 주관적인 욕구야. 만약 도덕이 쾌락과 고통의 양을 기준으로 삼는다면 일관된 잣대를 적용하기가 어려워. 쾌락은 경험으로 느끼는 욕구이기 때문에 단지 얼마나 많은 즐거움을 주는지 개인적인 감정에 의존할 수밖에 없거든. 그런데 잘 알다시피 감정은 사람마다 아주 다르잖아. 어떤 사람에게 즐거움을 주는 행위가 다른 사람에게는 불쾌하게 다가오는 경우도 적지 않아. 어떤 사람은 등산이 즐겁지만 그런 취미가 없는 사람에게는 산에 오르는 과정이 단지 힘겨움으로만 다가오겠지. 그래서 누구에게나 공통적으로 적용할 수 있는 기준을 세워야 한다는 주장이야.

또한 보편적이라는 말은 절대적이라는 의미이기도 해. 상황에 따라 변하지 않고 똑같이 적용될 수 있는 도덕 기준이어야 한다는 거야. 우연한 행동은 도덕적인 행동이 아니라는 얘기지. 하지만 감정이 일으키는 행동이 우연히 선한 행동일 때 그것도 도덕이라 할 수 없을까 하는 의문이 들 거야.

예를 들어, 길을 지나가다가 우연히 물에 빠진 아이를 발견했을 때 누구나 아이를 구하려고 해. 물에 빠진 아이를 구하는 행동이 착한 행동이라는 것을 부정할 수 없다면 자연스럽게 우러나오는 동정심은 그 자체로 도덕이라고 생각할 수 있지. 또한 거리에서 누군가 길을 물었을 때 자연스럽게 길을 가르쳐 주었다면 이 역시 도덕적인 행동이 아닐까라는 의문이 생길 수 있지. 우연적인 감정이 아니라 천성적으로 동정심이 많거나 순수하게 주변에 기쁨을 주고 다른 사람이 만족한다는 사실 자체에 기뻐할 수도 있잖아.

칸트는 우연한 행위는 도덕에 해당하지 않는다고 주장해. 설사 올바른 행위라고 말할 수 있다 하더라도 우연히 일어난 일에 지나지 않기 때문이지. 비유하자면 동물도 자기 새끼나 종족을 보호하기 위해 자신을 희생해. 하지만 동물의 희생에 대해 도덕적이라고 하지 않듯이 감정적으로 우연히 이루어진 행동 역시 마찬가지라는 주장이야. 우연한 행동이나 동정심이 다행히 다른 사람들에게 이익을 가져다준다면 칭찬과 격려를 받을 만하지만, 그것이 참된 윤리적 가치를 갖는 것은 아니란 거야. 오히려 자기만족에 사로잡히는 명예심에서 나온 행동일 수 있다는 지적이지.

도덕은 감정적인 경향성이 아니라 언제나 일관성을 가져야 하고, 이를 위해서는 보편적인 '법칙'으로서의 성격을 지녀야 한다는 게 칸트의 주장이야. 어떠한 감정적인 기준을 넘어서 도덕 법칙을 의식하고 행동할 때만 그 행동을 도덕적이라고 인정할 수 있다는 거지.

그러면 어떻게 보편적인 법칙을 세울 수 있다는 걸까? 감각이나 감정을 통해 접근할 수 있는 것은 현상이잖아. 법칙은 현재 나타나 보이는 것의 뒷면에 있는 다양한 원리를 꿰뚫는 본질적인 것이지. 법칙은 감각이나 감정으로는 다다를 수 없고, 오직 이성을 통해서만 가능해. 감각이나 감정은 처음에만 의미 있는 역할을 할 뿐 최종적으로는 이성의 힘에 의존해야 하지.

예를 들어, 하늘 위로 던진 공이 다시 내려오고 가을에 사과가 땅에 떨어지는 현상은 누구나 감각을 통해 볼 수 있어. 하지만 감각은 사물이 땅으로 떨어지는 현상만 볼 뿐이지. 그 이면에 어떤 원리가 작동했는지는 발견할 수가 없잖아. 이성을 통해서만 만유인력의 법칙을 이해하고 이를 현실에 적용할 수 있는 것과 마찬가지라는 뜻이야. 결국 칸트의 "보편적 법칙 수립의 원리로서 타당할 수 있도록"이란 말은 도덕의 대상이 이성적 판단에 의해서 의식적으로 이루어진 행동으로 제한되어야 한다는 말이야.

"행위를 하라"

마지막으로 '행위를 하라'는 말은 명령을 의미해. 앞에서 칸트가 이 명제를 정언 명령이라고 불렀다고 했잖아. 말 그대로 책임과 의무라는 이름으로 강제성을 갖는 명령이야. 자유 의지와 이성에 기초하지만 책임은 강제이기 때문에 도덕은 의무에 해당해. 의지는 보편적인 법칙을 벗어나면 안 되니까, 법칙이 의지를 규제하고 강제하는 거지. 이렇게 세워진 도덕 법칙에 적합한 행농은 언제나 선하다고 정의할 수 있다는 거야.

그렇기 때문에 의무가 요구하는 것을 따르려는 동기만이 행동에 도덕적인 가치를 부여한다는 거지. 반면, 행동의 결과는 도덕적인 가치를 판단하는 데 직접 관계가 없어. 도덕성이 있느냐 없느냐는 오직 의지가 있는가 없는가의 여부에 따라 판단될 수 있다는 거야. 예를 들어, 돈을 빌릴 때 갚을 의지도 없이 자신이 왜 돈이 필요한가만 주장하면, 누가 돈을 빌려 주겠어? 돈을 빌려 주고 갚겠다는 약속이란 게 의미가 없어지겠지.

이처럼 도덕 법칙을 지켜야겠다는 의지를 확고히 함으로써 비로소 인간이 수단이 아닌 목적이 될 수 있다고 본 거야. 교과서에서 법은 결과, 도덕은 동기를 중시한다는 말을 본 적이 있지? 이것은 다분히 칸트의 논리를 포함하고 있는 말이야.

 ## 《실천이성비판》은 지금 우리에게 어떤 의미일까?

만약 칸트의 도덕관이 시대를 뛰어넘는 진리라면, 현대 사회에서 도덕의 상실을 걱정할 필요가 없을 거야. 그의 도덕관을 열심히 되살리기만 하면 될 테니까. 하지만 그 이론에 근본적인 한계와 현실에 맞지 않는 점이 있었기 때문에 논란의 대상으로 떠올랐지. 실제로 그의 도덕관을 정면으로 반박하며 탄생한 논리가 많아.

먼저, 도덕을 보편적인 법칙이 아니라 사회적 관습이나 규율을 통한 구속에 불과하다고 보는 견해가 있어. 사회는 그렇게 순종하는 사람들에게 '선하다'는 평가를 한다는 거지. 여러분이 자랄 때를 생각해 봐. 보통 부모님이나 주위 어른이 '참 착하다.'라는 말을 할 때가 언제였지? 부모님 말을 잘 들을 때, 유치원이나 학교에서 시키는 대로 잘 할 때, 뭐 이런 경우들 아니었어? 반대로 규율이나 관습을 지키지 않거나 도전하게 되면 바로 '버릇없다'는 꾸중을 듣기 쉬웠잖아. 관습을 거스르는 것을 사회는 곧바로 '악(惡)'이라 한다는 거야. 결국 도덕은 사회 규율을 강제하기 위한 장치에 불과하다는 입장이지.

인간을 동물과 달리 자유 의지를 지닌 존재로 보는 것 자체를 비판하는 논리도 있어. 인간을 자유 의지에 의해 행동하는 존재로 보아서는 안 된다는 논리야. 사람의 행동도 많은 부분이 동물과 마찬가지로 본능에서 나온다는 거지. 생존을 위해 저지른 행위인데 복수심이나 어떤 계획에 의한 것으로 잘못 판단하고 도덕이라는 잣대를 들이민다는 비판이야. 자유 의지가 아닌 생존 본능에 의한 행동일 수 있으니 도덕의 굴레를 씌우지 말아야 한다는 주장이지.

도덕을 보편적 법칙으로 본다는 점에도 반론이 만만치 않아. 이성으로 도덕을 절대화하는 것에 대한 비판이지. 예를 들어, 살인하지 말라거나 도둑질하지 말라는 도덕률조차 절대적일 수 없다는 거야. '한 사람을 죽이면 살인자고 수만 명을 죽이면 영웅이 된다.'라는 옛말이 있잖아. 역사적으로 영웅이라고 불리는 사람들은 대체로 전쟁 영웅이야. 적게는 수만 명에서 많게는 수십만 명 이상을 죽인 사람들이지. 전쟁이 아니라도 공권력에 의해 저질러진 대규모의 학살은 역사에 널려 있을 정도로 많아. 만약 살인하지 말라는 깃이 보편적인 성격을 지니려면 침략 전쟁은 물론이고, 독립 전쟁에 의한 모든 살인도 똑같이 비도덕적인 행위로 비난받아야 할 거야.

도둑질도 마찬가지야. 도둑질이 왜 생겨났을까? 모두가 가난한 마을에는 도둑이 드는 일이 거의 없어. 한국 사회만 해도 그래. 도시는 도둑이나 강도로 득실대지만 깊숙이 자리 잡고 있는 농촌은 사정이 달라. 아직도 담이 없는 집이 대부분이고, 낮에 논이나 밭으로 일하러 나갈 때 집을 잠그지 않는 곳도 많아. 도둑이 들이닥칠 우려가 별로 없으니까. 절도는 사유 재산에 의해 빈부 격차가 발생하고 나서 생긴 일이지. 그래서 도둑에 대한 처벌은 재산이 많은 사람이나 집단이 권력을 장악하고, 자신의 재산을 보호하기 위해 만든 규범이라는 비판도 있어. 더구나 막대한 재산의 대부분을 부당한 방법으로 모았어도 그 재산은 국가에 의해 철저하게 보호받고 도덕적으로도 인정되는데, 개인의 절도에 대해서는 엄격한 처벌을 내린다는 비판이야.

칸트의 도덕관을 이해하고 비판적으로 검토하는 과정을 통해서 현재 우리 사회의 도덕을 고민하는 계기로 삼아야 할 거야. 특히 한국 사회는 빠른 경제 성장을 통한 근대화로 전통적 윤리관이 무너졌고, 서구적 윤리관이 이식되는 과정을 겪었어. 그 과정이 워낙 급격하게 이루어졌기 때문에 우리 실정에 맞는 윤리관이 차차 형성되었다기보다는, 윤리관이 무너진 채 오래 방치되었다고 해도 과언이 아닐 정도야. 어쩌면 과거 신분제 사회의 도덕관이 지닌 부정적인 면과 서구에서 들어온 서양식 도덕관이 지닌 부정적인 면이 겹쳐져서 이중적인 문제가 있는 경우라고 볼 수도 있어. 그러니까 우리는 칸트에 대해 제대로 이해하고 비판적인 검토를 함으로써 우리 사회의 도덕 잣대에 대한 나름의 입장을 세우는 노력을 해야 할 거야.

3. 《사랑의 기술》 에리히 프롬

: 사랑이란 무엇인가?

● 성적 욕망과 사랑의 차이

청소년들은 때로 성적 욕망을 사랑과 혼동하기도 한다. 사랑하는 사람과의 신체적 접촉이 당연하다고 생각하여, 그것을 거부하는 것은 사랑하지 않기 때문이라고 오해하기도 한다. 성적 욕망이 육체적 쾌락을 얻고자 하는 본능적 감정이라면, 사랑은 존중하고 배려하는 마음으로, 성적 욕망과 사랑은 매우 다른 것이다. 즉, 성적 욕망은 자신이 원하는 것을 충족시키려고 하는 감정인 반면, 사랑은 상대방의 입장을 먼저 생각하고 존중하여 그가 원하는 것을 이루어 주기 위해 노력하는 마음이다. 또한 성적 욕망은 순간적으로 일어나는 충동에 그칠 수 있지만, 사랑은 지속적으로 헌신하려는 마음이다.

● 사랑의 기술

《사랑의 기술》은 에리히 프롬의 사랑학 개론이다. '사랑이 기술인가?'라는 물음에 프롬은 삶이 하나의 기술이듯 사랑도 기술이라고 말한다. 프롬은 어떠한 기술을 습득하기 위해서는 이론과 실천이라는 두 가지 과정이 필요하며, 이의 궁극적 목적은 기술 숙달이라고 주장한다. 사랑도 예외가 없다고 주장하는데, 대부분의 사람이 사랑 이외에 일, 성공, 위신, 돈, 권력 등을 중요하게 여기기 때문에 사랑을 배우려 하지 않는 것이 가장 커다란 문제라고 지적하고 있다.

 ## 《사랑의 기술》은 왜 교과서에 실렸을까?

사랑은 아마 인류 역사가 시작된 이래 많은 사람의 관심을 받아 온 가장 뜨거운 주제일 거야. 매년 수백 곡 이상 쏟아져 나오는 가요 중에 80~90% 가량은 사랑에 대한 기대나 환희, 이별의 아픔을 노래하고 있잖아. 영화나 드라마도 대부분 사랑을 중심 주제로 삼고 있지. 심지어 전쟁이나 범죄를 다룬 내용이라 하더라도 주인공의 사랑 이야기를 넣어야 관객에게 많은 호응을 받을 수 있어.

사춘기를 겪는 청소년에게도 어김없이 찾아오는 고민이 바로 사랑이야. 어느 순간 가슴을 설레게 하는 상대방을 만나게 되잖아. 짝사랑이든 첫사랑이든 누구나 그런 사람을 만나길 상상하곤 하잖아. 그렇게 처음 설레고 난 이후로 노인이 되어 죽을 때까지 우리의 곁에서 떠나지 않는 감정이 바로 사랑일 거야.

사랑은 최고의 기쁨을 선물하지만 동시에 극도의 분노와 슬픔을 안겨 주는 불청객이기도 해. 마음속에 그리던 이상적인 상대와 감정의 교류가 시작되면 마치 세상의 모든 것을 다 가진 듯한 충족감을 느끼거든. 하지만 대부분의 사랑은 시간이 지나면서 갈등을 겪어. 갈등 속에서 안타까움과 원망, 심지어는 분노의 감정이 쌓이기도 해. 그러다가 전혀 원하지 않는 이별의 순간을 맞이하게 될 때 살점이 떨어져 나가는 것 같은 큰 상실감에 고통스러워하기도 하지.

사랑은 육체의 반응과 연관 돼. 마음의 설렘은 곧바로 심장을 두근거리게 하고, 자꾸 상대의 몸을 만지고 싶어지지. 그래서 사랑은 육체적 욕구와 뗄 수 없는 경우가 많아. 그래서 사랑은 언제나 욕망과 어떤 관계를 지니는지 논란의 대상이 되곤 했어. 좀 더 직접적으로는 성적 욕망과 사랑을 둘러싸고 다양한 논란이 있었지. 그렇기 때문에 교과서에서도 육체적 쾌락을 얻고자 하는 본능적 감정이나 성적 욕망을 구분해서 사랑에 대해 말하고 있잖아.

사랑의 감정을 육체적 욕망과 구별해 이성적 사고와 행위로 설명하는 대표적인 학자가 바로 에리히 프롬이야. 《사랑의 기술The Art of Loving》은 사랑을 위한 이론과 실천의 중요성을 강조한 고전이야.

에리히 프롬은 누구일까?

에리히 프롬(Erich Fromm, 1900년~1980년)은 사회 심리 학자로 잘 알려져 있어. 그는 경제적 요인과 심리적 요인을 결합시켜 사회를 분석했어. 독일에서 태어나서 자란 그는 1차 세계 대전이 터지자 학살을 일삼는 인간의 광기에 충격을 받았어. 하지만 더 끔찍한 전쟁을 다시 겪어야 했어. 히틀러에 의한 나치즘 광풍이 독일 대중을 지배하는 과정에 몸서리쳤지. 그래서 히틀러의 나치낭이 권력을 장악한 1934년에 미국으로 망명했어. 자연스럽게 그의 관심은 전체주의 이데올로기에 대한 비판으로 이어졌지. 그러면서 사회 구조가 단순히 인간 행동만 제한하는 것이 아니라, 심리 조작과 조종을 통해 지배력을 강화한다고 강조

했어. 특히 타인과의 격리에서 나타나는 고독감과 소외감은, 개인이 전체에 속하기 위해 자유로부터 도피하는 심리를 발생시킨다고 분석했지. 사랑에 대한 연구도 이러한 주장의 연장선상에서 이뤄졌어.

 ## 《사랑의 기술》에 대해 더 알아볼까?

에리히 프롬은 즉흥적 충동이나 성적 욕망을 사랑과 혼동하는 사고방식에 매우 비판적이었어. 책 제목처럼 사랑도 일종의 기술이라고 생각했거든. 순간의 감정과는 전혀 다른 차원의 문제라고 이해했지. 다음은 사랑에 대한 그의 생각을 가장 잘 보여 주는 내용이야.

"사랑은 우연한 기회에 경험하는, 행운만 있으면 누구나 겪는 즐거운 감정인가? … 최초의 조치는 삶이 기술이듯이 사랑도 기술임을 깨닫는 것이다. 어떻게 사랑해야 하는가를 배우고 싶다면 음악, 미술, 건축, 의학, 공학의 기술을 배울 때 거쳐야 하는 것과 동일한 과정을 거쳐야 한다. … 이론과 실천의 습득 이외에도 기술 숙달에 필수적 요인이 있다. 곧 기술 숙달이 궁극적인 관심사가 되어야 한다."

예뻐? 뭐 하는 사람이야?

사랑을 우연한 기회에 경험하는, 행운만 있으면 누구나 겪는 즐거운 감정으로 보는 건 대부분의 현대인이 갖는 생각이야. 그렇다고 현대인이 사랑을 중요하게 여기지 않는다는 뜻은 아니야. 하지만 사랑에 대해 배워야 한다고 생각하는 사람은 거의 없어. 대부분은 사랑을 능력의 문제가 아니라 오히려 사랑을 받기 위한 방법의 문제로 생각해. 그러기 위한 몇 가지 방법만 터득하면 된다고 여기지.

남성은 주로 금전적으로 성공해서 상당한 지위에 오르거나 권력을 장악하면 사랑은 저절로 따라오는 것이라고 생각해. 여성은 몸을 가꾸고 옷치장을 하는 등 매력을 갖추는 것에 치중하지. 유쾌한 태도나 흥미 있는 화술을 익혀 둥글둥글하게 처신하면 쉽게 사랑할 수 있다고 생각하기도 하고, 사랑하는 건 쉬운 일인데 사랑할 상대가 없어서 문제라고 여기곤 해.

하지만 이건 남성과 여성의 개인적인 성향의 문제만은 아니야. 남성이 사랑을 위해 돈이나 권력을 쥐려 하고, 여성이 매력을 가꾸려 하는 현상은 현대 문화가 낳은 산물이기도 하거든. 지금과 같은 자본주의 사회에서는 시장을 통한 판매와 구매로 맺어진 '거래'를 중심으로 한 관계가 형성되잖아. 남녀 사이의 '사랑'이라는 것도 똑같은 방식으로 보게 되었다는 거지. 남성과 여성의 매력은 서로에게 탐나는 경품일 뿐이야. 보통 남자가 친구에게 애인이 생겼다고 하면 제일 먼저 묻는 말이 "예뻐?"이고, 여자의 경우는 "뭐하는 사람이야?"라고 묻는다고 하잖아. 연애나 결혼이라는 시장에서 자신이 살 수 있는 최상의 대상을 찾아냈다고 느낄 때, 두 사람은 진지한 사랑을 시작해.

되풀이되는 사랑의 실패

물론 이러한 경우라 하더라도 사랑이 맺어진 순간에는 무한한 행복과 환희의 감정을 느껴. 전혀 모르던 두 사람이 갑자기 벽을 허물고 하나가 되었다고 느끼는 순간은 삶에서 가장 유쾌하고 놀라운 경험 중에 하나지. 갑자기 친밀해지는 이 기적은 성적 매력에 의해 시작되는 경우 더욱 속도가 빨라. 하지만 그런 사랑은 오래 지속되지 못하는 경우가 대부분이야. 누구나 완전한 사랑을 꿈꾸지만 부푼 기대만큼이나 큰 실망으로 끝나는 경우가 많지. 기쁨의 감정보다는 아픔의 감정이 더 자주 나타나기도 하고 말이지.

실제로 대부분은 사랑하면서 온갖 우여곡절을 겪어. 처음에는 서로에게 하늘의 별이라도 따다 주고, 모든 허물을 포용할 수 있으리라 생각하지만 대체로 일정 시일이 지나면 시들해지곤 해. 친밀감과 설렘은 점차 줄어들고, 그 자리를 실망과 권태가 대신하는 경우가 많아. 그러면서 몇 번의 사랑과 이별을 반복하게 되지. 첫사랑 상대와 결혼에 이르는 경우가 거의 없다는 것은 이제 상식이 된 정도야.

우리는 10~20대를 지나면서, 순수하고 완전한 사랑은 무지개처럼 도달할 수 없는 환상이라는 생각을 하게 돼. 끊임없는 감정싸움으로 뒤범벅이 된 갈등 과정을 겪으며 형식적인 관계 유지에 머물거나, 심한 경우 사랑 자체를 불신하는 경우도 생기게 되지. 운이 좋아서 결혼까지 골인한 배우자와 자신이 꿈꾸던 사랑을 누리고 있다고 자신할 수 있는 사람은 과연 얼마나 될까? 심지어 결혼 후에 이혼 절차를 밟는 사람들도 적지 않아. 함께 살아가면서 평생 동안 사랑을 유지하며 사는 것은 결코 쉬운 일이 아니야. 오죽하면 결혼하면 사랑이 아니라 정으로 산다는 말이 떠돌겠어?

　　　　그래서 에리히 프롬은 사랑만큼 엄청난 희망과 기대 속에서 시작되었다가 빈번하게 실패로 끝나 버리는 활동이나 사업은 찾기 힘들다고 말해. 슬픈 지적이지만 현실에서 이루어지는 사랑의 과정을 더할 나위 없이 잘 설명하는 말이야. 하지만 사랑은 우리 삶에서 쉽게 포기할 수 있는 게 아니잖아. 그렇다면 남은 방법은 오직 하나뿐이야. 실패의 원인을 가려내고 사랑의 의미를 배우기 시작하는 거지.

사랑도 기술이다!

　　　　에리히 프롬은 삶이 기술이듯이 사랑도 기술임을 깨닫는 것에서 시작해야 한다고 말해. 그럼 먼저 삶이 기술이라는 말의 의미부터 이해할 필요가 있어. 음악이나 미술, 의학과 같은 영역에서의 기술을 예로 들고 있으니 이들 사례를 통해 좀 더 쉽게 접근해 볼게. 우리는 살아가기 위해 특정 분야의 기술을 배우고, 그것을 직업으로까지 연결시키기도 해. 이러한 전문성을 가진 직업은 이론의 습득과 실천 과정을 거쳐야만 도달할 수 있는 기술을 필요로 하지.

　　　　미술이나 음악과 같은 예술 분야를 생각해 봐. 처음에 연필로 스케치만 할 때는 미술이 어느 정도 재미있다가 수채화 물감으로 채색을 하면서 급격히 흥미를 잃게 되는 경우가 많아. 물감이 자꾸 번져서 몇 번 그림이 망가시면 미술 시간이 지겨워지는 거지. 투명 수채화는 한 곳에 칠한 색이 충분히 마를 때까지 기다려야 하고, 덧칠은 밝은 색에서 어두운 색의 순서로 한다는 등의 이론을 모르거나 그것을 반복적으로 훈련을 하지 않았기 때문이야. 음악도 마찬가

지야. 음표와 음계에 대한 지식이 없으면 피아노나 바이올린을 잘 연주할 수 없
잖아. 그리고 이론만 배웠다고 해서 잘 연주하게 되는 것도 아니고 말이지. 의학
기술은 더 말할 것도 없어. 인간 신체와 여러 가지 질병에 대한 여러 지식을 습
득하고 실무적인 훈련을 거친 다음에야 비로소 의학 기술을 숙달하게 되지. 이
론적 지식과 실천이 합쳐져야 기술이 완성되는 거야.

에리히 프롬은 사랑도 음악이나 의학 기술과 같은 기술의 하나
라고 보았어. 여기서 기술이란 합리적인 사고와 행동이야. 그러니까 사랑이 감
정이 아닌 이성의 영역이라는 거지. 사랑에 대해 언제나 배울 준비를 하고 있어
야 하고, 감정에서 벗어나 합리적 판단의 영역으로 들어서야 실패의 위기를 극
복하고 안정적인 사랑을 누릴 수 있다는 주장이야. 완전하거나 영원하지는 않더
라도 적어도 만족할 만한 사랑을 꿈꾸고자 한다면 감정의 굴레에서 사랑을 구원
해야 한다는 거지. 사랑에 한 번도 실패하지 않을 순 없지만 과거의 경험을 분석
하여 원인을 밝히고, 구체적 방법을 모색하면 새로운 방향으로 나아갈 수 있다
는 거야.

문제는 대부분의 사람이 사랑의 기술 숙달을 관심사로 여기지
않는다는 점이야. 그렇게 빈번하게 사랑에 실패하는데도 왜 사랑의 기술을 배우
려고 하지 않을까? 그는 사랑에 대한 뿌리 깊은 갈망에도 불구하고, 사람들이 사
랑 이외의 성공이나 권력, 돈 등을 사랑보다도 더 중요한 것으로 여기기 때문이
라고 해. 돈을 벌거나 특권을 얻는 데 필요한 것만 배울 만한 가치가 있다고 생
각한다는 거지.

 ## 《사랑의 기술》은 지금 우리에게 어떤 의미일까?

에리히 프롬의 주장은 모든 것을 사고팔 수 있는 상품으로 취급하고, 심지어 인간관계조차도 시장 논리로 대신하는 현대인의 사고방식에 경종을 울린다는 점에서 큰 의미가 있어. 아마 여러분 중에 생텍쥐페리의 《어린왕자》에서 여우와 어린 왕자가 나누는 다음의 대화를 기억하는 사람이 많을 거야. "사람들은 이제 뭔가를 진정으로 알게 될 시간이 없어졌어. 그들은 이미 다 만들어진 물건을 가게에서 살 뿐이야. 그런데 친구를 파는 가게는 없으니까. 이제 그들은 친구가 없는 거지." 사고팔 수 있어야지만 가치 있는 것으로 여기는 현대인의 단면을 잘 보여 준 내용이야. 에리히 프롬도 비슷한 문제의식을 가지고 현대인의 사랑을 비판하고자 했어.

하지만 에리히 프롬의 주장에 대한 의문이나 반론도 만만치 않아. 각자의 감정과 욕구에 충실한 사랑은 지양되어야 할 불장난에 불과할까? 사랑이 실패를 거듭한다고 해서 과연 경제 행위의 기준에 따라 이를 시간 낭비라고 할 수 있을까? 사랑은 실패조차도 아름다운 건 아닐까? 사랑을 감정이 아닌 합리적 사고의 영역으로 두는 것이 타당한지에 대한 의문이야. 사랑이 안정적이고 지속적이어야 한다는 생각 자체가 잘못일 수 있거든.

사랑 문제에서 정신과 육체의 연관성을 무시할 수 없지만, 굳이 둘 중 어느 한쪽을 택하라고 한다면 감정이나 육체적 욕망이 이성보다 중요하다는 입장도 있어. 사춘기에 흔히 정신적 사랑을 꿈꾸며 이른바 플라토닉 러브를 다룬 작품에 관심을 두기도 해. 그렇지만 그 시기에 정신적 사랑에 집착하는 이유는 성의 육체적인 충족을 죄악시하도록 길들여져 있기 때문이라는 지적이야. 성인이 되어서도 육체적인 접촉을 불결하게 여기고 정신적인 사랑에만 집착하면, 오히려 연인 관계가 깨지고 불행해질 수 있다는 얘기지.

사랑을 합리적 사고로 보는 것은 그만큼 이상적 사랑을 전제로 한다는 점에서도 비판의 여지가 있어. 좋은 사랑과 나쁜 사랑을 구분할 수 있을까? 다시 말해서 모두가 마땅히 추구해야 하는 사랑의 보편적인 기준이 도대체 있기는 할까? 에리히 프롬은 다분히 '사랑이란 무엇이어야 하는가'에 대한 이상향을 추구하고 있어. 그렇지만 사랑은 일상의 구체적인 현실 문제잖아. '사랑이란 무엇인가'를 고민한다면 이상향이 아닌 현실에 발을 디뎌야 해. 현실에서 출발할 때 감정에 기초하지 않는 이성, 육체에 기초하지 않는 정신이 성립할 수 없듯이 사랑도 욕망이라는 양분 위에 서지 않는다면 건조하게 말라비틀어질 수 있다는 말이야.

4. 《존재와 시간》 마틴 하이데거

: 죽음에 대하여

● 삶의 유한성에 대처하는 자세

우리는 삶의 유한성을 어떻게 받아들이며 살아야 하는 것일까? 먼저 삶의 유한성 속에서 자신을 반성하고 내면을 성찰함으로써 삶의 의미를 깨달아야 한다. … 왜 인간은 죽음을 기억해야 할까? 죽음을 통해 우리는 삶의 유한성을 자각하며 과거를 되돌아보고 현재의 순간을 소중히 여길 수 있기 때문이다. 즉 삶의 유한성에 대한 자각은 진정한 삶의 의미를 찾는 계기를 제공해 준다. 다음으로 삶의 유한성에 대처하기 위해 도전하는 자세가 필요하다. 비록 한계에 부딪힌다 하더라도 절망하거나 좌절해서는 안 된다. 유한성을 극복하려고 노력하는 과정에서 삶은 발전할 것이며 더욱 가치 있게 될 것이다.

● 죽음 앞으로 미리 달려감

독일 철학자 하이데거는 인간의 삶에는 본래 어떤 의미가 있는 것이 아니며, 자신의 삶에 스스로 의미를 부여할 때 비로소 의미가 생겨난다고 주장하면서 '죽음 앞으로 미리 달려감'이라는 방법을 제시했다. 누구든 진정한 자기로 살고 싶으면 1년이나 2년 후쯤 죽는다고 상상해 본다는 것이다. 그러면 비로소 정말로 자기가 해야 할 일이 무엇인지, 하지 말아야 할 일이 무엇인지를 알게 된다는 것이다. … 죽음 앞으로 미리 달려가 보면, 모든 것이 달라 보인다. 지금까지 그렇게 중요하게 생각되던 일이 하찮은 일로 변하기도 하고, 그 반대로 하찮게 생각하던 일이 매우 중요하게 생각되기도 한다. … 날마다 한 발씩 다가오는 죽음을 생각하고 나면, 삶은 결코 지겹고 힘들거나 무의미한 것이 아니라는 생각이 들 것이다.

《존재와 시간》은 왜 교과서에 실렸을까?

아마 여러분 중 상당수는 교과서에서 왜 생뚱맞게 죽음에 대해 이야기하나 싶을 거야. 푸릇푸릇한 청소년인데 느닷없이 죽음에 대해 알아야 한다니 말이야. 죽음은 나와는 전혀 상관없는 일이라고 생각하잖아. 영화에서 어린 나이에도 전쟁이나 범죄로 인해 죽는 장면이 나오기야 하지. 혹은 다큐멘터리에서 불치병에 걸려 죽음의 문턱에서 고통 받는 장면을 보기도 해. 하지만 그 모든 이야기는 나와는 무관한 딴 세상에서 벌어지는 사건일 뿐이야.

성인이라고 해서 죽음에 관심이 많은 것은 아니야. 대부분의 사람에게 가장 낯선 표현을 찾으라고 한다면 한 손가락에 꼽힐 단어가 죽음일 거야. 오늘이 내일로, 그리고 내일이 그다음 날로 끊임없이 이어질 것이라 생각하며 하루하루를 살아가. 어느 정도 나이가 되면 한 살 한 살 더 먹는 것을 서글퍼하기도 하지만, 그렇다고 해서 죽음을 자신의 현실 문제로 생각하지는 않아. 보다 정확히 말하자면 자신에게도 죽는 날이 올 수 있다는 걸 애써 부정하려고 하지.

그런데 사실 곰곰이 생각해 보면 죽음을 회피할 수 있는 사람은 세상에 아무도 없잖아. 중국이라는 거대한 나라의 권력을 한 손에 쥔 진시황조차도 불로초를 구하려고 수단과 방법을 가리지 않았지만, 결국 죽음의 운명에서 좌절하고 말았지. 그런데도 아무도 죽음을 생각하려 하지 않는다는 것은 오히려 이상한 일이야. 싫으니까 굳이 생각할 필요 없는 것 아니냐고 반문할 수도 있겠지. 그러면 왜 문학이나 미술 활동을 하는 예술가와 철학자는 그토록 피하고픈 죽음의 문제를 자꾸 끄집어내 우리에게 보여 주려고 하는 걸까? 심지어 이제 한창 성장기에 있는 청소년들이 보는 교과서에서조차 죽음을 주요한 주제로 다루는 걸까?

 하이데거는 누구일까?

마틴 하이데거(Martin Heidegger, 1889년~1976년)는 실존주의 철학의 대표자로 유명해. 평생을 인간이 현실에서 어떻게 존재하는가에 대해 탐구했어. 세계 속에 존재하는 인간을 '현존재'라 부르고, 현존재의 존재 자체를 '실존'이라고 보았어. 그는 실존은 종교적으로 예정된 운명이나 인간 모두의 보편적인 본질에 의해 결정되는 것이 아니라고 했지. 개별적이고 구체적인 한 인간의 실존에 의해서만 설명할 수 있다고 주장했어. 그런데 대부분 사람들은 본래 자신의 모습대로 살기보다는 사회가 정상이거나 바람직하다고 여기는 틀에 자신을 맞추곤 해. 그래서 진정한 자신의 모습보다는 눈앞에 펼쳐진 돈과 권력의 세계에 마음을 빼앗기며 살아. 과거와 현재를 잊고 오직 더 나은 미래만을 꿈꾸며 자신을 잃은 채로 살아가지. 하이데거는 죽음에 대한 성찰을 통해 본래 자신의 모습을 깨달을 수 있다고 보았어.

교과서에 나오는 죽음에 관한 내용은 우리가 삶의 유한성을 어떻게 받아들이며 살 것인지 물으면서 시작돼. 여기에서 삶의 유한성이란 모든 사람은 죽는다는 사실을 의미해. 말 그대로 삶에는 끝이 있다는 거야. 그런데 왜 사람은 죽음을 통해 자신을 반성하고 내면을 성찰할 수 있다는 걸까? 죽음에 대한 생각이 어떻게 진정한 삶의 의미를 깨닫고 현재를 소중히 여기게 한다는 거지? 하이데거가 《존재와 시간》에서 강조한 내용 속에서 그 실마리를 찾을 수 있어. 대부분 철학자의 글이 그러하듯이 그의 글도 꽤 어려워서 제대로 이해하려면 하나하나 꼼꼼하게 살펴봐야 해.

> "'그들'의 소리 없는 명령에 순종하는 것은 '사람은 죽는다.'라는 '사실'에 대해서 무관심한 평온을 가질 때다. … 일상적인 죽음을 향한 존재의 산출은 존재에 대한 더 철저한 해석을 통해 존재에 대한 완전한 실존론적 개념을 확보하기 위한 지침을 제공한다."

죽음을 생각하지 않기

먼저 '사람은 죽는다.'라는 사실에 대해 무관심한 평온을 갖는다는 게 무슨 뜻인지 알아야겠지? 우리는 흔히 삼단 논법에 대해 얘기할 때 '사람은 죽는다. 소크라테스는 사람이다. → 그러므로 소크라테스는 죽는다.'라는 식으로 논증을 해. 사람은 죽는다는 것은 너무나 명백한 전제이기 때문이야. 그러면 누구나 죽음을 현실적으로 인정한다는 얘기가 되잖아. 그런데 왜 곧바로 '무관심한 평온'이라는 말을 썼을까? 명백한 전제로 여길 정도로 죽음에 관심을 가지는데 말이야.

하이데거는 '사람은 죽는다.'라는 말이 역설적으로 죽음이 '실질적이지 않은 어떤 것'이라는 의미를 지닌다고 보았어. 무슨 얘기냐 하면, 여기에서 말하는 '사람'은 내가 아니라 불특정한 인간을 가리키는 말이잖아. 즉 '나는 죽는다.'가 아니지. 소크라테스가 옛날에 죽은 것은 분명하지만, 그게 나의 문제는 아니듯이 말이야.

또한 지금 이 순간에도 전 세계에서 수많은 사람이 전쟁이나 기아, 사고로 죽어 가지만 나의 문제와는 아무런 상관이 없다고 여겨. 죽음이 내가 아니라 '그들'의 문제에 불과한 거지. 죽음은 다른 사람에게 나타나는 현상이고 아직 눈앞에 있지 않기 때문에 위협적이지 않은 어떤 것으로 받아들여져. '그들'이란 아무도 아니기 때문이지. 결국 인간 모두에게는 해당되지만 특별하게는 아무에게도 속하지 않는 것으로 평준화되어 버리는 거야.

주변에 심각하게 아픈 가족이나 친구가 있어도 우리는 죽음을 그다지 심각하게 여기지 않아. 아픈 사람에게 습관적으로 이제 곧 괜찮아질 테니까 걱정하지 말라고 위로하거든. 그렇게 죽음을 회피하며 안정감을 찾고자 하는 거지.

그런데 이 안정감은 병든 사람만 느끼는 감정이 아니야. 자신에 대한 위로이기도 해. 병에 걸려도 의지만 있으면 나을 수 있다는 위안을 스스로에게 하는 거야. 그러면서 죽음을 회피하고, 죽음에 대한 무관심 상태로 끊임없이 돌아가려고 해.

그들의 소리 없는 명령에 순종한다는 것

그런데 하이데거는 왜 죽음에 무관심할 때 '그들'의 소리 없는 명령에 순종한다고 했을까? 죽음을 생각하지 않는다는 것은 오늘의 내 생활이 그대로 계속되리라고 생각하는 것과 비슷해. 말 그대로 일상의 반복 안에 자신을 맡기는 생활이야. 죽음이 없다고 생각하면, 우리는 끝없는 미래만을 생각하게 돼. 오늘이 무한하게 반복될 수 있으니 오늘의 소중함은 뒷전으로 밀려나지. 그래서 오늘의 행복을 내일로 미루며 살아.

여러분 일상을 생각해 보면 금방 이해가 갈 거야. 매일 학교와 학원 공부, 그리고 집에 와서 숙제, 두세 달 만에 한 번씩 찾아오는 중간고사와 기말고사, 그렇게 부담스러운 나날을 보내. 무엇을 위해? 더 좋은 고등학교를 가기 위해. 원하는 고등학교에 입학하면 부담은 사라지고 행복할까? 고등학교에 가서는 더 고된 일정이 기다리고 있지. 경쟁이 더 심한 대학 입시가 기다리잖아. 다시 학교와 학원에서 고된 나날을 반복하지.

목표로 했던 대학에 입학하면 그때부터 성발 행복이 시작될까? 전혀 아니야. 이번에는 취업 경쟁이 기다리지. 1학년 초기의 짧은 즐거움을 뒤로 하고 다시 취업 준비에 몰두해. 원하는 직장에 들어가면, 그간의 희생에 대한 보상이 이루어지고 즐거운 나날이 이어질까? '난 욕심이 없어서 그냥 승진하지 않고 직장 생활을 하면 되지.'라는 생각은 세상 물정 모르는 순진한 생각이야. 조금이라도 늦게 입사한 직원이 자신을 추월해 승진하는 순간, 사표를 내고 회사를 나가야 하는 게 우리 사회의 암묵적인 규칙이지. 안락한 생활은 퇴직 이후로 미뤄 두고, 당장 경쟁에서 살아남기 위해 몸부림쳐야 하는 상황이야. 문제는 60세 이후 퇴직을 하고 나면, 대체로 몸이 말을 듣지 않아서 원래 자신이 꿈꾸던 행복한 일상과는 거리가 먼 생활을 하게 된다는 거야.

모든 행복을 미래로 미루고 오늘은 학생이나 직장인으로서 주어진 일에만 매진하면 어떻게 될까? 학창 시절에 모든 것을 대학 이후로 미루는 동안 삶이나 친구 관계는 물론이고 사회에 대해 무언가 고민할 수 있는 여유는 줄어들어. 공부하거나 일하는 기계로 살아야 하지.

이러한 반복되는 일상은 정치나 사회에 대한 무관심으로 이어지고, 비판적인 사고를 할 수 없게 해. 그저 사회에서 요구하는 경쟁 규칙에만 충실히 따르는 순종적인 학생과 직장인의 삶만이 남지. 사회의 부조리나 모순에 눈을 감은 채 살아간다는 의미에서 하이데거는 이를 '그들의 소리 없는 명령에 순종하는 삶'이라고 말한 거야. 이 과정에서 혹시라도 일탈을 꿈꾸는 사람이 있으면 사회는 그들에게 '비정상' 혹은 '아웃사이더'라는 딱지를 붙여 버리거든.

그렇다면 왜 '소리 없는' 명령일까? 과거 전통 사회에서는 귀족과 평민이라는 신분 구별이나 가혹한 형벌에 의한 명령이 지배적이었잖아. 하지만 이제는 마치 자발적으로 순종한다는 착각을 만들어 낸다는 의미야. 경쟁 논리가 우리의 마음을 지배하면서 과거처럼 누군가의 명령이 아니라 스스로의 판단과 선택으로 사회가 요구하는 삶을 산다고 느끼지.

죽음을 생각할 때 새로운 삶이 열린다

이어서 하이데거는 "일상적인 죽음을 향한 존재의 산출이 완전한 실존론적 개념을 확보하기 위한 지침을 제공한다."라고 말해. '일상적인 죽음을 향한 존재의 산출'이란 말은 평소에 죽음을 생각하는 사람이 되라는 것을 의미하지. '완전한 실존론적 개념을 확보한다.'는 것은 진정한 자신을 깨닫는다는 의미해. 종합하면, 죽음을 나의 현실 문제로 생각할 때 진정한 자신을 찾게 된다는 주장이야. 왜 그럴까?

쉽게 이해하기 위해 드라마를 예로 들어 볼게. 평범하게 직장을 다니던 어떤 여인이 어느 날 불치병에 걸려 시한부 판정을 받아. 살 수 있는 날이 앞으로 1년 정도가 남아 있다는 얘기를 듣지. 그 여인은 전혀 생각지도 못했던 임박한 죽음에 처음에는 큰 충격에 휩싸였지만, 점차 안정을 찾아. 그리고 노트에 자신이 가장 소중하게 생각하는 일 10가지를 적었어. 1년 동안 노트에 적은 일들을 하나하나 실행해 가는 과정이 이 드라마의 핵심 줄거리야. 그녀는 죽음을 현실 문제로 생각하고 나서야 진정 자신이 가장 원하는 것이 무엇인지 생각하게 되지. 소중하지만 일상에 쫓겨서 전혀 신경 쓰지 못했던 것들을 비로소 떠올리고 실행하기 시작해.

결국 우리는 평소에 진짐 소중한 것이 무엇인지 잊은 채 살아가고 있다는 말이 되잖아. 실제로 하루하루 살면서 과연 내가 오늘 잘 살고 있는지에 대해 별로 생각을 안 해. 그냥 주어진 일상에 쫓겨서 삶을 이어 가지. 이런 상태에서 진지하게 삶과 인생의 의미를 돌아볼 기회가 잘 없어. 사회의 문제나 철학적 고민은 더욱 끼어들 자리가 없는 거지. 죽음은 그렇게 앞을 향해 질주하는 일상의 쳇바퀴를 잠시 멈추고, 삶의 의미와 가치에 대해 되돌아보게 하는 적극적인 역할을 해.

그런데 정말로 병으로 시한부 판정을 받아야지만 자기 삶의 의미를 돌아본다면 좀 억울하잖아. 건강하게 살아가는 지금 이 순간에 죽음을 현실 문제로 껴안고 삶을 되돌아 볼 수 있다면, 이러한 비극에서 벗어날 수 있지 않겠어? 그래야 문제의식 없이 살아가는 반복적인 일상의 늪에서 깨어나 인생과 사고에 새로운 전환점을 맞이할 수 있을 테니까 말이야.

 ## 《존재와 시간》은 지금 우리에게 어떤 의미일까?

현대는 일상의 반복이 인간을 지배하는 사회야. 사람들은 제각기 전문화된 특정 분야에서 똑같은 일을 반복하며 살아가지. 또한 인류의 역사상 가장 경쟁 논리가 강하게 지배하는 시대잖아. 그래서 좌우를 살펴볼 여유 없이 그저 앞만 보고 전력 질주해야 하는 상황이야. 마치 쇼트 트랙 선수들처럼 현기증이 날 정도로 빠른 속도로 짧은 트랙을 계속 돌아야 하는 일상이 삶을 지배하고 있어.

그렇기 때문에 현대 사회는 나의 죽음을 현실 문제로 생각하고, 일상의 반복을 멈추고 진정한 삶의 의미를 성찰하려는 시도가 그 어느 때보다 절실해. 자신의 죽음을 정면에서 마주하는 사고 체험을 통해 진정한 소망을 되찾고,

삶의 목표를 분명히 정할 수 있을 거야. 자신에게 가장 솔직하고, 삶에 대한 애정을 가장 크게 느낄 때가 비로소 죽음을 마주하는 순간이니 말이야.

물론 우리 모두가 어두운 동굴에서 해골에 담긴 물을 먹은 후 깨달음을 얻은 원효 대사처럼 깊은 경지에 오르기는 쉽지 않겠지. 평범한 삶을 사는 보통의 사람이 성인 수준에 이를 정도의 깨달음에 도달하기는 어렵겠지만, 적어도 죽음과 마주함으로써 후회 없는 삶을 고민하는 정도는 노력으로 가능하지 않을까 싶어. 흔히 시련을 겪고 나서야 그 사람의 진정한 모습을 볼 수 있다고 하지? 인간에게 가장 큰 시련은 죽음이야. 죽음에 대해 어떠한 태도를 취할 것인지 고민하는 과정에서 한결 성숙해진 자신을 발견할 수 있을 거야.

5. 《호모 루덴스》 요한 하위징아

: 일을 놀이처럼 할 수 있을까?

교과서 내용

● 일과 놀이의 인식 변화

인간은 일을 하는 존재인 동시에 놀이를 추구하는 존재다. 놀이는 일상에서 쌓인 피로를 풀어 주고, 생활에 즐거운 활력소가 된다. 시대에 따라 일과 놀이에 대한 인식은 차이를 보인다. 농경 사회에서 조상들은 일상생활에 필요한 것을 스스로 만들어 냈다. 일과 놀이를 구분지어 생각하지는 않았다. 즉 일을 하면서도 그 안에서 즐거움을 찾고, 놀이를 하면서도 생산적인 것을 추구했다. 현대 사회에서 일은 삶에서 더 큰 비중을 차지하게 되었으며, 일과 놀이를 분리된 것으로 인식하는 경우가 많아졌다. 일은 하기 싫어도 해야 할 업무로, 놀이는 일과는 구별된 여가 활동으로 여기게 되었다. 일과 놀이가 분리되면서 일은 고통스러운 것, 놀이는 즐거운 것으로 생각하는 경우가 많아졌다.

● 호모 루덴스 (Homo Ludens)

인간은 동물과 달리 놀이를 추구하는 유희적 존재다. 네덜란드의 문화학자 하위징아는 '유희적 인간', '놀이하는 인간'이라는 뜻의 호모 루덴스를 인간의 특징으로 강조했다. 유희란 즐겁게 노는 행위, 즉 놀이를 말하는데 이 놀이는 단순한 휴식이나 여가로서 뿐만 아니라 삶을 새롭게 창조하는 데 큰 의미를 갖는다.

 ## 《호모 루덴스》는 왜 교과서에 실렸을까?

공부나 일 자체가 좋은 사람은 거의 없을 거야. 여러분도 '월요병'이라는 말을 많이 들어 봤지? 주말에 쉬다가 다시 일을 해야 하는 월요일이 되면 머리가 지끈거리고 스트레스가 몰려오는 현상이지. 주말을 지내고 다시 학교에 가야 하는 월요일이면 괜히 가슴이 답답하고 무거워지는 경험을 자주 하지 않아? 그만큼 공부나 일이 즐겁기보다는 부담으로 다가 오기 때문이지. 쉬는 날을 손꼽아 기다리는 건 일이 재미없어서일 거야.

누구나 주말을 기다리고 금요일만 돼도 기대감이 잔뜩 부풀어 올라. 주말이 좋은 것은 놀 수 있기 때문이야. 주말에도 학원이나 집에서 공부를 해야 한다면 해방감이 좀 덜하겠지만 최소한 일주일의 피곤을 보충할 수 있는 시간의 여유가 생겨.

하지만 그렇다고 해서 놀기만 한다면 그것도 문제지. 만약 1년 내내 아무 일 없이 놀기만 하면 다시 하루하루가 지겨울 거야. 재산이 엄청나게 많아서 평생 일하지 않아도 넉넉하게 먹고 살 수 있다고 해도 평생 놀기만 하는 삶이 즐거울 수는 없지. 무언가 생산적인 일을 하고 싶다는 욕구가 내부에서 꿈틀거리기 시작할걸.

문제는 일과 놀이의 비중이야. 현대인은 압도적으로 많은 시간을 일로 보내야 하거든. 대부분의 평범한 사람들에게는 여유를 즐길 수 있는 시간 자체가 그리 많지 않아. 하지만 노동 시간이 줄어든다면 훨씬 나은 삶이 가능해. 만약 일을 놀이처럼 할 수 있다면? 더 이상 바랄 것이 없을 정도로 가장 이상적 상태겠지? 하위징아는 인간 활동의 대부분이 놀이와 연관성이 있다고 주장해. 본래 일과 놀이의 경계는 그리 분명하지 않았다는 거야. 그의 글을 통해서 어떻게 일과 놀이가 함께 어우러져 왔는지 이해하고, 현재 우리에게 어떤 고민이 필요한지 생각해 보자.

하위징아는 누구일까?

요한 하위징아(Johan Huizinga, 1872년~1945년)는 네덜란드의 역사가야. 일곱 살 무렵 동네에 들어온 카니발 행렬을 보고, 그 광경에 매료되어 평생을 의례, 축제, 놀이 연구에 주력했어. 어릴 때부터 어학에 남다른 재능이 있어서 히브리어, 아랍어, 산스크리스트어 연구에 심취한 것이 역사 연구에 큰 보탬이 되었지. 다양한 나라의 역사와 문화를 비교할 수 있었으니까. 문학과 예술에 대한 탁월한 안목과 조예를 갖춘 그는 여러 분야에 깊은 관심을 쏟았지. 고대 인도 문화사와 종교사, 유럽 중세사에서 많은 연구 성과를 냈어. 하지만 우리에게 가장 잘 알려진 것은 일과 놀이에 대한 연구야. 각 사회의 일과 놀이 관계를 역사적으로 밝히고자 했지. 그 결과로 태어난 역작 중의 하나가 《호모 루덴스》야.

 ### 《호모 루덴스》에 대해 더 알아볼까?

하위징아는 놀이를 단순히 문화의 한 요소로 보는 데 그치지 않아. 인간에게는 놀이를 추구하는 본성이 있고, 또 놀이의 동기나 기본 원리가 동일하다는 점에서 놀이는 인간의 본질에 속한다고 보았어. 시대에 따라 변하는 건 놀이의 형태나 방식에 불과하다는 거야. 또한 놀이를 일과 분리된 여가의 한 형태로 보는 입장도 비판했어. 놀이가 문명의 발달을 이룰 수 있다는 점에서 이성적인 활동 영역과 맞닿아 있다는 거지.《호모 루덴스》의 다음 내용을 통해 보다 깊이 있게 접근해 볼게.

"나는 호모 파베르 바로 옆에, 호모 사피엔스와 같은 수준으로, 호모 루덴스를 인류 지칭 용어의 리스트에 올리고자 한다. … 문명은 초기 단계에서 놀이 중심으로 이루어졌다고 결론 내릴 수 있다. 문명은 놀이 정신 속에서 놀이 양태로 생겨나며 결코 놀이를 떠나지 않는다. 놀이 정신이 없을 때 문명은 존재할 수 없다."

놀이하는 인간 '호모 루덴스'

먼저 호모 사피엔스나 호모 파베르가 무얼 의미하는지부터 살펴보자. 호모(Homo)는 사람을 의미해. 호모 어쩌고저쩌고 하는 말은 모두 사람의 본질을 말할 때 사용하지. 호모 사피엔스(Homo Sapiens)는 사람의 합리적인 사고 능력을 강조하고자 한 의도가 담겨 있어. 사피엔스는 지혜나 슬기 등을 뜻하고, 18~19세기에 중요하게 떠오른 이성적인 사고 능력을 중심으로 사람을 정의하는 표현이야. 흔히 '인간은 이성적 존재'라고 하잖아. 감정이나 충동에 의존하는 동물과 구분하여 합리적인 사고 능력으로 사람의 특성을 설명하고자 한 말이야.

하지만 세월이 흐르면서 인류를 합리적인 사고 능력만으로 사람의 특성을 말하는 게 별로 설득력이 없다는 점이 밝혀졌어. 인간은 이성만이 아니라 감정은 물론 무의식까지 복합적으로 반응하는 존재라는 생각이 자리 잡았지. 그 이후에 인간과 동물의 구분 기준을 도구를 만들어 사용하는 능력으로 삼기도 했는데, 이를 표현한 말이 호모 파베르(Homo Faber)야. 파베르는 물건을 만들어 낸다는 의미거든. 물건이나 연장을 만들어 사용하는 능력은 사람에게만 있다고 보는 주장이야. 동물은 자연환경에 적응할 뿐이지만 인간은 도구를 만들어 자연을 유용하게 고쳐 사용할 수 있는 능력을 지녔다는 거지.

하위징아는 이 기준조차 한계가 있다고 지적해. 비록 물건을 만들어 낸다는 말이 생각한다는 말보다 한결 명확하지만, 도구를 사용하는 동물도 있으니까 부적절하기는 마찬가지야. 딱따구리는 나무 틈 속에서 벌레를 파내려고 선인장 가시를 이용하거든. 침팬지는 나뭇가지를 꺾어 잔가지와 잎을 떼어 내고, 가지만으로 개미집을 쑤셔 개미를 끄집어내 꿀을 찍어 먹지. 침팬지는 단단한 열매를 쪼개려고 돌 위에 열매를 올려놓고 다른 돌로 내려 찧어. 나뭇잎으로 진흙 바닥에 깔개를 만들기도 하지. 수달도 돌로 조개껍질을 깨는 능력을 지넣어. 이와 같은 수많은 사례를 볼 때 도구 사용을 사람만이 할 수 있는 능력으로 보기는 어려워.

그래서 하위징아는 사람만 할 수 있고 동물은 할 수 없는 것을 찾으려는 시도에 부정적인 편이었어. 대신 사람과 동물 모두에게 해당되면서 동물보다 훨씬 더 발달된 사람의 능력이 무엇인지 찾으려고 했지. 이성적인 사고나 도구를 만드는 것만큼이나 사람에게 발달한 중요한 제3의 기능을 '놀이하기'라고 보았어. 놀이하는 인간이라는 뜻을 가진 호모 루덴스(Homo Ludens)를 인류를 지칭하는 용어로 추가하자고 했지. 동물의 생각과 도구 사용이 생존을 위한 본능적인 행위라면, 사람은 즐기기 위한 목적의 놀이가 행위의 중요한 동기가 된다는 점에서 큰 차이가 있다는 주장이야.

놀이, 문명을 만들다

사람이 놀이를 즐긴다는 점은 누구도 부정할 수 없을 거야. 짬이 나면 친구들과 운동장에서 축구나 농구를 하고, 스마트폰으로 게임을 해. 성인도 적은 시간이지만 재미를 느끼는 다양한 놀이를 즐겨. 운동이든 카드나 경마와 같은 게임이든 짧은 시간에 누릴 수 있는 짜릿한 경험을 추구하지.

하위징아는 놀이를 통해 인류 문명이 발전하고 유지된다고 주장해. 아니 어떻게 놀이가 문명을 만들어? 놀이는 시간 낭비나 기껏해야 일과 일 사이에 잠시 여가를 즐기는 의미밖에 없다고 들었는데 말이야. 거창하게 놀이를 문명과 연결시키다니 과장이 이만저만한 게 아니라고 생각할지 모르겠어. 하지만 그는 진지하게 놀이가 문명을 발전시킨 역사적인 근거를 보여 줘.

먼저 놀이 형식에서 그 근거를 찾지. 놀이를 자유로운 것으로만 이해하는데, 사실 놀이에는 나름의 엄격한 규칙이 있어. 그 규칙을 위반하면 그때부터 놀이의 세계는 무너지고 놀이는 다 망가져. 놀이하는 사람은 꼭 이기겠다는 욕심의 크기만큼 경기 법칙은 잘 따라야 한다는 의무도 따르기 때문에 용기나 끈기뿐만 아니라 강한 정신력도 요구돼.

생존을 위한 행동도 놀이 규칙과 연관성이 많아. 예를 들어, 농경 사회의 농사일도 놀이의 특성을 지녀. 노동요를 부르거나 농악을 울리며 일에 즐거움을 더하고 능률을 높이기도 하지. 정월 대보름 전날에는 논둑이나 밭둑의 마른 풀을 태우는 쥐불놀이를 했어. 불을 놓아 쥐를 쫓아내고, 해충의 알과 잡균을 태워 없애서 새싹이 잘 자라게 하기 위한 것이었지. 이렇게 우리 조상들은 삶 속에서 일과 놀이를 자연스럽게 조화시켰어. 그런데 놀이로서의 농사에는 엄격한 규칙이 있었지. 땅을 갈거나 비료를 주고 씨를 뿌리는 시기를 반드시 지켜야 하고, 또 정해진 방식대로 해야 기대한 성과를 얻을 수 있었거든.

인류 문명사와 뗄 수 없는 전쟁도 놀이의 성격을 갖고 있어. 예를 들어 고대 그리스 도시 국가 사이의 전쟁은 시합과 유사한 방식이었어. 싸우기 전에 규칙이 명시된 계약서를 신전에 제출했대. 전투 시간과 장소, 사용하는 무기가 정해져 있었어. 던지는 무기, 즉 화살이나 돌팔매 등은 금지되었고, 갈과 휴대용 창만 허용되었어. 고대 중국의 제후들은 전쟁 전에 술잔을 주고받는 관습을 통해 존경의 표시했지. 이는 전쟁을 고상한 명예 게임으로 보는 생각에서 비롯되어, 오늘날의 전쟁에서도 선전 포고를 하는 관습으로 자리 잡았어.

심지어 법이나 재판도 놀이와 연결해서 설명하고는 해. 법의 집행, 즉 소송이 경기와 얼마나 닮았는가를 관찰하면 금방 확실해져. 재판 과정에는 내기 요소가 많은데, 소송을 건 당사자가 자신의 권리를 걸고 상대방에게 도전을 하는 셈이지. 문명이 발달하면서 놀이의 성격이 약화됐지만 본질적으로 소송은 아직까지 말싸움의 형태로 남아있어.

이렇듯 하위징아는 문명이 일정한 규칙에 의해 놀이가 반복되는 과정에서 만들어졌다고 주장해. 보다 복잡하고 체계적인 방식으로 규칙이 개선되는 과정에서 문명의 변화와 발전이 있었다는 거지. 때문에 놀이는 문화의 한 요소가 아니라 문화 자체가 놀이 성격을 지닌다는 거야. 모든 문화에서 놀이 요소가 발견되고, 공동생활이 놀이 형식이라는 점에서 문명은 놀이 속에서 생겨난다는 거지. 놀이 정신이 없다면 문명은 존재할 수 없다는 결론이야.

놀이를 잃어버린 현대 사회

하위징아는 현대로 올수록 문화가 놀이의 성격을 잃어 가고 있다고 안타까워해. 이상하지 않아? 과거로 갈수록 놀이가 없고 현대 사회로 올수록 놀이 종류는 폭발적으로 증가했는데 말야. 하위징아는 왜 현대인들이 놀이를 잃어버렸다고 걱정하는 걸까?

현대 사회에서 놀이는 '노동이 끝난 후 자유 시간에 하는 것'으로 그 의미가 축소되었어. 과거에는 노동 자체에 놀이 요소가 있었잖아. 그런데 현대 사회에서 노동이 분업화되고 전문화되면서 놀이 성격이 사라졌거든. 수공업으로 물건을 만들던 시대에는 한 사람의 기능공이 물건 전체를 만들어야 했어. 예를 들어, 자전거 기능공이면 핸들부터 바퀴에 이르기까지 모든 과정을 직접 해결했지. 하지만 현대 공장제 공업의 생산에서는 업무가 세분화되어 어떤 사람은 핸들, 어떤 사람은 바퀴, 또 어떤 사람은 체인만 만들어. 작업이 분업화될수록 노동에서 놀이 의미는 사라졌지. 하루 종일 동일한 동작으로 나사 조이는 일만 반복하는데 어떻게 업무가 놀이로 느껴지겠어? 그때부터 놀이는 일하는 시간 이외에 여가 시간에 즐기는 행위로 여겨지게 됐어. 현대인이 호모 루덴스일 수 있는 시간은 퇴근 후 지극히 짧은 시간 동안뿐이라는 걸 알게 되었지.

물질적 가치가 세상을 지배하고 경제적인 성공만을 중요하게 여기는 현대 산업 사회에서는, 놀이가 노동에 비해 유치하고 수준이 낮은 행동으로 취급돼. 경제적 동물이라는 말을 들어 봤지? 현대인은 대부분 경제적 동물이 되어 살아가고 있어. 놀이는 게으름이나 무능함의 상징이거나 기껏해야 더 열심히 일을 하기 위한 여가의 의미로 전락한 거야.

현대 사회의 가장 대표적 놀이 문화라 할 수 있는 스포츠조차 놀이와 거리가 생겼어. 축구·야구·농구 등의 규칙이 까다로워지면서 제도화되고, 아마추어와 프로로 구분되고, 프로의 등장으로 아마추어는 열등감에 시달리면서 점점 놀이의 영역에서 밀려났어. 미술이나 음악 등 예술 영역도 상업화되거나 특권화되는 바람에 순수한 놀이 정신에서 벗어나게 됐지. 현대 과학은 오직 수량화된 정확성만을 요구하면서 놀이를 부정해. "놀이 정신이 없을 때 문명은 존재할 수 없다."는 하위징아의 결론에 비추어볼 때, 놀이를 잃은 현대 사회의 미래는 불투명한 상황이야.

《호모 루덴스》는 지금 우리에게 어떤 의미일까?

최근에는 '호모 루덴스'에 주목하고 일과 놀이의 경계를 허물어야 한다는 주장이 많아졌어. 특히 요즘 같은 정보 사회에는 이전의 산업 사회와 달리, 일과 놀이가 결합되는 방향으로 나아간다는 주장이 환영을 받고 있어. 컴퓨터가 모든 생활에 일상적으로 쓰이고 나와 다른 사람을 연결하는 장치가 되면서 일과 놀이의 경계가 급속히 사라졌다는 거야.

실제로 요즘의 직장인들은 컴퓨터를 통해 일과 놀이를 동시에 해. 같은 시간, 같은 공간에서 일과 놀이를 함께 경험하지. 하루 종일 컴퓨터 앞에 앉아 있기만 해도 지루하지 않은 시대가 왔잖아. 업무를 위해 컴퓨터로 문서 작업을 하다가도 인터넷 뉴스 사이트에서 기사를 읽으며 댓글을 달고, 친구의 블로그에 새로 올라 온 사진을 구경해. 일이 잘 풀리지 않을 때면 게임 사이트에서 기분 전환을 하거나. 문서 작업을 하다가 MP3 파일을 다운 받아 음악을 감상하기도 해. 말 그대로 컴퓨터로 일하고, 컴퓨터로 놀고, 컴퓨터로 쉬는 시대야.

산업 사회에서 놀이는 일을 위한 여가나 재충전의 수단일 뿐이었지만, 인터넷의 등장과 함께 노동과 휴식, 일과 놀이 사이의 경계선이 희미해지고 있어. 일이 놀이가 되고 놀이가 일이 되는 현상이 더 많아졌다는 주장이야. 특히 인터넷을 통한 업무로 재택근무가 활성화되면서 일과 놀이는 더욱 구분할 수 없는 상태로 나아가. 정해진 노동 시간의 개념이 사라지면서 얼마든지 놀이하면서 일할 수 있는 환경이 만들어졌지. 노는 능력과 상상력이 새로운 시대의 경쟁력이고, 놀이와 일의 구분은 더 이상 무의미하다는 '놀이 예찬론'이

흘러나와.

하지만 이러한 논리에 대한 비판도 많아. 컴퓨터와 인터넷이 업무 도구로 일반화되면서 노동 시간이 오히려 증가했다는 지적도 있어. 미국 스탠포드대 사회계량연구소의 성인 대상 설문 조사 결과에 따르면, 인터넷을 이용하는 직장인 4명 중에 1명은 "인터넷 때문에 가정에서의 작업 시간이 늘었다."라고 대답했거든. 인터넷으로 언제 어디에서나 일할 수 있게 되면서 일이 가정으로까지 연장된 거야. 컴퓨터가 작업 속도를 높여 준 것보다 몇 배는 더 많은 일거리를 안겨 주었지. 특히 재택근무는 8시간 노동제라는 노동 시간의 제한을 무효화하고 장시간 노동을 강요할 수 있는 효과적인 도구 역할을 해. 집에서 일하는 대신 일정 기간에 끝내야 할 일을 잔뜩 주면 되니까. 회사에서는 추가 임금 지급 없이도 직원에게 얼마든지 오래 일을 시킬 수 있게 된 거지.

우리는 놀이의 중요성을 강조한 하위징아의 문제의식을 발전적으로 수용할 필요가 있어. 특히 한국 사회에서는 더 중요해. 한국은 OECD 회원국 중 장시간 노동 1위 자리를 한 번도 뺏긴 적이 없고, 자살률도 부동의 1위야. 부모는 빚을 내서 집을 장만하고, 자녀 교육에 허덕여야 해. 이를 위해 장시간 노동도 마다 않고, 오로지 일하는 기계로 살아가지. 자녀들도 입시 경쟁에 지쳐 생동감을 잃어버린 세월을 보내야 하고. 이런 사회에서 자살률 승가가 전혀 이상할 게 없어. 잃어버린 놀이를 되찾는 일이 더 이상 미룰 수 없는 중요한 과제가 된 것은 분명해 보어.

하지만 정보 사회가 저절로 일을 놀이로 바꿔 주지는 않아. 앞에서 살펴보았지만 오히려 더 많은 일의 부담을 안겨 주는 도구 역할을 하니까 말이야. 정보 기술 발달을 놀이 확대로 연결시키기 위해서는 일과 놀이의 경계를 허문다는 발상보다 여가 시간 확대를 위한 노력이 더욱 중요할 수 있어. 정보 기술을 사용한 업무의 전산화·자동화로 생산성이 수십 배 이상 높아졌다면, 이를 반영해 노동 시간을 대폭 줄이고 여가 시간을 늘리는 접근 방식이 필요해. 생산력 증가를 위해 일의 분업화를 부정할 수 없는 현대 사회의 현실적 조건에서 유일한 놀이 확대 방법은 일하는 시간을 줄이고, 노는 시간을 대폭 증가시키는 것일 수 있거든. 놀이동산이나 백화점 쇼핑, 혹은 프로 스포츠 시청으로 놀이를 대체하려는 왜곡된 놀이 문화도 바꾸려는 시도가 필요할 거야.

2장

남과 행복해지기 위한 기초 지식
사회·국제

1. 《동물 농장》 조지 오웰

: 전체주의와 자유

● 조지 오웰 《동물 농장》

어느 장원 농장에서 평소에 소홀한 대우를 받던 가축들이 반란을 일으킨다. 농장주 존스와 관리인들을 내쫓고 동물들 스스로 농장을 경영한다. 농장의 이름도 '동물 농장'으로 바꾼다. 비교적 지능이 발달한 돼지인 나폴레옹, 스노우볼, 그리고 스퀼러의 지도와 계획에 따라 모든 동물은 평등한 동물 공화국 건설을 위해서 열심히 일하고, 돼지들의 주도하에 일요 회의도 열고, 문맹 퇴치의 학습 시간도 가진다.

그런데 풍차 건설을 계기로 주동자 간의 권력 투쟁이 드러난다. 이상주의자 스노우볼은 나폴레옹에 의해 축출된다. 나폴레옹은 간교한 스퀼러를 대변자로 내세워 동물들을 설득하고 조작하며 개들을 앞장세워 공포 분위기를 조성한다. 농장 운영 방침도 바꿔 구성원들의 의견을 모으던 일요 회의도 폐지하고, 모든 일을 나폴레옹과 그의 측근들이 임의로 결정한다. 풍차 건설을 빙자해 동물들의 자유를 억압하고, 확산되는 불만은 존스가 다시 쳐들어온다는 공포 분위기로 제압한다. 돼지들은 불평하거나 항의하는 동물을 첩자로 몰아 숙청하기도 하고, 옛날처럼 작업량을 늘리고 식량 배급은 줄이기로 한다. 반면에 나폴레옹을 둘러싼 지배 계급은 존스 시대의 인간보다 더 사치스러운 생활 속에서 호의호식한다.

《동물 농장》은 왜 교과서에 실렸을까?

전체주의라는 말을 들어 봤어? 역사 시간에 히틀러가 지배하던 독일의 나치 시대에 관해선 한 번쯤 들어 보았을 거야. 전체주의는 이러한 시대에 퍼져 있던 사상으로, 국가에 속한 국민 개개인이 민족이나 국가의 발전을 위해서만 존재한다고 보는 생각이야. 조지 오웰의 대표작인 《동물 농장》이 배경으로 하고 있는 스탈린이 지배했던 소련도 이러한 전체주의 시대라고 할 수 있어. 우리는 전체주의가 과거의 어두운 기억이라 여기면서 지금은 전체주의에서 벗어나 개인의 자유를 충분히 누리고 있다고 생각하곤 해.

하지만 전체주의가 꼭 역사 속의 특정한 정권만을 지칭하는 말은 아니야. 전체주의는 말 그대로 '전체를 개인보다 더 우선시하는 지배 방식'에 관한 모든 것을 의미하거든. 개인을 전체의 지배 아래 두기 위해 폭력이나 물리적인 억압, 정보를 왜곡해서 심리적으로나 사상적으로 개인을 통제하는 것도 전체주의라고 말할 수 있는 거지. 전체주의 체제에서는 개인이 국가나 민족을 위해 희생해야 하는 것을 당연하게 여기고, 그것을 노골적으로 강요해. 그러한 개인의 희생을 국가나 민족을 위한 신성한 의무라고 포장하기도 하지.

엄밀히 말하면 히틀러도 군대나 경찰을 통한 폭력만으로 독재 권력을 유지했던 것은 아니야. 그들은 선거를 통해 민주적인 방법으로 정권을 잡았거든. 언론을 손 안에 넣고 자신의 입맛에 맞는 말만 하게 하고, 모든 수단을 이용해서 대중의 마음을 움직이는 데 성공했지. 결국에는 대중의 동의하에 권위주의 통치 체제를 만들고 유지해 왔던 셈이야.

전체주의는 현대 사회에서도 얼마든지 나타날 수 있어. 국가의 정체성이 전체주의가 아닌, 민주주의를 내세우고 있다고 하더라도 얼마든지 통치 과정에서 전체주의적인 요소가 나타나기도 해. 우리는 스스로 전체주의에 동조하고 있는지도 모르는 채 살아가는 경우가 많아. 그렇기 때문에 전체주의가 우리 사회에서 어떤 식으로 나타나고, 우리의 의식을 어떻게 지배하는지 섬세하게 검토할 수 있어야 해.

 조지 오웰은 누구일까?

조지 오웰(George Orwell, 1903년~1950년)은 인도 출신의 영국 소설가야. 대학을 졸업하고, 당시 영국의 식민지였던 인도의 제국 경찰로 근무하면서 영국 제국주의의 폭력성을 목격했어. 그러고는 작가가 되기로 결심하고, 불황 속의 파리 빈민가와 런던 부랑자의 극빈 생활을 직접 체험했지. 초기에는 주로 빈민의 삶을 묘사하거나, 백인 관리사가 식민지에서 행하는 잔혹한 행태를 비판하는 소설을 썼어.

2차 세계 대전 후 러시아 혁명과 스탈린의 배신을 다룬 정치 우화 《동물 농장》의 출간으로 세계적으로 주목 받는 작가가 됐지. 이어 그의 최고 걸작으로 꼽히는 《1984》라는 미래 소설을 발표하며, 전체주의를 비판하는 대표적인 작가로 확고한 위치를 차지하게 됐어.

 《동물 농장》에 대해 더 알아볼까?

소설의 전체 내용 전부를 다루기는 어려우니까, 전체주의의 전형적인 단면을 볼
수 있는 한 대목을 통해 이야기를 풀어 가자. 이야기의 거의 뒷부분에 나오는 복
서라는 말을 둘러싼 이야기야. 모든 동물들이 새끼 돼지를 위한 학교를 만드는
일에 제대로 먹지도 못하고 장시간 노동에 시달리고 있었어. 복서는 동물들 중
에서도 특히 힘이 센 말이었기에 더 많은 일을 했지. 그러던 중에 돌덩이를 옮기
다 큰 부상을 입어서 더 이상 일을 할 수 없게 되었어. 복서는 알파벳의 나머지
스물 두 글자를 암기하는 데 남은 생을 보낼 작정이라고 말해.

　　　　돼지들은 외부 병원에서 복서를 치료해 주겠다며 짐마차를 가
져왔어. 하지만 글을 모르는 동물들은 마차에 쓰인 '폐마(쓸모없는 말) 도살'이라
는 글자를 읽지 못하고, 허무하게 복서를 도살장으로 보내야 했지. 사흘 후, 복서
가 병원에서 온갖 치료를 다 받았지만 결국에 목숨을 잃었다는 소식이 전해졌
어. 동물들의 지배 집단인 돼지들이 대변인 스퀼러를 시켜 그 소식을 공식적으
로 발표한 거야. 스퀼러는 앞다리를 들어 눈물을 닦으면서 모든 동물에게 이 슬
픈 소식을 다음과 같이 전했어.

"내 생전에 처음 본 눈물겨운 장면이었습니다. 나는 그가 임종하는 최후의 순간까지 침대 곁을 떠나지 않았습니다. 그리고 복서는 마지막에 말도 못할 정도로 힘이 다 빠진 채, 내 귀에 대고 풍차의 완성을 보지 못하고 눈을 감는 것이 가슴 아프다고 속삭였습니다. 그리고 이렇게 말했습니다. '동지 여러분 전진합시다! 우리가 이룩한 혁명을 잊지 말고 전진합시다! 동물 농장 만세! 나폴레옹 동지 만세! 나폴레옹 동지는 항상 옳습니다! 동지 여러분!' 이것이 그의 마지막 말이었습니다."

스퀼러가 복서의 임종을 마치 눈앞에서 보는 것같이 자세히 묘사하며, 그는 최고의 치료를 받았고 나폴레옹 동지도 복서를 위해 아무리 비싼 약이라도 아끼지 말고 쓰도록 지시했다고 말하자, 동물들은 모두 그의 죽음에 대한 의심을 떨쳐 버렸어. 동물들은 복서가 적어도 행복하게 죽었다는 생각으로 복받치는 슬픔을 억누를 수 있었지. 그리고 며칠이 지난 후 돼지들은 복서를 기리는 추모제를 열어 주었어. 그날 밤 돼지들은 어디선가 큰돈을 장만해서는 위스키 한 상자를 사다 마셨지.

전체주의 권력의 시녀가 된 지식인

소설에서 스퀼러라는 돼지는 지식인을 비유하고 있어. 복서의 죽음을 전하는 스퀼러의 연설은 지식인으로서 그가 어떻게 나폴레옹 중심의 전체주의 사회 질서를 정당화하는지 잘 보여 주고 있어. 지식인이 독재 권력의 시녀 노릇을 하며 일반 대중에게 거짓 정보를 전달하고, 저항할 수 없게 하는 일에 앞장서는 장면이지.

심지어 그들은 착취와 억압의 희생양이었던 복서의 죽음조차 전체주의 강화를 위한 도구로 이용했어. 복서가 풍차를 완성해 달라는 유언을 남겼고, 나폴레옹은 항상 옳은 결정만 한다는 거짓말로 대중을 속였지. 복서가 강제로 죽음을 당했을지 모른다는 다른 동물들의 의심에 대해서도 무시했어. 그는 훌륭한 치료를 받았다고 속인 것은 물론이고, 동물들의 저항을 막기 위해 추모제를 여는 사기극을 펼치기도 해. 복서를 도살장에 팔아먹은 돈으로 돼지들은 비싼 위스키 파티를 할 수 있었지.

역사적으로 지식인에게 사회적 역할을 강조하는 사람들은 많았어. 그리스 철학자 소크라테스는 지식인을 '등에'에 비유했지. 지식인은 소의 엉덩이에 달라붙어 피를 빨아먹은 등에에, 거대한 국가나 사회는 소에 비유했어. 국가는 규모가 커서 사람들이 어디서 무슨 일이 일어나는지, 사회에서 어떤 문제가 있는지 잘 알 수가 없거든. 지식인을 등에 비유한 것은 국가와 대중에게 항상 따끔한 자극을 주는 역할이 지식인이 할 일이라는 주장하기 위해서야. 사회 구석구석에서 나타나는 부조리를 누구보다 먼저 알 수 있는 위치에 있기 때문에, 사람들에게 문제를 알리고 문제 해결을 촉구하는 비판적인 역할을 지식인이

해야 한다는 지적이지.

　　하지만 현실에서는 스퀼러처럼 지식인이 권력의 시녀로 전락해 전체주의 권력의 나팔수 역할을 하는 경우가 많아. 권력이 TV와 신문 등 언론을 장악하고, 지식인을 이용해 진실을 은폐하거나 왜곡된 정보로 대중의 비판적인 사고를 막아 버렸지. 과거 한국의 독재 권력도 진실을 보도하고 억압적인 사회를 비판하는 기자들을 감옥에 가두거나 도리어 언론을 권력의 홍보 수단으로 삼았어. 뉴스는 정권을 홍보하는 선전 매체에 불과했지. 국민의 귀와 입이 되어야 할 언론과 지식인이 집단적으로 타락하는 현상이 역사 속에서 되풀이됐어.

우민화 정책을 통한 지배

　　앞에서 복서는 남은 삶 동안 알파벳을 암기하는 데 힘쓰겠다고 했지. 또한 동물 농장의 동물들이 복서를 싣고 갈 마차에 쓰인 '폐마 도살'이라는 글씨조차 읽지 못했다는 내용도 나와. 하지만 모든 동물에게 글씨를 가르치지 않는 건 아니었어. 복서가 하던 일이 풍차와 새끼 돼지를 위한 학교를 짓는 것이었잖아. 지배 집단인 돼지만 읽고 쓰는 능력을 키우면서, 나머지 동물에게는 가장 초보적인 알파벳조차 가르치지 않은 시대상을 보여 준 거지.

　　이러한 차별은 전형적으로 전체주의 세력이 쓰던 통치 방법이야. 흔히 이것을 '우민화 정책'이라고 부르지. 대중을 바보로 만드는 정책이라는 뜻이야. 대중을 바보로 만드는 게 통치에 어떻게 도움이 될까? 글을 모르면 책을 읽거나 글로 만들어진 정보를 접할 수가 없잖아. 그러면 사회에서 어떤 문제들이 생겨났는지 알 수 있는 방법이 줄어들지.

대중의 지적 능력은 매우 낮은 수준에 머무르고, 스스로 문제를 분석하고 대안을 찾을 수 있는 기회를 잃어버려. 그렇게 되면 지배 집단은 정보를 왜곡하거나 조작해 대중을 지배하기가 훨씬 손쉬워지지.

신분제 사회와 같은 전통 사회에서는 이 소설에 나오는 동물 농장처럼 민중에게 아예 글을 가르치지 않았어. 유럽 중세 사회에서 교회와 귀족은 고대 그리스와 로마의 언어인 라틴어를 사용했거든. 일상생활에서는 전혀 쓰지 않는 라틴어로 성경을 펴내고, 교회 미사에서도 성직자와 귀족만 알 수 있는 말로 설교했지. 정부의 공식 문서에도 라틴어를 썼어. 지배 집단이 언어를 완전히 독점하고, 일반 평민은 전혀 이해할 수 없도록 말이지. 우리의 경우도 별로 다르지 않아. 조선 시대까지 평민이 사용하는 일상 언어 대신에 어려운 한자어를 양반 계급이 독점적으로 사용했으니까.

하지만 현대 사회에서 대중에게 글 자체를 가르치지 않는 방식으로 지배 세력을 누릴 수는 없어. 최소한 초보적이더라도 민주 제도가 도입된 국가에서는 전 국민을 대상으로 의무 교육을 하잖아. 신분제 사회처럼 읽고 쓰는 능력에 대한 국민 요구를 원천적으로 부정할 수 없는 시대에 살고 있기 때문이지. 하지만 그렇다고 해서 지배 세력이 우민화 정책을 포기한 것은 전혀 아니야. 여전히 다양한 방식으로 국민의 사고 능력을 낮추려는 시도를 하고 있어.

현대 국가의 새로운 우민화 시도를 담은 책이 바로 조지 오웰의 또 다른 대표작인 《1984》야. 이 작품에는 국가가 새로운 사전을 편찬하는 직업 과정을 이야기하는 내용이 있어. 단순히 낱말의 의미를 해설하는 차원을 넘어서 단어를 아예 전체적으로적 재조정하지. 사전 편찬을 맡은 사람이 작업의 방법과 목적을 다음과 같이 설명해.

> "우린 지금 그 신어를 마지막 단계로 손질하고 있는데, … 낱말들을 매일 수십 또는 수백 개씩 없애고 있지. … 가령 '좋은(good)'이란 낱말이 있으면 '나쁜(bad)'이란 낱말이 무엇 때문에 따로 필요하겠어? 그것은 '안 좋은(ungood)'이란 말로 충분하네."

새로운 사전은 이 같은 언어의 왜곡과 조작으로 사고를 제한하고, 최종적으로는 사상의 통제를 통해 전체주의 사회를 강화시키는 목적을 달성해. 즉 과거처럼 물리적 협박이나 폭력에 의해서만 전체주의가 유지되는 것이 아니라, 언어의 조작으로 사람들의 사고 능력을 마비시키고, 권력을 강화하는 세련된 방법을 사용하는 거지.

언어를 대폭 축소하고 아주 기본이 되는 단어만 남겨 놓으면, 우리는 느낌이나 생각을 정확하게 드러내지 못하게 돼. 그만큼 사고의 폭은 좁아져 단순화되거나 획일화될 수 있지. 개인의 의식을 획일화하는 것이야말로 선체주의 사회의 기본 통치술이라는 점에서 언어 조작과 통제는 우민화 정책의 핵심적인 통치 수단이야.

언어 조작을 통해서 하는 사람들의 사고를 조작하는 방식은 꼭 소설 속에만 등장하는 건 아니야. 이미 한국 사회에서도 그 사례를 많이 찾아볼 수 있지. 기업의 '구조 조정'이라는 말을 봐. 구조 조정이란 게 뭐지? 현실에서는 노동자의 대량 해고를 의미하잖아. '정리 해고'라고 말하면 절망적 고통에 빠져 있는 노동자와 그 가족이 먼저 떠오르지? 하지만 구조 조정이라고 하면 기업의 경영을 효율화하기 위한 수단으로 생각돼. 간단한 단어 하나로 사람들의 사고를 조작할 수 있지.

'공공요금 현실화'라는 말도 마찬가지야. '공공요금 인상'의 '인상'이라는 말에 담겨 있는 부정적 뜻을 없애기 위해 만들어진 말이지. 부당한 인상이 아니고 단지 현실적 수준을 반영하는 것이라는 의미를 부각시키기 위해 슬쩍 단어를 바꿔치기한 거야.

'신용 카드'라는 말도 그래. 신용 카드는 먼저 물건을 구입하고 다음 달이나 혹은 몇 달에 걸쳐 비용을 지불하는 방식이잖아. 카드의 지불 원리는 외상으로 구매하는 것을 의미하고. 원래의 기능에 맞게 이름을 붙이자면 '외상 카드'라고 해야 되잖아. 하지만 외상 카드라고 하면 사람들이 물건을 구입할 때마다 빚이 쌓이는 느낌이 드니까 소비를 자제하겠지? 하지만 신용 카드라고 하면 쓸수록 마치 신용이 쌓이는 것과 같은 착시 현상이 생겨. 신용 카드가 자신의 경제 수준을 넘어서는 과소비를 부추기는 건 바로 이 때문이야.

 ## 《동물 농장》은 지금 우리에게 어떤 의미일까?

선거를 비롯한 기본적인 민주주의 제도가 정착된 사회에서도 전체주의의 요소는 여전히 기승을 부리고 있어. 그렇다면 인간에게 개인의 자유라는 건 애당초 불가능한 현실일까? 그럴 리는 없어. 권력은 체제에 따라 정도의 차이가 있을 뿐 본질적으로는 소수의 지배 집단을 중심으로 다수 대중을 관리하고 통제하려는 경향을 가지고 있어. 현대 사회에서는 행정의 효율성이라는 명목으로 개인에 대한 통제를 정당화하지.

결국 문제는 사회를 구성하는 주체, 특히 다수의 개인이라 할 수 있는 우리들 자신이야. 정치와 경제 제도의 민주화는 여전히 우리에게 중요한 과제인 셈이지. 제도 속에 남아 있는 전체주의적이고 억압적인 요소를 찾아내 개선하려는 노력을 끊임없이 해야 하는 이유야. 하지만 제도가 모든 것을 해결해 주지는 않아. 제도 역시 결국은 사람이 만드는 거잖아. 그리고 제도와 국가 체제가 사회를 관리하기 위해 수직적인 피라미드 구조를 가지는 이상, 전체주의적 요소는 언제든지 부활할 가능성이 있어.

《동물 농장》에서 볼 수 있듯이 바보가 된 민중은 전체주의를 유지시키는 데 기여해. 대부분의 동물이 착취당하는지도 모른 채 주어진 일과 자신의 생활에 안주할 때, 전체주의는 독버섯처럼 서서히 사회에 퍼져 나가지. 권위적인 지배 세력도 이 사실을 잘 알기 때문에 기를 쓰고 우민화 정책을 펴려고 해. 사회 구성원이 정치 · 사회적 문제에 아무런 문제의식도 갖지 못하고 매일의 일상에 허덕이며 살도록 유도하지.

　　반대로 사회 구성원 각자의 의식이 개인의 자유를 향해 깨어 있을 때, 전체주의는 위축돼. 특히 권력이 부당하게 행사되는지 감시하기를 게을리 하지 않으면 억압은 쉽게 자리 잡을 수 없어. 개인 한 사람만으로는 힘이 약할 수밖에 없기 때문에 개인과 개인 사이의 연대도 중요하겠지. 그렇게 되어야만 개인의 희생이 증가하지 않고, 한 명 한 명의 더 많은 권리가 실현될 수 있을 거야.

2. 《제2의 성》 시몬 드 보부아르

: 여성의 삶

● 문화 상대주의의 의미와 필요성

챔블리 족은 남성과 여성의 역할에서 가부장제 사회와 반대되는 특징을 보인다. 한편 아라페시 족과 먼더거머 족은 남녀의 기질과 역할이 비슷하지만, 아라페시 족은 남녀 모두가 온순하며 자녀를 함께 양육하고, 먼더거머 족은 남녀 모두 거칠고 무자비하며 공격적 성향을 보인다. 이처럼 성 역할은 문화에 따라 많은 차이를 보인다. 이는 남녀의 역할이 고정된 것이 아니라 각 문화의 특성에 따라 다양하게 나타날 수 있음을 보여 준다. 이러한 점을 인식하지 못하고 성 역할에 대한 고정된 사고방식을 고집한다면 특정한 성에 대한 편견과 우월감을 가질 수 있다. 이것은 남녀 간의 갈등을 일으킬 뿐 아니라, 나아가 사회적 갈등과 혼란을 발생시킬 수 있다.

● 보부아르 《제2의 성》

"여성은 여성으로 태어나는 것이 아니라 만들어지는 것이다."

이 세상의 절반은 여성이야. 그만큼 남성과 여성은 인류를 구성하는 두 주체라 할 수 있지. 만약 남성과 여성이 동등하게 서로를 존중하며 산다면 얼마나 좋겠어. 하지만 불행하게도 역사적으로 여성은 남성의 지배 아래 오랜 기간 극심한 차별을 받으며 살아야 했어.

가장 기본적인 정치 권리인 참정권만 해도 그래. 우리는 프랑스 대혁명 이후 모든 사람에게 선거권이 주어졌다고 생각하지만, 사실은 매우 제한적이었어. 비교적 다른 나라에 비해 참정권 확대가 빨랐던 영국만 하더라도, 19세기 초까지 귀족과 부자에게만 선거권을 인정했지. 그러다가 1867년에 도시의 소시민과 노동자로, 1884년에는 농부와 광부로 확대됐어. 하지만 이때까지도 선거권은 오직 남성에게만 주어진 권리였지. 1918년이 돼서야 30세 이상의 부인에게 제한적으로 인정됐고, 1928년에 와서야 비로소 모든 성인 남녀로 확대되어 보통 선거권이 확립되었어.

경제적 측면에서도 마찬가지야. 경제적 능력을 지니려면 취업이 허용돼야 하는데, 19세기까지 여성은 가정부나 세탁부로 허드렛일을 하거나 공장에서 저임금을 받으며 일해야 했어. 20세기 중반 이후 사무직 분야에 여성 진출이 조금씩 허용됐지만 그나마 상당히 제한적 분야에서 낮은 직급과 임금을 강요받아야 했지. 이 경우에도 여성의 취업 기준에 외모가 가장 중요한 잣대로 작용했어.

여성에 대한 차별과 억압뿐 아니라, 수많은 편견이 만들어져 왔어. 남성과 여성을 우월과 열등의 관계로 대립시키는 한쪽으로 치우친 사고가 나타났지. 남성은 합리적 이성을 대표하고 여성은 충동적인 감정에 지배당한다고 여겼어. 우리 사회만 하더라도 여성에 대한 편견이 가득했지. 공적인 일은 남성이, 육아와 가사 등 가족 내의 사적인 일은 여성이 해야 한다는 생각이 아직도 많은 사람의 의식에 큰 영향을 미치고 있어.

보부아르는 여성이 남성의 종속물로서의 '제2의 성'에서 벗어나 남성과 대등한 자유로운 인간이 되어야 한다고 주장해. 남성의 세계에서 여성을 해방시켜 남성과 동등한 지위를 여성에게 부여하자는 주장은 양성평등 개념이 희박했던 당시로서는 대단히 혁명적인 입장이었어. 바티칸 교황청이 《제2의 성》을 금서 목록에 올릴 정도였으니까. 하지만 오랜 시간이 지난 지금까지도, 그녀의 주장은 여전히 주목할 만해. 그만큼 아직도 사회 곳곳에 여성에 대한 차별이 무시하지 못할 정도로 깊숙이 남아 있기 때문이지.

보부아르는 누구일까?

시몬 드 보부아르(Simone de Beauvoir, 1908년~1986년)는 양성평등을 위한 여성 해방의 선구자라 할 수 있어. 프랑스에서 태어난 그녀는 문학과 철학을 전공한 후 작가의 길을 걸었어. 프랑스의 양심적인 지식인으로 유명한 사르트르와 2년간 아이를 낳지 않고

상대에게 모든 자유를 보장하는 계약 결혼 생활을 했어.

2차 세계 대전이 끝난 후 보부아르는 당시에 활동하던 다른 작가들과 함께 실존주의 문학 운동을 벌이며 정치, 사회 문제에 적극적으로 참여했어. 이후에는 여성으로서의 정체성에 의문을 던지면서 여성 문제 전반에 대해 깊이 연구하여 《제2의 성》을 썼지. 더불어 실천 활동을 벌이면서 여성 운동에 지대한 공헌을 했어.

 ### 《제2의 성》에 대해 더 알아볼까?

보부아르는 여성은 어디까지나 여성일 뿐이라는 고정 관념을 비판하고자 했어. 단순히 이론적 주장에 머물지 않고 여성의 생생한 현실에서 출발하려고 노력했지. 자신이 여성으로서 직접 겪은 체험뿐만 아니라, 많은 여성의 실질적인 고백이나 증언을 통해 자신의 주장을 뒷받침했어.

특히 여성이 차별받는 현상을 단순히 나열하지 않고, 여성 억압의 근원이 어디에 있는지 그 해결 방향이 무엇인지에 대한 진지한 고찰을 담았지. 보루아르는 여성 해방 운동의 교과서로 불리는 《제2의 성》에서 다음과 같이 강조해.

"어떤 주체도 자발적으로 비본질적인 객체가 되려고 하지는 않는다. 자기를 타자로 보는 타자가 주체를 정하는 것이 아니다. 자기를 주체로서 정립하는 주체에 의해 타자는 타자로 규정되는 것이다. … 여성은 여성으로 태어나는 것이 아니라 만들어지는 것이다. 남성이 사회에서 차지하고 있는 형태는 어떤 생리적·심리적·경제적 숙명이 결정하는 것이 아니다. … '여성다운' 여성의 본질적 특성이라 불리는 수동성도 유년 시절부터 줄곧 키워진 것이다. 그녀가 교육계나 사회에서 강요받는 숙명이다."

주체로서의 남성과 대상으로서의 여성

먼저 보부아르는 타자라는 다소 낯선 단어로 여성에 대한 이야기를 시작해. 문장에서 타자와 주체라는 단어가 서로 대조적으로 쌍을 이루고 있지? 여기에서 타자는 주체에 대비되는 객체, 즉 '대상'의 의미로 이해하면 좀 더 쉬울 거야. 남성 중심의 문화에서 남성은 주체로, 여성은 대상으로 정해지는 걸 말해.

당연히 대상은 그녀의 말대로 본질적이지 않은 객체를 말해. 남성이 본질에 해당하고, 여성이 부차적인 것으로 여겨진다는 얘기야. 본질은 꼭 필요한 필수적인 걸 말하잖아. 이 세상과 가정에서 남성은 꼭 필요한 존재이자 주인이라면, 여성은 부차적이어서 남성을 보조하고 뒷받침하는 역할을 한다는 내용이지.

　　실제로 한국 사회만 보더라도 가정에서 남편을 가리켜 습관적으로 '가장'이라고 부르잖아. 집의 주인이라는 뜻이지. 그러면 여성은? 주인에 대비되는 노예란 말이 돼 버리잖아. 노예가 좀 과장된 표현이라 하더라도 남성을 주인으로 부르는 순간 여성은 그에 종속된 대상으로 전락하는 것은 분명하지. 마치 성경에서 이브를 아담의 갈비뼈로 만들었다고 설명하듯이 중심과 주변, 주요한 것과 부차적인 것으로 분리시키는 사고방식이야.

　　그런데 "자기를 주체로서 정립하는 주체에 의해 타자는 타자로 규정되는 것"이라는 말은 어떤 의미일까? 말이 어려워서 그렇지 곰곰이 생각해 보면 쉬운 얘기야. 비유하자면 노예가 스스로를 노예로 규정하지는 않잖아. 어느 바보가 스스로 주인이 아닌 노예가 되고 싶어 하겠어? 노예를 지배하려는 주인에 의해 노예의 지위를 강제당하는 게 상식이지. 마찬가지로 자기를 주체로 세우려는 남성에 의해 여성은 타자, 즉 부차적인 대상으로 강요받는다는 뜻이야.

　　역사적으로 보더라도 여성이 스스로에게 차별의 족쇄를 채웠을 리 없지. 이슬람 여성이 스스로 원해서 머리끝부터 발끝까지 시커먼 천으로 가리는 차도르를 입었겠어? 마찬가지로 옛날에 중국 여성이 자기 발을 가죽이나 헝겊으로 꽁꽁 싸매 기형으로 만드는 전족을 자발적으로 했겠어? 지배하고자 하는 남성과 가부장제 사회가 여성을 집 밖으로 나가지 못하게 하려고 만들어 낸 나쁜 풍습이지.

　　보부아르는 주체인 남성에 의해 여성이 타자로 규정되었기 때문에, 여성은 자신이 현실에서 주체가 아니라는 사실을 스스로 깨닫는 것부터 시작해야 한다고 주장해. 여성 스스로가 주체가 되려면, 자신이 타자의 지위를 강요받는 세계 속에서 살고 있음을 자각해야 한다는 생각이지.

여성은 여성으로 만들어진다

"여성이 여성으로 태어나지 않았다."는 말은 생물학적 차이가 여성을 억압하는 근거가 될 수 없다는 말이야. 이는 남성과 여성의 차이를 생물학적 관점에서 찾으려는 주장을 비판하는 내용이지. 남자와 여자를 생식기의 모양이나 기능의 차이에 의해 구분하는 것은 잘못된 생각이라는 주장이야.

남성의 생식기는 돌출되어 있어서 능동적 존재고, 생식기가 겉으로 돌출되지 않은 여성은 수동적으로 남성을 받아들여야 하는 존재라고 보는 시각이 있어. 남성의 정자가 활발하게 난자에 이르면 기다리고 있던 난자는 선택의 여지없이 수정하여 남성의 아이를 출산하게 된다는 식이야. 결국 생식에 있어서 남성이 일차적이자 결정적인 역할을 하고, 여성은 남성에 의해 선택되고 생식을 보조하는 존재로 전락해 버리지.

남녀의 신체로 구분하기도 해. 남성의 신체는 근육질이고 힘도 세고 세상일에 주도적이라면, 여성은 남성보다 약하고 남성에 의해 보호 받아야 할 연약한 존재라는 논리야. 그렇기 때문에 남성이 여성보다 월등하며 지배적인 역할을 하는 능동적인 존재라는 주장의 근거로 삼아. 반대로 여성은 종속적인 위치에서 남성의 지배를 순순히 받아들이는 존재에 만족해야 한다는 논리를 만들어 내는 거야.

물론 남녀의 신체 구조의 차이 자체를 부정할 수는 없어. 문제는 신체적인 차이를 우월과 열등으로 구분하는 논리지. 남성이 여성에 비해 신체적 힘이 강하기 때문에 우월하다는 논리에 따른다면, 국가나 기업의 일을 근육의 힘이 제일 센 사람에게 맡겨야 되는 말도 안 되는 결론에 이르게 돼. 인간은 단순히 육체에 의해 능력이 정해지는 존재가 아닌 정신적이고 사회적인 존재잖아. 특히 과학 기술과 기계의 발달로 더 이상 근육이나 힘이 일을 하는 데 그다지 결정적이지 않은 현대 사회에서 생물학적 논리는 더욱 시대에 뒤떨어지는 발상이지.

이제 한 발 더 나아가서 여성으로 만들어진다는 말은 어떤 의미일까? 언뜻 생각하면 여성으로 태어나지 않고 만들어진다는 게 도대체 말이 안 되잖아. 어쨌든 어떤 여성이든 이미 엄마의 자궁에서 여성으로 결정되어 태어나는 거니까. 이를 이해하기 위해서는 여성이라는 말의 두 의미를 정확히 구분할 줄 알아야 해. 보부아르의 문제의식은 성(sex)과 젠더(gender)의 차이를 논의할 수 있는 출발점이 되었어. 성이 생물학적 개념이라면 젠더는 사회적 개념이야. 생물학적으로 여자(female)라는 것과 특정한 문화에 따라 여성(women)이 된다는 것은 별개의 문제지.

여자로 존재하느냐 않느냐는 분명 출산과 직접 연관된 생물학적인 문제야. 하지만 사회적으로 여성은 성장 과정에서 주위의 시선, 특히 남성의 시선에 의해 그 정체성이나 역할의 상당 부분이 결정돼. 흔히 어린 여자아이가 예쁜 인형을 갖고 놀면 부모는 '역시 여자는 여자야.'라는 반응을 보이지. 마치 태어날 때부터 여자아이는 예쁜 인형을 찾게 되어 있는 것처럼 말이야. 하지만 엄밀히 말하자면, 이조차도 부모에 의해 훈련된 선택이라고 봐야 해. 부모나 주위 어른이 아직 장난감이 뭔지도 모를 나이 때부터 남자아이에게는 바지와 청색 옷을 입히고 칼과 권총을 쥐어 줘. 여자아이에게는 치마와 분홍색 리본을 달아 주고, 인형과 소꿉놀이 물품을 선물하지. 심지어는 태어나서 아직 말도 못하는 갓난아기 때부터 아빠와 엄마의 말투나 행동을 보면서 사회적으로 여성다움 혹은 남성다움이라고 규정된 습성을 배워.

　　　　어린 시절 남자아이는 몸이나 성기를 드러내놓는 행위에 거의 제한이 없어. 주위 어른들은 오히려 장군감이라는 칭찬을 해 줘서 아이가 우월감을 갖게 해. 반대로 여자아이가 벗으면 부끄러운 짓으로 꾸중을 듣기 일쑤지. 심지어 부모와 어른들은 여자아이가 "난 고추가 왜 없어?"라고 물으면 "말 안 들어서 떼어 버렸다."는 등의 말로 어려서부터 여자 아이가 스스로를 무언가 잃어버리고 부족한 존재로 느끼게 해. 이러한 사회 문화적인 풍토가 성장 과정 내내 아이에게 적용되면서 남성은 능동적이고 도전적인 성향, 여성은 수동적이고 수세적인 성향을 갖게 된다는 얘기야.

　　　　결국 여성다움이나 남성다움은 타고나는 고정된 성향이 아니라 사회화 과정에서 조작되고 강요된 관념이야. 문제는 여성이 사회화를 통해 자기 것으로 받아들인 여성다움이 여성의 주체성을 포기하게 하고, 그로 인해 스스로의 눈으로 자신을 보는 게 아니라 항상 남성의 눈으로 자신의 사고와 행동을 성하게 된다는 점이지.

　　　　보부아르는 여성이 주체로 서기 위해서는 자신이 타자로, 비본질적 대상으로 규정되는 현실을 직시하고 자기를 해방시키기 위해 노력해야 한다고 강조해. 여성 차별이 사회적으로 형성된 만큼 극복도 개인적 노력이 아니라, 집단적·사회적 차원에서 이뤄져야 한다고 주장하지. 남성은 오랜 기간 자신이 누려온 기득권을 쉽게 내놓으려 하지 않아. 언제까지나 우월하고 본질적인 존재로 머물고 싶어 하지. 그래서 보부아르는 정치·경제·문화·사회 등 전 영역에 걸친 총체적인 변화를 위한 여성 스스로의 자각과 집단적 대응 없이는 여성이 차별의 굴레에서 벗어날 수 없다는 결론을 내려.

 《제2의 성》은 지금 우리에게 어떤 의미일까?

여성 차별 문제는 한국 사회에서 더 심각해. 아직도 유교적 사고방식이 우리 의식을 지배하고, 그 가운데 남존여비에 기초한 남아 선호 사상이 뿌리 깊게 남아 있어. 심지어 한국은 전 세계적으로 남녀 성 비율의 격차가 큰 나라로 유명해.

　　　최근에 한국 여성은 남성과 차별 없이 교육을 받고 사회로 진출하는 경우가 많아졌지. 하지만 결혼을 하면 상황이 달라져. 공적인 사회 활동을 포기하고, 가정에서 육아와 가사 노동에 매달려야 하는 경우가 많지. 결혼이 여성에게 자아실현을 가로막는 장애물이 되는 현실이야. 학창 시절의 소중한 꿈을 결혼과 함께 접어야 했던 여성은 남편이나 자식의 성공을 통해 대리 만족해야 하는 경우가 많지. 그러면서 여성은 남편에 의해 사회에 간접적으로 연결되고, 자식을 통해 이루지 못한 꿈을 보상 받고자 하는 수동적이고 보조적인 존재로 남게 돼.

이제 사회적으로 모든 여성이 주체로서 살아갈 가능성을 열어야 해. 무엇보다 여성 스스로 왜곡된 성차별의 역사에서 벗어나기 위한 적극적인 행동을 할 수 있어야 하지. 스스로의 힘으로 제2의 성이 아닌, 남성과 동등한 제1의 성으로 서야 해. 이를 위해서는 결혼 후에도 육아와 직장 생활을 병행할 수 있는 사회적 환경이 마련되어야 하겠지. 또한, 정치와 사회 제도 속에 남아 있는 차별적 요소를 스스로 개선하기 위한 노력을 해야 할 거야.

남성도 양성 평등 문제에서 제3자나 방관자의 자세에서 벗어나야 해. 오랜 기간 가부장제 사회에서 남성이 기득권을 누려 왔다면, 이제 과감하게 권위적인 의식이나 지위를 내려놓으려는 자기 성찰이 필요해. 억압받는 자와 억압하는 자가 대립하는 상황에서 얻는 자유는 진정한 의미에서 자유라고 할 수 없거든. 이제 남성도 가부장제가 제공하는 편리함에 안주하지 말고, 세상의 절반인 여성이 진정한 동반자로 설 수 있도록 양성 평등의 사회를 만드는 데 동참해야 해.

3. 《타인의 고통》 수전 손택

: 타인의 고통과 이타성

● 도덕적 실천 능력의 향상

고통은 인간의 도덕적 실천 능력을 향상해 준다. 다른 사람의 고통을 공감하는 일은 도덕적 행위를 가능하게 한다. 사람은 자신이 겪었던 고통을 통해 다른 사람이 겪는 고통을 미루어 짐작하고 헤아릴 수 있으며, 이를 통해 다른 사람의 고통을 덜어 주기 위한 도덕적 실천으로 나아갈 수 있다.

● 수전 손택 《타인의 고통》

이 책을 통해 수전 손택은 우리가 일상에서 타인의 고통을 어떤 방식으로 대하고 잊어버리는지를 지적한다. 예를 들어, 우리는 전쟁, 테러, 기아 등으로 인해 고통을 겪는 사람의 사진과 영상 등을 접하면서 그들을 불쌍히 여기고 염려하곤 하지만 한편으로는 자신의 일이 아니라는 안도감을 가지기도 한다. … 그녀는 타인의 고통과 자신의 행위가 관련되어 있을 가능성을 생각하고, 해결책을 적극적으로 모색해야 한다고 말한다.

"고통을 받는 그들이 우리와 똑같은 지도상에 존재하고 있으며, 우리가 그들의 고통과 연결되어 있을지도 모른다는 사실을 숙고해 보는 것이 우리의 과제다."

《타인의 고통》은 왜 교과서에 실렸을까?

우리는 거의 매일 다른 사람의 고통과 마주하며 살아. TV와 신문은 매일매일 세계 각지에서 벌어지는 전쟁과 테러, 빈곤과 기아 소식을 실어 나르니까. 연예 오락 프로그램에서도 연예인들이 아프리카의 굶주리는 아이들을 보살피는 장면 속에서 우리는 거의 뼈밖에 없는 기아 어린이의 모습을 지켜 봐. 굳이 아프리카가 아니더라도 우리와 한민족인 북한 어린이들이 영양실조로 고통 받는 모습을 자주 볼 수 있지.

아마 인간에게 가장 고통스러운 상황은 전쟁과 기아일 거야. 전쟁과 기아는 서로 밀접하게 맞닿아 있기도 해. 국가 간 전쟁이나 내전이 벌어진 상황에서 농사를 짓거나 제대로 끼니를 때우기란 기대할 수 없으니까. 우리도 끔찍한 한국 전쟁을 겪었듯이, 당장 총탄이 날아들고 민간인 학살이 일어나는 상황에서 누가 한가하게 농사를 지을 수 있었겠어. 피난 행렬 따라가기도 바쁜데 말이야. 농사를 짓는 사람들이 없으니 당연히 기아 상황이 발생하지.

전쟁은 인류에게 지나간 과거가 아니라 오늘의 일이야. 흔히 2차 세계 대전 이후의 시기를 '전후 시기'라고 하지만 현실은 전혀 달라. 언뜻 떠오르는 것만 하더라도 한국 전쟁, 베트남 전쟁, 이란-이라크 전쟁, 포클랜드 전쟁, 걸프 전쟁, 미국-아프가니스탄 전쟁, 미국-이라크 전쟁 등 인류는 줄기차게 전쟁의 포화 속에서 살아왔어. 지금도 여전히 적지 않은 지역에서 전쟁이 빌어지고 있거든. 지난 9·11 테러를 기점으로 미국이 테러와의 전쟁을 선포한 이후에 국제적인 전쟁과 분쟁은 점차 확대되고 있어. 아프가니스탄과 이라크에서는 여전히 테러와 보복 공격이 반복되고, 아프리카의 많은 나라에서는 지난 수십 년 동안 참혹한 내전이 끊이질 않아. 특히 이 전쟁은 대규모의 기아 사태를 낳았어. 국제연합식량농업기구(FAO)에 따르면 현재 전 세계 8억 6천만 명이 기아에 시달리고 있대. 5초마다 어린이 한 명이 배를 곯다 죽는 비참한 현실이지.

하지만 대중 매체를 통해 늘 다른 사람의 고통을 접하면서도, 우리의 반응은 시큰둥한 경우가 많아. 자신과는 상관없는 곳에서 벌어지는 신기한 해외 뉴스일 뿐이라고 생각해 버리지. 그렇지 않으면, 기아에 시달리는 어린아이의 모습을 보면서 연민을 느끼더라도 대부분 순간적 감정에 머무를 뿐, 피부에 와 닿는 자신의 문제로 받아들이지는 않아.

 수전 손택은 누구일까?

수전 손택(Susan Sontag, 1933년~2004년)은 미국의 작가로, 소설과 예술 평론만이 아니라 영화감독, 연극 연출가, 사회 운동가로도 활동하며 '뉴욕 지성계의 여왕'이라는 명성을 얻었어. 예술가로서 그녀는 "예술에서 고정된 의미를 찾으려고 하기보다는 예술을 예술 자체로서 경험해야 한다."면서 예술 작품에 대한 과도한 분석과 '해석을 위한 해석'을 경계했지. 사회 활동가로서 그녀는 베트남 전쟁의 진실을 밝혔고, 아메리칸 드림의 실상을 폭로했어. 또한, 세계 구속 문인 석방을 위한 운동을

벌이기도 했고, 테러를 없애겠다는 명분을 내세운 미국의 폭력적인 전쟁 계획을 비판하는 등 다양한 분야에서 실천적인 지식인의 삶을 살았어.

 ## 《타인의 고통》에 대해 더 알아볼까?

수전 손택은 대부분의 사람이 다른 나라에서 발생한 재앙과 타인의 고통을 구경만 하고 있다며 비판해. 우리가 먼 나라에서 일어나는 누군가의 고통을 구경할 수 있게 된 것은 TV나 인터넷 등 대중 매체와 과학 기술이 발달했기 때문이지. 오늘날 우리는 거실에 편하게 앉아서도 전쟁을 구경할 수 있게 됐잖아. 수전 손택은 다른 나라에서 일어나는 비참한 광경을 접하면서 무관심으로 일관하는 우리의 모습을 《타인의 고통》에서 다음과 같이 말해.

"흔히 사람들은 타인의 고통이 자신과 밀접히 연결되어 있다는 사실을 잘 받아들이지 못한다. 관음증적 향락, 그리고 '이런 일이 나에게 일어나지는 않을 거다, 나는 아프지 않다, 나는 아직 죽지 않는다, 나는 전쟁터에 있지 않다.'와 같은 사실을 알고 있다는 그럴싸한 만족감을 보건대, 흔히 사람들은 타인의 시련, 그것도 자신과의 일체감을 느낄 법한 타인의 시련에 관해서도 생각하지 않는 듯하다. … 우리가 보여주는 연민은 우리의 무능력함뿐 아니라 우리의 무고함도 증명해 주는 셈이다."

타인의 고통에 대한 무관심

수전 손택이 지적한 것은 사람들이 타인의 고통을 자신과 거의 상관없다고 생각하고, 나아가서는 자신에게는 일어나지 않을 비극이라 여기고 안심하기까지 한다는 거야. 기아 문제를 중심으로 생각해 볼게. 유니세프(Unicef)의 보고에 의하면 르완다, 잠비아, 에티오피아, 탄자니아, 예멘 등 절대 빈곤에 허덕이는 국가에서 저체중 아동이나 영양 결핍 아동이 30~50%에 이를 정도로 기아 문제는 심각해. 하루 1달러 미만으로 생활하는 인구도 심한 경우 거의 50~60%에 달하지.

하지만 우리 대부분은 그들을 보며 설사 불쌍하다는 동정심을 느끼더라도 자신이 무언가 해야 할 일로 받아들이지 않아. 빈곤과 기아 문제를 다루는 UN의 태도만 봐도 그녀의 지적이 과장이 아님을 알 수 있어. 지난 2000년 UN 총회에서 각국 정상은 지구적인 수준에서 인간의 존엄과 평등에 대한 집단적인 책임을 다짐하는 '천년 선언'을 채택했고, 절대 빈곤 퇴치 등 구체적인 목표를 수립했지만 실제로 실행한 활동은 절망적인 수준에 불과했거든.

UN 세계 식량 회의에서도 선진국들이 모여 2015년까지 지구상에서 굶주리는 이들의 숫자를 절반으로 줄이자고 엄숙히 다짐했어. 하지만 빈국의 식량 증대를 위한 자금 지원 규모는 이후 눈에 띄게 감소했고, 기아는 더욱 확산됐지. 결국 선진국을 중심으로 한 UN이 자국의 이익만을 추구하는 이기적인 집단임을 스스로 증명한 셈이지.

지원해야 할 액수가 너무 막대해서 그런 것 아니냐고? 물론 적은 돈은 아니야. 하지만 현대 사회에서 선진국이 충분히 감당할 만한 수준임은 몇 가지 통계만 봐도 알 수 있어. UN 개발 계획 보고서는 미국을 비롯한 선진국이 전 세계 26억 명에게 10년 동안 안전한 식수를 제공하는 데 필요한 70억 달러의 지원을 꺼리고 있다고 비판했어. 이 돈이면 매일 4천 명의 생명을 살릴 수 있는데, 이는 유럽인들이 향수에 쓰는 비용이나 미국인들이 성형 수술에 쓰는 비용보다 적은 액수라고 해. 또한 이 보고서는 에이즈가 매년 3백만 명의 목숨을 앗아가고 있고, 중세의 흑사병처럼 많은 국가를 초토화시키고 있다고 지적해. 하지만 전 세계가 1년 동안 에이즈 치료에 쓰는 비용은 전 세계가 쓰는 3일치 군사비에 불과한 수준이야.

한국 정부도 크게 다르지 않아. 기아 문제 해결을 위한 국제적 지원에 상당히 소극적인 편이지. 몇몇 시민 단체의 구호 활동만 이어지고 있는 수준이야. 세계 기아 어린이를 위한 지원 활동을 하는 한비야 월드 비전 국제 구호 팀장의 말에 따르면, 짐바브웨만 하더라도 어린이 12만 5천여 명이 이 단체의 무료 급식으로 겨우 연명하는 처지래. 그러나 이들의 실낱같은 생명줄마저 언제 끊어질지 위태로운 상황이지. 그녀는 "월요일 아침 학교에 가 보면 아이들이 여기저기 쓰러져 있었다. 알고 보니 금요일에 우리가 학교에서 나눠 준 옥수수 죽 한 그릇 이후론 먹은 게 아무 것도 없어서였다. 옥수수 죽 한 그릇에 무슨 영양이 있겠나. 하지만 그게 아이들의 유일한 생명줄이었다."라고 말하며 이러한 현실을 안타까워 해.

선진국의 부유한 삶이 낳는 타인의 고통

이 글을 읽으면서 여러분 중에 '어, 나는 뉴스에서 굶주리는 아이의 고통을 보면서 동정심을 느끼는데? 나는 무관심하지 않아!'라고 생각하는 사람이 적지 않을 거야. 하지만 수전 손택은 타인의 고통을 보면서 느끼는 동정심에 대해 "우리가 보여주는 연민은 우리의 무능력뿐 아니라 우리의 무고함도 증명해 준다."라고 비판해. 동정심은 마음으로 느끼는 감정일 뿐이잖아. 만약 동정심에 그친다면 타인의 고통을 무시하지 않았다는 자기만족, 좀 더 정확히 말하자면 스스로를 속이는 자기기만일 수 있어. 문제 해결을 위한 아무런 실천도 뒤따르지 않으니 말이지. 기아의 고통은 조금도 줄지 않았는데, 마치 자신은 도덕적 태도를 지녔다고 생각해 위선적인 자기만족에 빠질 수 있다는 거야.

그래서 그녀는 "우리가 그들의 고통과 연결되어 있을지도 모른다는 사실을 숙고해 보는 것이 우리의 과제"라고 강조해. 단순한 동정심이 아니라 선진국에서 살아가는 삶이 그들이 고통을 받는 원인의 하나일 수 있다는 문제의식을 지녀야 한다는 의미야. 만약 내가 타인에게 고통을 주고 있다고 생각하면, 방관자나 제3자처럼 무관심하거나 동정심만 느끼고 있을 수는 없잖아.

부유한 국가에 사는 사람의 삶이 다른 나라의 빈곤이나 기아에 어떤 원인으로 작용하고 있을까? 부유한 나라의 부는 상당 부분 가난한 나라의 빈곤을 딛고 만들어졌어. 현대 사회에 선진국이라 부르는 나라는 대부분 식민지를 지배하는 나라였거든. 강제로 아시아와 아프리카를 점령하고 자원과 노동력을 수탈했지. 100년 이상 극단적인 착취와 수탈을 겪으며 아프리카는 독립 이후에도 사회적·정치적 발전이 뒤처졌고, 경제적으로도 궁핍해졌어. 대체로 1인당 국내 총생산이 1,000달러에도 못 미칠 정도로 아프리카에 만연한 빈곤 상황은 당시 제국주의 국가의 식민지 지배와 직간접적으로 연결되어 있지.

아프리카의 부족 간 내전이 끊이지 않는 원인 또한 상당 부분은 선진국의 군수 산업과 이해관계가 얽혀 있기 때문이야. 미국만 하더라도 전체 산업의 적지 않은 부분이 군수 산업과 연계되어 있거든. 그런데 군수 산업이 유지되고 발전하려면 무엇이 필요하지? 당연히 군수 산업도 산업인 이상 대량 소비가 전제되어야 대량 생산도 가능하겠지.

무기를 대량으로 소비할 수 있는 확실한 방법은 전쟁이야. 아프리카 내전의 배후에 미국 등 선진국 군수 산업 체제의 농간이 있다는 분석은 이제 거의 상식에 가까워. 이를 고려할 때, 선진국 국민의 풍요로운 삶이 아프리카의 기아 발생의 원인과 연관되어 있다는 주장은 어느 정도 설득력 있어. 한국은 식민지 지배를 하거나 아프리카 내전에 개입한 적이 없으니 우리는 상관없다고 생각할지 모르겠네. 물론 미국이나 유럽의 선진국보다는 전 세계 빈곤과 기아에 대한 책임은 훨씬 덜하겠지. 하지만 아무런 관련이 없다고 말하기는 좀 어려워. 기본적으로 현대 경제는 어떻게든 전 지구적으로 연결되어 있거든.

예를 들어, 한국에는 커피 전문점이 무척 많지. 웬만한 거리의 건물 1층은 거의 예외 없이 대형 커피 전문점일 정도야. 도시에 사는 직장인 성인 남녀라면 하루에 한 번 정도는 이 점포를 이용하지. 하지만 그 이면에는 말도 안 될 정도로 싼 원두 가격과 저임금 노동을 강요당하는 빈곤국의 커피 농장에서 일하는 농민의 비참한 삶이 있어. 아마존 유역의 열대림이 파괴되어 수많은 원주민이 삶의 터전을 잃고 고통 받는 상황과 우리의 삶이 무관할 수 있을까? 하루만 하더라도 엄청난 양의 종이를 낭비하는 우리의 삶, 그리고 종이 원료인 펄프를 전량 수입하는 우리의 자원 현실을 고려할 때 전혀 무관하다 할 수 없어.

그녀의 주장처럼 우리의 부유한 삶이 그들의 고통과 연결되어 있을지도 모른다는 사실을 진지하게 생각한다면, 막연히 제3자나 방관자의 자세에서 조금은 벗어날 수 있을 거야. 단순히 연민의 감정을 느끼는 소극적 상태에서 벗어나 전 세계 기아 문제를 해결하는 일에 좀 더 실천적 태도를 지니게 되고 말이지. 그만큼《타인의 고통》은 빈곤 문제를 통계 수치로만 다루는 흔한 보고서나 책과 달리, 우리의 마음을 움직이고 현실적인 실천을 하도록 자극하는 의미 있는 역할을 해.

 ## 《타인의 고통》은 지금 우리에게 어떤 의미일까?

아마 여러분 중에는 당장 본인이나 가족의 생활을 유지하기도 빠듯하기 때문에 다른 나라 사람의 고통까지 고민하고 돕는 일에 참여할 여유가 없다고 생각하는 사람이 있을지 모르겠어. 타인의 고통에 대한 동정심과 실천하려는 의지가 있지만 지원을 위해서는 큰 부담이 따르기 때문에 어쩔 수 없이 기여하지 못한다는 불평을 할 수도 있겠지.

한국에서 중산층이라고 불리는 가정의 경제 사정조차 풍족하지만은 않았다는 점은 충분히 수긍할 수 있어. 중산층 생활을 유지하기 위해 들어가는 주택비와 교육비, 생활비 등을 충당하다 보면 노후 대책을 세우기에도 빠듯한 경우가 적지 않으니까 말이야. 하지만 그렇다 하더라도 빈곤 국가에서 하루 1달러 미만으로 생활하는 인구가 50~60%에 달하는 상황임을 고려할 때, 경제적 부담 때문에 지원에 참여할 수 없다는 핑계는 별로 설득력이 없어. 1달러면 한국 돈으로 천 원이 조금 넘는 액수잖아. 여러분 스스로도 천 원으로 할 수 있는 일을 꼽아봐. 별로 없을걸? 친구랑 떡볶이나 순대와 같은 간단한 간식만 사 먹으려도 3천 원은 필요해. 피자나 통닭을 사 먹으려면 필요한 비용이 훌쩍 올라가고. 위에서 예로 들었던 커피 전문점의 커피 값만 하더라도 3~4천 원 정도는 하잖아. 1달러면 우리의 경제 사정에 부담이 갈 정도로 큰 액수는 아니라는 말이야.

하지만 기아에 시달리는 사람들 입장에서는 1달러는 하루의 생명이 달려 있는 액수야. 한국을 비롯해 산업화를 이룩한 국가의 중산층 가정에서 한 달에 2~3만 원 정도만 기아 지원 단체에 기부해도 기아 문제 해결에 적지 않은 힘이 될 거야. 이를 고려할 때 우리의 경제 사정이 지원을 하지 않는 이유가 되기는 어려워. 문제는 그녀의 지적대로 사람들이 타인의 고통을 자신의 문제로 생각하지 않는다는 점이지. 작지만 의미 있는 실천에 지금부터 나서 보는 게 어떨까?

4. 《사회 정의론》 존 롤스

: 사회적 약자와 소수자 보호

● 소수자 보호를 위한 사회적 노력

소수자는 대체로 열악한 정치·경제·사회·문화적 조건에 처해 있기 때문에 인간다운 삶을 영위하는 데 어려움을 겪고 있다. 이러한 어려움은 소수자 자신이 노력만으로 극복하기가 쉽지 않으므로 사회적 지원 노력이 필요하다. 그러면 우리 사회는 소수자 보호를 위해 어떤 노력을 하고 있을까? 우선 소수자를 위한 경제적 지원을 들 수 있다. 저소득층에 대한 최저 생계비 지원, 의료비와 교육비 등의 면제와 같이 최소한의 생계와 생활 수준을 유지하고, 기본적 문화 생활을 보장하기 위한 정책을 실시하고 있다.

● 롤스의 《사회 정의론》

롤스는 《사회 정의론》을 통해 공정한 사회를 위해서는 모든 사람이 자유롭게 살아갈 수 있는 동등한 권리를 가져야 한다고 했다. 또한 "다수가 누릴 더 큰 자유를 위해 소수의 사람이 기본적 자유를 침해당해서는 안 된다."라고 주장했으며 이를 위해 때로는 사회적 약자에게 더 큰 혜택을 보장함으로써, 그들의 기본적 자유를 보장하는 일도 필요하다고 보았다. 이러한 롤스의 주장은 사회 전체의 보편적 자유 보장을 위해서 사회적 약자에 대한 배려가 필요하다는 것을 잘 보여 준다.

여러분은 '정의'라는 말을 들으면 무엇이 떠올라? 누구나 정의로운 사회가 되어야 한다고 얘기하지만 정작 정의가 무엇인지에 대해서는 서로 다르게 이해하는 경우가 많아. 한국의 정부 기관 가운데 정의라는 말을 가장 많이 사용하는 곳이 어디일까? 아마 경찰서일 거야. 대부분의 경찰서 건물에 '정의 사회 구현'이라는 표어가 대문짝만하게 걸려 있거든. 그만큼 한국에서는 정의가 주로 범죄 없는 세상이라는 좁은 의미로 사용되고 있어.

인류 역사를 보면 정의는 좀 더 넓은 의미에서 접근해야 할 문제야. 정의는 가족이나 씨족을 넘어서 국가와 같은 정치 공동체를 구성하면서 주목받게 됐어. 가족이나 씨족 단계라면 보통 우리 가정에서 그러하듯이 서로 이해해 주거나 기존 관습에 따라 어떤 문제를 해결하면 되잖아. 하지만 국가처럼 혈연에 의한 자연적인 공동체를 넘어 거대한 사회 조직이 만들어지면 개인과 개인, 혹은 개인과 사회 사이에 발생하는 문제를 해결하기 위한 공정하고 구체적인 기준이 있어야 해. 즉 구성원 개인의 이해와 사회적 이해를 조화시킬 기준이 필요한데, 보통 이를 정의의 문제로 다뤄 왔지.

개인의 이해와 사회적 이해의 조화로서 정의는 크게 두 가지로 구분될 수 있어. 하나는 국가 이익과 개인 이익을 대상으로 하는 일반적 정의, 우리가 흔히 '법적 정의'라고 부르는 영역이야. 국가는 어떤 경우에 개인의 행위에 개입해야 하고, 개인의 자유는 어디까지 보장 받을 수 있는가를 다루지. 다른 하나는 사회적 이익의 배분 문제야. 인간은 다른 사람과 무관하게 혼자 힘으로 모든 것을 자급자족할 수 없잖아. 서로 협동을 통해 노동을 해야 생존할 수 있지. 그런데 여기에서 협동으로 일구어 낸 사회적 성과물을 어떻게 분배해야 하는가의 문제가 생겨. 각자의 공헌에 따라 이익을 분배해야 하는데, 그 기준을 어떻게 정해야 서로가 공정하다고 인정할 수 있는지를 두고 싸우게 됐지.

오늘 우리가 논의할 정의는 주로 분배와 연관된 문제야. 사회적 이익 분배를 둘러싼 정의 문제는 한국 사회에서도 꽤 뜨거운 쟁점이야. 과거 개발 독재 시기에는 성장주의만을 강요받아야 했어. 하지만 경제 성장과 절차적 민주화가 진전된 상태에서는 분배 문제 또한 과거에 비해 상대적으로 중대한 논의 과제가 되었지. 이에 대한 첨예한 의견 대립이 나타났고, 롤스의 《사회 정의론》은 이 분배 정의와 관련한 논의에서 매우 중요한 책이 되었어. 그의 주장에 대한 찬반 입장을 떠나 현대 사회에서 정의의 원리를 고민할 때 반드시 검토해야 하는 가장 중요한 고전으로 인정받고 있어.

 ## 존 롤스는 누구일까?

존 롤스(John Rawls, 1921년~2002년)는 평생 '정의'라는 단일 주제를 파고든 정치 철학자로 잘 알려져 있어. 20세기 중반부터 후반까지 반세기 가까이 정의 문제를 연구하는 데 몰두했지. 오랜 기간 교수로 지낸 하버드 대학의 학생들 사이에서 '하버드의 성인'

이란 별명으로 불렸는데, 그의 '정의론' 강의는 항상 천여 명이 넘는 수강생이 모이는 인기 강좌였어. 현대 윤리학, 정치 철학, 경제학을 비롯한 인문 사회학 전반에 지대한 영향을 끼쳤고, 현대의 고전으로 꼽히는 《사회 정의론》을 통해 현실에서 수많은 논의를 불러일으켰지.

 《사회 정의론》에 대해 더 알아볼까?

롤스의 주장은 경제 번영을 목표로 시장 경제의 효율성만을 추구하는 자유방임적 자본주의에 대한 비판을 포함하고 있어. 자유방임적 자본주의가 무얼 의미하는지는 조금 알고 있지? 시장이 자유롭게 굴러 가도록 놔 둔다는 뜻이야. 가장 극단적 형태가 야경국가야. 국가는 시장에 전혀 개입하지 않고, 도둑이나 강도 등의 범죄를 예방하거나 범죄자를 잡아 처벌하는 일만 담당하는 체제이지. 한마디로 자유방임은 시장을 기업과 같은 경제 주체에게 맡기자는 관점이야.

롤스가 보기에 자유방임적 자본주의는 사회 구성원 간의 극심한 소득 격차를 발생시켰어. 또한 국가 경제 번영만을 목표로 삼아 전체를 위한 개인의 일방적인 희생을 당연하게 여긴다는 점에서도 문제였지. 하지만 시장의 자유과 정치적 자유가 없는 사회는 정의론의 대상이 아니라고 못을 박았다는 점에서는, 기본적으로 시장 경제를 지지했어. 그러면 어떻게 시상 경제 내에서 빈부 격차 문제를 해결하고, 정의 원칙을 세울 수 있다는 것인지 다음 《사회 정의론》의 내용을 통해 알아볼까?

> "정의는 다수 이익을 위한 소수 희생 강요를 용납할 수 없다. … 사회의 기본 구조에 대한 정의의 원칙은 원초적 합의 대상이다. … 원초적 입장에서 사람들은 다음의 두 원칙을 채택하리라는 것이다. 첫 번째는 기본적 권리와 의무의 할당에 있어 평등을 요구하는 것이며, 두 번째는 사회적·경제적 불평등, 예를 들면 재산과 권력의 불평등을 허용하되 그것이 모든 사람, 특히 사회의 최소 수혜자에게 불평등을 보상할 만한 이득을 가져오는 경우에만 정당한 것임을 내세우는 것이다."

다수 이익을 위한 소수의 희생 강요

롤스는 먼저 정의의 원칙이 사회 구성원 사이의 합의 문제라는 점을 강조해. 자유로운 개인이 각자의 판단으로 합의에 참여함으로써 정의로운 사회를 만드는 방법을 함께 논의하여 정한다는 말이야. 개인을 넘어서 사회 공동체를 만들기 위해서는 사회적 협동이 필수적이야. 우리가 무인도에서 혼자 생활하는 로빈슨 크루소가 아닌 이상, 타인과의 상호 관계 안에서 생산 활동을 하잖아. 그러면 당연히 그 성과를 어떻게 나눌 것인지에 대한 공정한 합의가 이루어져야겠지.

그런데 사회적 협동 과정에서 개인 상호 간 이해관계는 충돌할 수밖에 없어. 하지만 사회 협동체를 통해 모두가 보다 나은 생활을 추구한다는 점에서는 이해관계가 일치하지. 그렇지만 협동에 의해 만들어질 이익을 분배할 때, 가급적이면 자신이 더 많은 몫을 가지길 원하잖아. 서로가 같은 생각을 할 테니 이해관계가 충돌하는 상황이 발생해. 이러한 상황에서 적절한 분배 원칙을 합의를 통해 만들어 내야 사회가 제대로 유지될 수 있겠지. 합의가 아니라면 일방적이고 강압적인 지배 논리만 남잖아. 강압에 의한 강제를 공정한 계약이라고 말할 수는 없겠지.

그런데 과연 극심한 빈부 격차와 부의 대물림 현상을 인정하는 자유방임 원리에서 전체 사회 구성원이 합의하는 게 가능할까? 우연하게 부유한 가정에서 태어났거나 혹은 뛰어난 재능을 갖고 태어나서 사회적 강자로 살아갈 수 있는 사람들이야, 이러한 계약을 두 손 들고 환영하겠지. 하지만 가난한 집안에서 태어났거나 개인적 재능이 뛰어나지 못한 사람들, 우리가 흔히 사회적 약자로 부르는 사람들은 이러한 계약에 도저히 찬성할 수 없을 거야.

그렇게 되면, 이해관계의 충돌과 갈등이 심해지겠지. 합의가 아니라면 사회 유지를 위해 사회적 강자가 약자에게 자신의 원리를 일방적으로 강제하는 방법만이 남아. 과거 신분제 사회와 시장 원리만을 신봉해 극심한 빈부 격차를 낳았던 사회가 그러했지. 롤스는 국가 경제의 성장이라는 전체 이익을 위해 노동자와 농민을 비롯한 사회적 약자에게 일방적으로 희생을 강요하는 사회, 합의가 아닌 일방적인 강제 방식으로 유지되는 사회를 정의롭지 않다고 말해.

정의로운 불평등도 있다

롤스는 가장 중요한 원칙으로 불평등은 허용하되, 사회의 최소 수혜자인 사회적 약자에게 불평등을 보상할 만한 이득을 주어야 한다고 주장해. 하지만 재산과 권력의 불평등 자체를 반대하지는 않아. 개인의 현실적 재능 차이를 완전히 무시할 수는 없거든. 재능 있는 사람이 사회에 기여하는 바가 상대적으로 더 많은 만큼 더 많은 이익을 얻는 것은 정당하다는 생각이야. 그런 점에서 사회주의처럼 불평등 자체를 부정하는 입장은 아니야.

하지만 그가 보기에 모든 불평등이 다 정당하지는 않아. 정당한 불평등과 부당한 불평등이 있지. 약육강식의 원리, 즉 시장 경쟁에서 승리한 자가 대부분의 것을 차지함으로써 부자는 더 부자가 되고, 가난한 사람은 갈수록 더 가난해지는 극심한 빈부 격차는 그가 보기에 정의롭지 못한 불평등에 속했어. 그러면 어떤 불평등이 정의로울 수 있다는 걸까?

롤스는 사회적 약자에게 보상을 하거나 그들의 처지 개선을 위한 불평등은 정당화될 수 있다고 주장해. 왜 그런지 좀 더 자세하게 알아볼게. 앞에서 사회 구성원들이 원초적 합의를 통해 정의의 원칙을 세운다는 점은 확인했지? 원초적이라는 말은 아직 부자와 가난한 자로 나뉘기 이전의 상태 정도로 이해하면 돼. 그러면 각자는 앞으로 자신이 성공할 수도 실패할 수도 있다고 예상하겠지? 그러면 이러한 상황에서 사람들은 어떻게 행동할까? 성공할 때와 실패할 때 모두를 대비하려고 하겠지.

먼저 성공할 때를 대비한다는 것은 무엇일까? 이익 분배에서 더 많은 것은 가지려는 경향일 거야. 노력을 해서 성공하면 노력한 만큼 더 많은 분배를 요구하고 싶을 테니까. 즉 불평등을 인정하는 계약에 동의할 거라는 얘기야. 그렇다면, 실패할 때를 대비한다는 것은 무엇일까? 자신이 사회적 약자가 되는 실패 상황에서는 어떤 선택을 하려 할까? 당연히 사회적 약자 처지가 돼도 일정하게 사회로부터 보호받을 수 있는 계약을 원할 거야.

성공할 때와 실패할 때를 대비한 두 가지 선택을 간단하게 종합하면, 불평등을 인정하되 사회적 약자의 처지를 개선할 수 있는 계약을 원한다는 결론으로 이어져. 그래서 롤스는 재산과 권력의 불평등을 허용하되, 사회의 가장 낮은 곳에 있는 사람에게 불평등을 보상할 만한 이득을 가져다 줄 경우에만 정당한 계약일 수 있다고 주장하는 거야. 이렇게 되면 계약에 참여하는 모든 사람이 동의할 수 있는 원칙이 될 수 있으니까. 이제 서로 자발적 합의가 가능하기 때문에 공정한 사회 계약이 성립된다는 주장이지.

여러분이 좀 더 쉽게 이해할 수 있도록 예를 들어 설명해 볼게. 100미터 달리기 대회를 연다고 가정해 봐. 자유방임 시장 경쟁은 누구든지 인종과 성별을 가리지 않고 달리기 대회에 참여할 기회를 보장해 주는 대신에 승자가 차지하는 이익을 인정하는 방식이야. 그런데 출발 신호와 함께 달리기 시작했는데 50미터 앞에서 달리는 사람, 혹은 갑자기 오토바이를 타고 달리는 사람이 있다고 생각해 봐. 이게 공정한 경기일 수 있겠어? 이렇게 해서 경기에 진 사람들이 과연 내가 능력과 노력이 부족해서 패배했다고 인정할까? 경기 자체가 부당하다고 비난하면서 승복하지 않을 거야. 그것은 공정하지 못한 경기니까.

실제로 현실 사회에서는 분명히 50미터 앞에서 달리거나 오토바이를 타고 달리는 사람들이 있어. 예를 들어, 미국 사회에서 백인과 흑인의 차이가 그러해. 흑인은 오랜 기간 동안 노예로 살았지. 제대로 된 교육을 받을 수 없었고, 열악한 환경에서 태어나는 경우가 대부분이었어. 그 결과 노예 해방이 이루어지고 한참이 지난 지금도, 흑인은 교육이나 취업 등 다양한 분야에서 불리한 조건에서 백인과 경쟁하고 있어. 백인은 달리기 경기에서 흑인보다 50미터 앞에서 출발한 셈이나 마찬가지야.

롤스의 주장은 단순히 달리기 경기에 참여할 기회만 주는 것이 아니라, 역사적으로 불평등한 위치를 강제받았던 사회적 약자들이 공정하게 경쟁에 참여할 수 있는 '조건'을 만들어 주어야 한다는 거야. 이를 위해서는 적어도 경기에 참여하는 모든 선수가 같은 출발선에서 달리게 해 주어야 한다는 거지. 그러면 같은 출발선에 서게 하려면 사회가 어떤 조치를 취해야 할까? 흑인이나 여성처럼 역사적으로 차별을 받아서 불리한 위치에 있는 사회적 약자에게 일정한 우대를 통해서 부유한 사람과 평등하게 경쟁할 수 있도록 보호해야 한다고 주장해.

물론 아무리 출발선을 비슷하게 만들어 줘도 달리는 과정에서 재능과 노력 차이에 의해 더 빨리 달리는 사람이 있겠지. 롤스는 그들이 승자가 되는 것은 당연하고, 승자로서 누려야 할 이익을 가져가는 것은 정당하다는 결론을 내려. 다시 말해서 공정한 경쟁 조건을 만들어 주었음에도 불구하고, 재능 차이에 의해 나타나는 불평등은 정의로운 불평등이라고 할 수 있다는 얘기야.

 ## 《사회 정의론》은 지금 우리에게 어떤 의미일까?

정의론은 현실 문제와 깊이 연관될 수밖에 없어. 한국뿐 아니라 미국이나 유럽 등 우리가 자본주의 사회라고 부르는 국가에서는 대체로 효율성의 논리가 지배해 왔거든. 사람들은 국가 전체의 경제 성장만 이룰 수 있다면, 어떤 희생이든 감수해야 한다는 논리를 주입받아 왔지. 극단적인 빈부 격차는 물론이고, 심지어 경제 성장을 위해서라면 독재와 같은 권위주의 통치조차 인정할 수 있다는 위험한 태도를 지니곤 해. 그 과정에서 어떻게 하면 가장 효율적으로 경제 성장을 이룰 수 있을까에 대한 생각만 했지, 정의의 문제는 관심의 대상이 되기 힘들었어. 그런 점에서 정의는 경쟁과 효율성이 지배하는 현대 사회에서 매우 중요한 주제야.

롤스가 주장한 정의의 원칙은 실제 사회에 적용되는 과정에서 적지 않은 논란을 불러 일으켰어. 미국에서 그의 문제의식에 입각해서 이루어진 '적극적 평등실현조치(혹은 어퍼머티브 액션 Affirmative Action)'가 대표적인 경우야. 대학 입시나 공무원 채용 등에서 사회적 약자를 일정 수 이상 뽑아 소수 인종에게 더 많은 기회를 제공하려는 취지로 도입되었지. 사회적 약자로서 흑인 등 소수 인종을 위한 우대 조치였어. 하지만 할당제로 인해 역차별 현상, 즉 성적이 우수하면서도 탈락하는 백인이 늘어나는 현상에 반대하는 움직임이 생겨났지.

롤스의 관점에서 보면, 누구나 대학에 입학할 기회가 있음을 보장하는 것만으로는 현실의 불평등이 해소될 가능성이 거의 없어. 학업 능력은 상당 부분 부모의 경제 능력과 밀접한 관계가 있잖아. 물론 매우 어려운 가정 형편에서도 열심히 노력해서 좋은 대학에 가고 좋은 직장을 구하는 극소수 흑인이 있을 수 있어. 하지만 이러한 성공 신화는 말 그대로 극소수일 뿐, 특수한 사례에 불과하지. 그래서 할당제는 사회적 약자를 보호해서 구조적 불평등을 보완하는 대표적인 법적 조치라 볼 수 있어.

한국 사회에서도 지난 10여 년 사이에 조금씩 대학 입학 과정에서 부분적으로 사회적 약자를 보호하여 구조적 불평등을 완화하기 위한 시도를 하고 있어. 출발선을 비슷하게 만들어 보다 공정한 경쟁을 이끄는 조치를 취하는 거지. 예를 들어, 서울대를 비롯한 몇몇 대학에서 시행하는 '지역 균형 선발' 방식은 상대적으로 열악한 교육 환경에 있는 지방 학생을 위한 배려 차원의 성격을 띠고 있어. 또한 국회 의원 선거에서 비례 대표 후보 중 절반을 여성에게 할당하도록 하는 조치도 마찬가지 경우야. 더디긴 하지만 한국에서도 롤스가 주장한 정의의 원칙에 대한 고민을 시작하는 고무적 현상이라 할 수 있지.

5. 《육식의 종말》 제레미 리프킨

: 환경과 빈곤

교과서 내용

● 소비 생활이 인간과 환경에 미치는 영향

산업화로 대량 생산이 이루어지면서 인간은 풍요롭고 편리하게 살게 되었다. 그러나 여기서 더 나아가 이기적 소비 생활이 등장했다. 만족스러운 소비 생활을 위해 다른 사람은 물론, 자연환경 등 지구 생태계의 어떤 것도 무시하는 경향이 나타난 것이다.

● 제레미 리프킨 《육식의 종말》

지구상에서 수많은 사람이 굶주림과 영양실조로 허덕이는 반면, 전체 곡식 중 1/3을 소를 비롯한 가축이 먹어 치우고 있다. 특히 개발 도상국이 먹고 살기 위해 생산하던 것에서 더 나아가 다른 나라에 가축 사료용으로 팔기 위해 곡물을 생산하게 되면서 … 인간은 굶주림에 시달리지만 가축은 곡물을 실컷 먹게 된 것이다. 이런 이유로 개발 도상국 내에서는 굶주리는 자와 식량을 사료용으로 파는 자 사이에 정치적 대립이 일어나고 있고, 사료용으로 곡물을 많이 소비하는 지구 북반구의 산업화된 국가와, 식량 부족으로 굶주림에 허덕이는 남반구의 가난한 국가 사이에 정치적 대립감이 움트고 있다. 수백만 명의 인간이 곡식이 부족해 굶주리는 중에도, 선진국에서는 곡물로 사육된 고기를 많이 먹어서 생긴 질병으로 그보다 많은 사람이 목숨을 잃고 있다. 즉 고기를 즐겨 먹는 미국인, 유럽인, 일본인 중에 많은 사람이 심장병, 암, 당뇨병으로 죽어 가고 있다.

《육식의 종말》은 왜 교과서에 실렸을까?

근대 영국 경제학자 맬서스(Malthus)는 사람들에게 충격적인 예언을 했어. 인류가 앞으로 인구 과잉 때문에 사회 붕괴와 소멸을 맞게 되리라고 주장했거든. 당시 유럽인들은 희망찬 미래에 대한 장밋빛 환상을 가졌어. 정치적으로 신분제가 사라지고, 경제적으로 산업 혁명과 함께 풍요로운 삶을 누리게 되리라는 기대가 가득했어. 그런데 다른 누구도 아닌 경제학자가 기분 좋은 기대를 다 깨버리고 인류의 멸망을 전망했으니 속된 말로 김새는 일이었지.

도대체 어떤 근거에서 인류의 멸망을 예언했을까? 그는 《인구론》에서 "식량은 산술급수적으로 증가하는데, 인구는 기하급수적으로 증가하기 때문에 파국을 맞이하리."라고 예상했어. 가급적 아이를 많이 낳으려는 경향이 있어서 인구는 폭발적으로 증가하는데, 식량 생산은 한정된 증가에 머물기 때문에 심각한 식량 위기를 맞게 되리라는 전망이지. 그는 인구가 대략 25년마다 두 배씩 증가하기 때문에 "2세기 뒤에는 인구와 생활 물자 간의 비율이 256 대 9, 3세기 뒤에는 4,096 대 13으로 벌어져서 나중에는 거의 계산이 불가능할 정도로 커질 것"이라며 암울한 미래를 그렸어.

실제로 지구 전체 인구는 맬서스 시대 이후 빠르게 증가했어. 맬서스가 태어날 때 8억 명 수준이던 세계 인구는 그가 사망할 즈음 12억 명으로 늘었고, 20세기 중반에는 25억 명, 후반에는 50어 명, 그리고 2,000년에는 60억 명을 돌파했으니까. 불과 250년 만에 전 세계 인구가 무려 8배 가까이 늘었으니까 적어도 급격한 인구 증가 전망은 대충 맞아떨어졌지. 하지만 예상했던 엄청난 식량 위기와 인류의 파멸 상황은 벌어지지 않았어. 그가 생각한 것보다 지구는 아직 인류를 먹여 살릴 만한 땅이 충분하고, 그것을 뒷받침하는 과학 기술의 발전과 생산력 증가가 있었기 때문이지.

그렇다고 해서 인간이 위기나 재앙과는 전혀 다른 방향으로 장밋빛 전망을 연 것은 아니야. 인류는 식량 위기와는 다른 방향에서 큰 재앙을 맞았어. 교과서에서 지적하고 있는 대로 만족스러운 소비 생활을 위해 다른 사람은 물론, 자연이나 다른 생명을 무시하는 경향이 생겼고 이로 인해 발생한 환경 문제가 인류를 위협하고 있어. 과학 기술과 생산력은 발전했지만 분배의 불평등으로 인해 전 세계에서 기아 등 절대 빈곤에 빠진 사람이 늘어나는 실정이야.

제레미 리프킨은 누구일까?

제레미 리프킨(Jeremy Rifkin, 1945년~)은 미국 태생의 세계적인 경제학자이자 문명 비평가야. 그는 과학 기술 만능주의에 찌든 현대 사회를 고발하는 비판석인 지식인으로 유명해. 1989년 기계적 세계관에 근거한 현대 문명을 비판하고, 에너지 낭비가 가셔 올 인류의 재앙을 경고한 《엔트로피 법칙》으로 세계적인 명성을 얻었어. 생명 공학 기술의 성과를 기업과 국가가 독점하는 것에 반대하고, 육식의 파괴적인 영향력을 고발했지. 여러 나라의 지도층 인사와 정

부 관료의 자문 역할로 활약하며 기업과 시민 포럼 등에서 많은 강연 활동을 하고 있어.

 《육식의 종말》에 대해 더 알아볼까?

교과서에 나온 리프킨의 설명처럼 지구상에서 수많은 사람이 굶주림과 영양실조로 허덕이는 반면, 전체 곡식 중 절반 가까이를 소를 비롯한 가축이 먹어치우고 있어. 인간은 굶주림에 시달리지만 가축은 곡물을 실컷 먹는 희한한 현상이 나타나.

또한 지구 한편에서는 매일 고기를 먹어서 생기는 온갖 질병이 문제가 되는 반면, 가난한 나라에서는 수많은 사람이 기아에 허덕이는 비극이 갈수록 심해지는 상황이야. 매년 생명을 잃는 5세 미만 어린이 1,100만 명 중에서 55%에 해당하는 600만 명의 어린이가 영양실조로 목숨을 잃고 있어.

육식과 질병, 그리고 기아

먼저 육식으로 인한 질병 문제부터 살펴볼까? 고기를 즐겨 먹는 미국인·유럽인·일본인 중에 많은 사람이 심장병, 암, 당뇨병 등으로 죽어가고 있다는 내용부터 보자. 한 연구 결과에 의하면 35세에서 64세 사이의 미국 국민 중 육식을 하는 사람의 심장마비 사망률이 동일한 연령 집단의 채식주의자에 비해 약 4배 가까이 높아. 또한 고기를 많이 먹으면 유방암과 대장암 발생률이 높아진다는 연구 결과가 발표된 바 있지.

　　　　나아가서 육식은 기아 문제와도 밀접한 관련이 있어. 언뜻 생각하면 공장식 농장에서 대량으로 사육되는 가축들은 인류의 식량 문제 해결에 기여하는 것처럼 보여. 하지만 이는 사실과 전혀 달라. 우리에게 필수적 영양소인 단백질을 예로 들어 볼게. 분석에 따르면 약 1단위의 동물 단백질을 생산하기 위해 송아지는 무려 21단위의 단백질을 섭취해야 한다고 알려졌어. 이와 같은 결과가 나타나는 이유는 송아지가 고기로 팔리기까지 먹는 사료가 모두 단백질로 전환되는 게 아니기 때문이야. 훨씬 더 많은 곡물 사료를 섭취해야 겨우 조금 단백질로 전환된다는 얘기지. 곡물을 직접 섭취하는 것보다 곡물을 고기로 전환시켜 섭취하면 그만큼 곡물을 더 많이 소비해야 한다는 것을 의미해.

　　　　만약 우리가 고기를 먹기 위해 가축에게 주는 곡물을 직접 소비한다면 전 세계 기아 문제를 해결할 수 있을 거야. 가령 미국인이 1년에 10%만 고기 소비를 줄여도, 6천만의 인구가 기아에서 벗어날 수 있어. 또한 미국의 가축 수를 절반으로 줄이기만 해도, 저개발 국가 칼로리 부족액의 4배를 거의 메우고도 남을 정도야.

육식과 환경 문제

　　　　육식은 자연이나 생태계 파괴 등 환경 문제와도 연관돼. 가축을 기르기 위해서는 일정한 땅이 필요하고, 그곳에 수용된 동물은 오물을 배출하지. 이는 산림 파괴, 수질과 토양 오염 등의 환경 문제를 초래해. 특히 지구의 허파라 할 수 있는 열대 우림 지대는 하루가 다르게 파괴되고 있는데, 그 원인 중 하나가 소 사육을 위해 파괴되는 목초지 때문이라고 해. 여기서 더욱 큰 문제는 목초지에서 생산되는 고기가 그 나라의 국민을 위해 사용되는 것이 아니라, 서구인을 포함한 선진국 사람들을 위해 생산된다는 것이지. 이렇게 본다면 열대 우림 훼손에 대한 책임은 선진국 사람들의 육식 욕구와 무관하다고 할 수 없어.

그만큼 빈부 격차는 환경 파괴와 뗄 수 없는 문제야. 불평등 자체가 지구에서 가장 중대한 환경 문제이기도 하지. 선진국은 공산품 생산이나 가축 사육에 필요로 되는 비용을 줄이기 위해 개발 도상국으로 공장이나 시설을 이전하는 경우가 많아. 특히 환경에 심각한 영향을 미치는 요소를 다른 나라로 옮겨서 자국에 주는 위험은 줄이고, 빈곤국의 환경 파괴는 방치하는 실정이지. '중국이 세계의 생산 공장'이라는 말의 이면에는 온갖 환경 오염 시설을 무분별하게 떠안은 개발 도상국의 어두운 현실이 숨어 있어. 지구 산소의 1/4을 생산한다는 아마존의 열대림 파괴에도 부유한 국가의 욕망이 작용하지. 결국 저개발 국가는 가난 때문에 자기 파괴를 감수해야 하는 처지에 놓인 셈이야.

물론 빈부 격차 때문에 생겨나는 환경 파괴는 처음에 빈곤국의 특정 지역에서 시작됐지만 결국 전체 인류로 파급된다는 점은 잊지 말아야 해. 예를 들어, 중국의 환경 오염이 어디 중국만의 문제겠어? 대기 중의 공기는 바람을 타고 전 지구로 섞이게 되어 있잖아. 일단 한국이나 일본을 비롯한 동아시아 국가는 황사 바람을 타고 더 직접적으로 오염의 피해를 입을 수 있지. 아마존 열대림의 산소 생산 기능이 급속히 사라지는 문제도 결국 인류 전체의 문제라고 봐야지.

대량 소비에 대한 각성

모든 사람이 육식을 하지 않는다는 것은 사실상 불가능해. 또한 육류를 섭취하는 행위 자체가 문제의 원인이라 보는 것도 다소 무리가 있어. 현대 사회에 이르러서 사람들이 육식을 시작한 게 아니잖아. 문제는 무분별한 대량 소비에 있다고 봐야지. 매일 육식을 하게 만드는 현대의 소비문화가 주범이야. 단순히 대량 소비 과정에서 나오는 비닐이나 스티로폼 등 환경 오염 물질만이 아니라, 과도한 소비문화가 육식을 하도록 이끈다는 말이야.

우리가 자주 가는 패스트푸드 가게는 사람들에게 더 많은 육식을 하도록 이끌어. 맥도날드, 버거킹, 롯데리아, 크라제버거 등 수많은 패스트푸드 가게가 일상적으로 우리의 발걸음을 잡아. 그들은 어떻게 하면 짧은 시간에 많은 사람이 육류를 소비하게 할 수 있을 것인가를 항상 연구하지.

모든 햄버거 매장에 도입된 맥도날드 방식을 보면 금방 이해할 수 있어. 맥도날드는 오래 전부터 원가를 덜 들이면서도 속도는 더 빠르게 판매 규모를 높이도록 고안된 생산 방식을 사용했지. 모든 햄버거에는 동일한 재료를 사용하고, 유리 접시와 유리컵을 종이 접시와 종이컵으로 대체했어. 음식을 만드는 과정에서도 종업원들이 각기 조리의 특정 부분만을 맡도록 분업해서 대량 생산과 대량 소비가 가능하도록 했지. 맥도날드 하나만 해도 전 세계 121개국에 3만여 매장을 가지고 있다고 하니, 여기에서 소비되는 소고기만 해도 상상을 초월한 정도야.

어디 햄버거에 들어가는 소고기뿐이겠어? 닭고기도 대량 소비 대상이지. 전 세계 하루 닭 소비량이 대략 6억 마리쯤 된다고 하니, 세계 인구

10명 중 1명은 하루에 닭 한 마리를 먹는다는 얘기가 돼. 부유한 국가로 좁혀 놓고 보면, 1인당 소비량은 대폭 올라가지. 우리나라만 하더라도 월드컵 기간 동안 하루 닭 소비량이 평소의 3배인 150만 마리를 넘는다고 해. 그러면 평소에도 하루에 50만 마리의 닭을 먹는 거잖아. 사람들이 가장 좋아하는 닭다리와 날개, 가슴살은 브라질산 수입 비중이 매우 높아. 브라질산이 닭다리에 30~40%, 날개와 가슴살은 각각 80~90%를 차지하거든. 우리가 매일 같이 닭고기를 먹을 때마다 브라질 아마존에 있는 열대림은 파괴되고 있다는 사실을 염두에 둘 필요가 있어.

 ## 《육식의 종말》은 지금 우리에게 어떤 의미일까?

환경 위기는 동물을 비롯한 자연은 이용과 개조의 대상일 뿐이라는 인간 중심적 자연관과 물질 중심의 진보관에서 비롯되었다고 볼 수 있어. 인간 중심적이고 정복 지향적인 자연관은 인간과 자연을 분리시키고, 무분별한 자연 착취와 자원 남용을 정당화해. 이는 생태계의 급격한 파괴와 자연의 훼손을 발생시켰지. 지구가 만들어진 지 수십억 년 동안에 유지해 온 조화와 균형을, 산업 혁명 이후 불과 2백 년 사이에 완전히 깨뜨려 심각한 환경 위기에 직면한 상태야. 인간의 욕망은 무한하고 어떻게 하면 과학 기술 발전과 경제 성장을 통해 이를 채울 수 있을까에 대해서만 고민하는 사고방식이 전 지구적인 재앙을 일으킨 거지.

그렇기 때문에 자연을 정복 대상으로 보는 사고와 인간의 무한한 욕망을 전제로 하는 대량 생산과 대량 소비의 방식을 멈추고, 자연 친화적인 소비를 강조하는 로하스(LOHAS)족의 생활 방식을 눈여겨 볼 필요가 있어. 로하스족은 지구의 환경과 사회 정의, 자기 계발, 지속 가능한 삶을 위해 소비 생활을 개선하려는 사람들을 말해. 이들은 대체로 친환경 제품을 소비하고 환경 보호에 적극적이야. 지구 환경에 미칠 영향을 생각해서 재생 원료를 사용한 제품이나 환경 오염 없이 지속할 수 있는 기술로 생산된 제품을 구매하는 생활을 추구하지. 혼자만 아니라 주변에 친환경 제품을 사용하도록 홍보하는 데도 적극적이야.

사회 전체적인 해결책을 모색하는 것도 중요해. 우리의 일상생활과 소비 습관에서부터 환경과 인간이 공존할 수 있는 방향으로 대안을 만들고 실천하지 않는 이상, 문제 해결의 길은 멀기만 해. 다행히 최근에는 여러 방면에서 해결책을 찾기 위한 노력이 이어지고 있어. 육식보다는 채식 위주의 식생활 습관을 권장하는 사회단체도 많아졌고. 몇몇 유명 연예인이 TV에서 채식 중심의 식단으로 살아가는 이야기가 나오기도 하지. 또한 일상적으로 육식을 소비하게 하는 패스트푸드 문화에 경종을 울리는 움직임도 많아졌어. 패스트푸드 대신에 충분한 시간을 갖고 정성스럽게 만든 음식을 즐기는 슬로푸드 운동도 활성화되고 있지. 이같은 움직임들은 자연스럽게 육류 소비를 줄이는 효과가 있어.

생태계 파괴의 주요 원인 중 하나인 농약 사용을 자제하려는 움직임도 점차 많아졌어. 농약은 농촌에서 다양한 곤충이나 이를 잡아먹는 조류뿐 아니라 인간에게도 큰 피해를 주지. 지난 10여 년 간 유기농 먹을거리를 제공하는 생활 협동조합 운동이 전국적으로 확대되는 추세야. 이를 토대로 농촌에서는 유기농 작물을 재배하는 농가가 많아지고 있어. 우리가 일상의 작은 생활 습관 하나를 바꾸는 일이 환경과 생태 문제에 얼마나 큰 긍정적인 변화를 이끌 수 있는지 보여 주는 사례야.

3장

세상을 만들고 바꾼 핵심 이론
정치·경제

1. 《맹자》 맹자

: 정치란 무엇인가?

● 맹자의 항산(恒産)과 항심(恒心)

맹자는 도덕 교육을 통해 백성의 의식 수준을 높여야 한다고 생각했는데, 이를 위해 먼저 백성의 기본적인 생활 수준을 보장할 것을 주장했다. 물질적인 안정이 이루어져야 정신적으로도 안정될 수 있다고 생각한 것이다.

"백성은 기본적 생활 기반이 없다면 도덕성을 유지하지 못하여 온갖 부도덕한 짓을 저지르게 됩니다. 그 상황에서 그들이 죄를 지었다고 하여 죗값에 따라 처벌한다면 백성을 속여 처벌의 울타리로 유도하는 것입니다. 어진 사람이 왕위에 있으면서 어찌 이러한 일을 할 수 있겠습니까?"

이 말은 가난한 백성이 도덕심을 갖추지 못한 상태에서 불법 행위를 저지를 경우, 이것은 미리 방지하지 못한 통치자의 잘못이라는 것이다. 그래서 통치자는 백성의 죄를 처벌하기 전에 그러한 사태가 일어나지 않도록 미리 막아야 한다. 즉 **백성이 떳떳하게 생활할 수 있는 일(항산)**을 보장하여 **흔들림 없는 마음(항심)**을 가지고 도덕적 삶을 살 수 있도록 해야 한다. 맹자는 항산과 항심의 의미를 통치자가 바로 알고 이를 통치의 시작으로 여겨야 한다고 했다.

대부분의 사람에게 정치에 대한 불신은 어제오늘 일이 아니야. 오래 전부터 국민들은 정치를 탐욕과 거짓으로 가득한 추악한 싸움판으로 여기고, 정치인을 가장 믿지 못할 사람으로 치부해 왔지. 특히 경제적으로 어려운 시기일수록 정치에 대한 불만은 더욱 커져. 당장 생활이 팍팍하면 할수록 정치인의 위선이 더 큰 불만으로 다가올 수밖에 없기 때문이야. 선거철만 되면 국민을 위해 머슴처럼 일하겠다고 공약하던 사람들이 막상 당선되고 나면, 도움이 필요한 현장에서 코빼기도 볼 수 없으니 말이야. 그래서 갈수록 정부든 국회 의원이든 도저히 믿지 못할 집단이라 여기고 국민들은 분노해. 정치가 빈곤 문제를 해결해 주지 못할 때 정치에 대한 불신은 더욱 커지게 되는 거지.

가난은 과거의 일이 아니라 오늘의 일이기도 해. 물질적으로 풍족해진 현대 사회에 와서 절대 빈곤은 마치 과거의 일인 것처럼 여기는 경우가 많아. 하지만 의식주조차 해결할 수 없는 절대 빈곤에 빠진 사람이 여전히 많지. 절대 빈곤층이 전 세계 인구의 6분의 1에 이르고, 해마다 800만 명 이상이 가난 때문에 죽어 가고 있거든. 선진국이라고 일컫는 유럽이나 일본에도 노숙자가 늘어나는 실정이야. 대한민국도 예외가 아니지. 10만 명 이상의 결식아동이 오늘도 제때에 끼니를 해결하지 못하고, 잠자리가 없어 노숙을 하거나 부랑자로 살아가는 사람도 상당수에 이르니까.

정치는 이러한 빈곤 문제를 해결할 수 있을까? 흔히 생각하는 대로 빈곤은 정치와는 무관한 경제 영역에 속하는 문제일까? 기업이 알아서 좋은 물건을 생산하고 시장이 잘 돌아가서 살림살이가 괜찮아지길 기다리는 수밖에 없을까? '진료는 의사에게, 약은 약사에게'라는 말처럼 경제는 기업인에게, 정치는 정치인에게 맡기면 될 일일까?

 맹자는 누구일까?

맹자(孟子, 기원전372년~기원전289년)는 공자와 함께 유가의 선구자야. 맹자가 살았던 전국(戰國) 시대에는 수많은 제후국이 7개 나라로 재편되었어. 천하를 제패하겠다는 하나의 목표를 두고 벌인 양육 강식 전쟁의 결과였지. 전국 시대는 제자백가(諸子百家)의 시대였어. 혼란한 세상을 구제하기 위한 다양한 사상이 생겨났고 그것끼리 경쟁을 벌였어. 이 중 한 명이었던 맹자는 인의(仁義)의 덕을 바탕으로 하는 왕도(王道) 정치가 정치적인 분열 상태를 극복할 수 있는 유일한 길이라고 믿었지. 여러 나라를 다니며 왕도 정치를 호소했지만 제후들은 군사력에 의한 강력한 국가 건설에만 관심이 있었기에 시절했어. 자신의 이상을 실현할 수 없음에 좌절한 맹자는 70세에 고향으로 돌아와 학문과 교육 활농에 전념했고, 일곱 권에 이르는 《맹자》를 펴냈어.

《맹자》에 대해 더 알아볼까?

우리 속담에 "가난은 나라도 못 구한다."는 말이 있어. 그동안 한국에서 권력을 장악한 정치 지도자들이 종종 인용했던 말이기도 해. 정부는 주로 국가 안보와 치안 유지, 경제 영역에서도 국내 총생산으로 드러나는 '성장'의 가치만을 강조할 뿐, 빈부 격차를 비롯한 빈곤 문제는 해결할 수 없다는 논리를 뒷받침하기 위해 자주 사용되었어. 결국 개인이 열심히 노력해야지만 빈곤에서 벗어날 수 있다는 변명이지. 그런데 정말 그럴까? 《맹자》의 양혜왕(梁惠王) 편을 보면 재미있는 내용이 나와. 어떻게 왕도를 이룰 수 있겠느냐는 왕의 질문에 맹자는 다음과 같이 대답해.

"오직 선비만이 항산(恒産)이 없이 항심(恒心)을 할 수 있고, 일반 백성은 항산이 없으면 항심을 못 갖습니다. 항심이 없으면 방탕하고 비뚤어져서 못되고 악한 짓을 저지르니, 죄에 빠진 뒤에 따라가서 처벌한다면 이는 백성을 속이는 것입니다. 어찌 인자한 왕이 백성을 속이는 일을 할 수 있겠습니까?

현명한 임금은 백성의 산업을 마련해 주되, 반드시 위로는 넉넉히 부모를 섬길 수 있고 아래로는 넉넉히 처자를 먹여 살릴 수 있어서, 풍년에는 일생을 배불리 먹고, 흉년에도 죽음을 면하게 해 줍니다."

백성은 항산이 없으면 항심을 가지지 못한다는 말은, 먹고 사는 것이 안정적이지 않으면 마음도 안정될 수 없다는 의미야. 가난한 상황에서도 도덕을 지킬 수 있는 사람은 학문을 통해 자기 성찰과 내적 수양에 도달한 소수의 선비에 불과해. 국민의 대부분을 차지하는 일반적인 사람들은 빈곤 상태에서 부도덕한 생각과 행동을 할 수밖에 없다는 주장이야.

국가가 해야 할 기본적인 책무, 정치의 가장 중요한 목적이 바로 백성의 생존 보장에 있다는 것을 강조하는 대목이라고 할 수 있어. 맹자에 의하면 백성이 범죄를 저지르는 이유도 먹고 사는 문제가 제대로 해결되지 않았기 때문이야. 극심한 가난이 범죄를 일으키는 주요 원인이라는 진단이지. 국가가 빈곤 문제를 해결하지 못한 채 범죄를 처벌하는 것은 백성을 죄에 빠지게 한 후에 그 죄를 묻는 것이나 다름없기 때문에, 백성을 속이는 행위에 불과하다는 주장이야.

장발장의 고민과 한국 사회의 범죄율

범죄는 정말 빈곤 때문에 늘어나는 걸까? 여러분이 읽어봤을 만한 고전 중에 빅토르 위고(Victor-Marie Hugo)의 《레 미제라블》은 빈곤과 범죄의 관계를 가장 생생하게 보여 줘. 장발장이라는 좀도둑의 인생을 그린 이야기로, 최근에 뮤지컬 영화가 흥행해서 우리에게도 꽤 익숙해진 작품이지. 원래 이 책은 꽤나 방대한 분량으로 쓰여졌어. 레 미제라블은 '가난에 허덕이고 수치스런 생활이나 행위를 하고 있는 비참한 사람들' 또는 '불행한 사람들'이라는 뜻이야.

책 앞부분에 주인공 장발장이 빵을 훔치는 장면이 나와. 그는 가난한 농가에서 태어났지. 아주 어려서 부모를 여의고, 가족이라고는 아이 일곱을 데리고 과부가 된 누이 하나가 전부였어. 고아가 된 장발장을 누나가 데려다 키웠고, 스물다섯 살 때 매형이 죽자 집안의 가장이 되었지. 하지만 일거리가 없었고, 당장 먹을 것도 없었어. 어느 날 굶주린 조카들을 보다 못한 그는 거리로 나가 빵집 유리창을 깨고 빵을 훔치다가 붙잡혀. 가택 침입과 절도 혐의로 체포되었고, 유죄 판결을 받아 5년 형을 받아. 몇 번이나 탈옥을 시도했다 붙잡히기를 반복하다 형량이 늘어 무려 19년이라는 긴 세월을 감옥에서 보내야 했지.

장발장은 감옥에 갇혀서 스스로를 심판대에 올려놓고 재판하면서 "이 숙명적 사건에서 잘못은 나 자신 한 사람에게만 있었던가? 좋은 일꾼인 나에게 일거리가 없었고, 근면한 나에게 빵이 없었다는 것은 중대한 일이 아니었던가?"란 질문을 던져. 그는 어쨌거나 빵을 훔친 행위는 정당화될 수 없음을 인정해. 아무리 어린아이들의 가난과 배고픔이 빵을 훔친 이유였다 하더라도 그 자체로 범죄가 없어지는 게 아니니까. 하지만 다시 의문을 던져. 과연 도둑질을 한 자신에게만 문제가 있는가라는 의문이야. 우리는 흔히 범죄를 저지른 개인의 도덕성 문제라고 여기잖아. 장발장은 개인의 도덕성도 물론 문제지만, 그것으로 원인 규명이 끝나는 것은 아니라고 생각해. 그럼 또 무엇이 범죄를 일으키는 원인이 될 수 있다는 걸까?

한국 사회도 범죄가 꽤 많이 일어나는 편이야. 검찰청 자료를 보면 매년 약 200만 건, 검거 인원수는 150만 명, 그중에 상력 범죄자는 30~40만 명 내외야. 이 통계대로 보면 약 25명에 한 명 꼴로 범죄 대상이 된다는 얘기잖아. 강력 범죄라고 하면 살인, 강도, 강간과 같은 심각한 범죄를 말하는 건데

거의 40만 명에 이르지. 그러면 약 100여 명 중에 한 명 꼴로 강력 범죄 대상이 된다는 말인데, 뭐 이정도면 괜찮은 편이 아닌가 생각할지도 모르겠네. 하지만 올해 범죄 대상이 된 사람이 내년에도 같은 범죄의 대상이 되는 것은 아니잖아. 그러면 실제로는 훨씬 더 많은 사람이 강력 범죄로 피해를 본다는 얘기가 돼. 정말 끔찍하지?

왜 이토록 많은 범죄가 일어날까? 만약 흔히 생각하듯이 범죄자 개인의 도덕성 문제가 원인이라고 한다면, 우리나라 사람들은 원래 도덕성이 엉망이거나 유전자에 범죄의 피가 흐른다는 얘기밖에 안 되잖아. 만약 그런 문제라면 옛날에도 유난히 범죄가 많이 일어났어야 하는데 실제로는 그렇지 않았지. 뭔가 개인의 도덕성 문제와는 별개로 다른 요인이 범죄에 큰 영향을 미친다는 점을 이 통계가 그대로 보여 주고 있어.

빈부 격차와 범죄율의 관계

여러분에게 범죄율이 높은 국가를 꼽으라고 하면 어디를 예로 들까? 대체로 조직 폭력이 발달한 나라들이 전반적으로 범죄율이 높아. 마피아로 유명한 미국이나 이탈리아, 삼합회라는 조직폭력배가 극성을 부리는 홍콩, 깡패 집단이 활개를 치고 있는 러시아 등이 대표적으로 범죄율이 높은 국가지. 어기에 한국도 포함돼. 그럼 반대로 세계적으로 범죄율이 낮은 나라를 꼽으라고 한다면? 아마 스웨덴, 스위스, 노르웨이, 핀란드 같은 국가를 떠올릴 수 있을 거야. 실제로 이런 나라들이 상대적으로 범죄율이 낮은 편이야.

이렇게 열거해 놓고 보니까 범죄율이 낮은 나라의 공통점이 눈에 보이지? 맞아. 복지 국가라고 불리는 나라야. 그럼 복지 국가의 범죄율은 왜 낮을까? 복지 국가는 상대적으로 빈부 격차가 작은 나라잖아. 빈부 격차가 작다는 것은 열심히 노력하면 그 사회에서 중간 정도의 생활 유지가 가능하다는 뜻이기도 해. 반대로 범죄율이 높은 국가의 공통점은 빈부 격차가 매우 크다는 거야. 미국은 세계 최고의 부를 자랑하지만 다른 한편으로 세계에서 가장 빈부 격차가 심한 나라지. 흑인과 중남미 계통인 히스패닉의 삶은 비참하기 짝이 없어. 이탈리아도 북부 지역은 부유하지만 남부 지역은 찢어지게 가난하지. 남부 지역에 속하는 시칠리아는 마피아의 본고장이라 할 수 있는 곳이야. 러시아는 사회주의 몰락 이후에 극심한 불평등에 시달리고 있어. 한국 역시 심각한 양극화 때문에 몸살을 앓고 있는 것으로 유명하고.

빈부 격차가 큰 사회에서는 열심히 일하는 것만으로는 사회 구성원의 상당수가 중간 정도의 삶을 누리기는 어려워. 당연히 일확천금을 꿈꾸는 사람이 많아지게 되지. 대박의 꿈을 실현하기 위한 방법이 뭐겠어? 도박이나 복권이나 경마와 같은 사행성 산업, 부동산 투기와 투기성 주식 투자, 불법적 수단을 활용하는 금융 범죄가 있겠지. 빈부 격차가 극심한 사회에서 일확천금의 꿈을 좇는 것은 극단적으로 범죄율을 높이는 방법이라고 할 수 있을 정도야.

결국 빈곤이 범죄의 원인이라는 맹자의 주장은 제한적으로만 보면 어느 정도 타당성을 지니고 있다고 봐야 해. 왜 제한적으로만 타당하냐고? 빈곤 자체를 범죄 원인으로 본 것은 문제가 있거든. 만약 맹자의 진단대로라면 가난한 나라에서 범죄율이 높고 부자 나라에서는 범죄율이 매우 낮아야 하잖아. 하지만 우리의 현실은 그와 정반대야. 범죄는 산업이 발달한 국가나 물질적 부가 집중된 도시에서 주로 나타나잖아. 가난이 곧바로 범죄로 이어지는 것은 아니라는 점을 알 수 있지.

　　문제는 의식주를 해결하는 데 사용할 자원이 부족한 조건이나 빈곤 자체가 아니라 빈부 격차에 있어. 위에서 살펴보았듯이 빈부 격차가 큰 사회에서 수단과 방법을 가리지 않고 대박을 꿈을 좇는 경향이 심해지고, 그것이 범죄율 상승으로 이어지고 있거든. 그렇기 때문에 맹자의 주장은 제한적으로만 타당성을 지닌다고 한 거야. 빈부 격차도 빈곤 문제의 매우 중요한 한 부분임은 분명하니까 말이야.

　　또한 맹자가 정치나 국가가 해야 할 가장 핵심적 과제로 빈곤 문제 해결을 꼽은 것도 적극적으로 수용할 필요가 있어. 그것도 목구멍에 풀칠이나 하는 정도의 소극적 정책이 아니라 넉넉히 부모와 처자식을 먹여 살릴 수 있을 정도의 생활을 보장해 주어야 한다는 거야. 맹자가 보기에 '가난은 나라도 못 구한다.'는 속담은 정치 지도자가 자기 책임을 회피하려는 치졸한 변명에 지나지 않아. 가난을 구제하지 못한다면 정치나 국가 자체가 존재할 근거도 없어진다는 생각이지.

 ### 《맹자》는 지금 우리에게 어떤 의미일까?

현대 사회를 표현할 때 물질문명이라는 말을 자주 사용해. 그만큼 인간 생활을 풍요롭게 하는 물질과 자본이 넘쳐 나는 사회라는 의미지. 근대에 산업 혁명을

기점으로 과학 기술의 발전과 기계 문명을 무기로 엄청나게 생산력이 증가했으니, 물질문명이라는 말이 과장은 아니야.

현대 사회를 가리키는 말로 민주주의도 빼놓을 수 없어. 전통 사회의 신분제 파괴와 보통 선거에 기초한 참정권의 보장은 말 그대로 정치 혁명이었지. 현대 사회는 프랑스 대혁명을 비롯한 시민 혁명이 이룩한 민주주의 체제 위에서 발전해 왔어. 산업 혁명이 이룩한 성과 못지않게 민주 정치도 인류의 삶을 행복으로 이끌 거라는 기대를 주기에 충분했지.

하지만 현실은 그렇게 만만치가 않았어. 정치 민주화가 자리를 잡고 물질문명이 발달하면, 모두가 맹자가 주장한 최소한의 인간적인 삶을 보장받을 수 있는 상태에 도달할 줄 알았는데, 현실은 빈부 격차가 갈수록 확대되는 방향으로 가고 있으니 말이야. 이를 자원 부족이나 인구 과잉의 탓으로 돌릴 수는 없어. 이미 인류가 이룩한 과학 기술의 수준이나 생산력을 고려하면, 지구는 전 세계 인구를 먹여 살리고도 남을 만큼 충분한 땅덩이와 자원을 가지고 있으니까 말이야. 그런데도 국가 간에 빈부 격차가 나타나고, 국가 안에서도 양극화 현상은 점점 더 심해지고 있어.

그렇기 때문에 맹자가 주장하는 바를 다시금 곱씹을 필요가 있어. 문제는 경제가 아니라 정치인 거지. 민주주의 정치가 만약에 사회 구성원 각자의 기본적인 생활을 보장해 주지 못한다면 분명 문제가 있는 거잖아. 과학 기술과 생산력 발전, 시장 경제 확대가 빈곤 문세를 저절로 해결해 주지 못하는 상황, 그리고 결국 이 모든 것이 정부의 역할과 분리될 수 없는 현실에서, 정치 혁신이 가장 중요한 과제가 되는 것은 당연해. 정치는 정치인이 알아서 할 문제가 아니라 우리 모두의 가장 중요한 관심사가 되어야 해. 맹자를 읽는 것은 우리에게 정치와 빈곤의 관계에 대해 성찰하게 하는 중요한 계기가 될 수 있을 거야.

2. 《사회 계약론》 장 자크 루소

: 국가란 무엇인가?

● 국가의 기원

국가는 어떻게 생겨났는가? 이에 대해 다양한 의견이 있지만 두 가지 주장이 대표적이다. 첫째, 서로 더불어 살아가려는 본성 때문에 자연스럽게 국가가 생겨났다는 주장이다. 인간은 원래 홀로 살지 못하고 사람들과 집단을 이루어 살도록 되어 있다. 이런 본성에 따라 가정을 이루었고, 가정이 모여 마을을 만들었다. 이 마을들이 확대되어 국가를 형성했다는 것이다. 둘째, 사람들 사이의 계약에 의해 국가가 만들어졌다는 주장이다. 국가가 만들어지기 전, 즉 자연 상태의 인간은 누구의 간섭도 없이 자유롭게 살았지만 더 많은 이익을 얻으려는 사람들로 인해 곤란을 겪었다. 그러자 사람들은 자신의 재산과 생명을 안전하게 지키며 자신의 자유가 침해당하지 않도록 하기 위해 서로 계약을 맺어 국가를 만들었다는 것이다.

● 루소와의 가상 면접

학생기자 : 인간은 어떻게 국가를 만들었나요?

루소 : 원래 자유롭고 평등한 인간이 자발적인 계약으로 국가를 만들었단다.

학생기자 : 사람들은 왜 계약을 했나요?

루소 : 공동체 전체의 이익을 위해 자발적으로 계약을 맺었지. 국가도 보다 많은 사람의 이익을 위해 형성한 공동체라고 할 수 있단다.

《사회 계약론》은 왜 교과서에 실렸을까?

국가라는 단어를 생각하면 어떤 게 떠올라? 주로 대통령이나 청와대, 혹은 중앙 정부의 기관 정도가 떠오를 거야. 그곳은 우리 일상생활과는 좀 거리가 있는 정치가들의 공간 정도로 생각되곤 하지. 하지만 국가는 그리 멀리 있는 것이 아니라 우리의 생활 곳곳에 촘촘하게 연결되어 있어.

대통령이나 중앙 정부만이 아니라 국회를 비롯한 입법 기관이나 사법부도 국가의 일부지. 중앙 정부뿐 아니라 시청이나 구청 같은 지방 자치 단체나 지방 의회도 국가를 구성하는 한 부분이야. 여기에 군대는 물론이고 동네 골목이나 도로에서 마주치는 경찰도 포함돼. 세금이나 국민연금, 나아가서 복지와 관련된 온갖 행정 업무도 국가가 담당하지.

국가의 영향이 미치지 않는 부분이 거의 없다고 해도 과언이 아닐 정도로, 국가는 일상생활에 깊이 들어와 있어. 어떻게 보면 생활만이 아니라 마음속까지 들어와서 사고방식과 행동을 좌지우지하기도 해. 하다못해 월드컵이나 올림픽 경기가 열릴 때, 밤을 새우며 한국 선수들을 열렬하게 응원하면서 애국심이 생기잖아. 어디 스포츠뿐이겠어. K-POP이나 한국 드라마가 한류를 타고 세계적인 인기를 얻거나 한국 기업이 만든 TV, 자동차, 휴대 전화 등이 세계 시장에서 맹활약을 하고 있다는 소식을 들었을 때 생기는 뿌듯한 마음도 애국심이라 할 수 있지. 주변에 한국을 비판하는 사람이 있으면 그에게는 곧바로 애국심이 없다는 비난이 쏟아지기도 해.

특히 우리는 오랜 기간 단일 민족 국가로 살아와서 국가에 대한 귀속감이 다른 어느 나라보다 강해. 최근 다문화 가정의 확대로 단일 민족 국가의 의미가 흐려졌는데도 아직 관성이 남아 있어. 국가를 민족, 더 거슬러 올라가서는 가족과 마을에 기초해서 자연스럽게 형성된 것으로 생각하는 경향이 매우 강하다는 말이야. 국가의 역할을 가정에서 부모가 하는 것과 동일시하지. 그래서 개인보다 국가를 무조건 우선시하려는 사고방식이 지배적이야.

하지만 국가가 과연 가족이나 부족이 확대되면서 자연스럽게 만들어졌는지, 국가가 개인에 항상 우선하는지는 논쟁이 첨예한 문제야. 만약 국가가 가족처럼 자연스러운 것이라면 국가에 대한 비판은 거의 설 자리를 잃어. 국가의 목적이나 이익은 개인보다 항상 우월하다 여기고, 개인의 희생을 당연시하게 되지. 특히 국가의 영향이 거의 모든 영역에 스며들어 있는 현대 사회에서 국가의 역할에 대한 이해는 매우 중요할 수밖에 없어.

루소는 누구일까?

장 자크 루소(Jean-Jacques Rousseau, 1712년~1778년)
는 18세기 유럽의 사상과 사회 변화에 큰 영향을 주었어. 그의 관심은 자연 상태에서 자유롭던 삶을 다시 회복하는 일이었어. 이성을 맹신하는 계몽주의를 비판하면서 자연 친화적인 태도와 감성을 강조했지. 사회 체제와 종교를 비판한 이유로 구속 영장이 떨어져 오랫동안 망명

생활을 하기도 했어. 오늘 함께 살펴 볼《사회 계약론》은 교육 문제를 다룬《에밀》과 함께 그의 대표작으로 꼽히는 작품이야. 자연 상태, 계약론, 주권론, 정부론 등 네 가지 주제로 구성되어 있는데, 사회가 구성되는 원리를 제시한 책으로 유명해. 1762년 처음 출판된 이후 프랑스 혁명이 일어난 1789년까지 20여 쇄를 넘게 찍을 정도로 인기를 누렸고, 유럽의 혁명적 분위기를 형성하는 데 적지 않은 영향을 주었어.

 ## 《사회 계약론》에 대해 더 알아볼까?

교과서 내용을 보면 국가가 어떻게 생겨났는지에 대한 두 가지 견해를 소개하고 있어. 첫째는 서로 더불어 살아가려는 본성 때문에 자연스럽게 국가가 생겨났다는 주장이고, 두 번째는 사람들 사이의 계약에 의해 국가가 만들어졌다는 주장이야. 그러면 먼저 가정과 마을의 확대가 자연스럽게 국가를 만들었다는 첫 번째 주장부터 자세히 살펴볼까?

인간의 본성이 국가를 만들었다

서양 사상의 뿌리 역할을 하는 그리스 철학자 플라톤과 아리스토텔레스의 관점이 여기에 해당돼. 플라톤은《국가》에서 "국가가 생기는 것은 우리 각자가 자족하지 못하고, 여러 가지 것이 필요하게 되기 때문"이라고 해. 여기서 '여러 가지 필요'란 인간이 살아가는 데 필수적인 의식주를 의미해. 한 사람이 모든 필요를 다 충족시킬 수 없기 때문에 많은 사람이 협력자로 한 거주지에 모였고, 이 공동 생활체에 우리는 '국가'라는 이름을 붙였다는 거야. 의식주를 마련하는 문제는 거의 생존 본능에 가깝고, 그만큼 인간에게 없어서는 안 될 필수적인 부분이잖아. 개인으로는 살아갈 수 없는 인간이 자연스럽게 공동체를 구성하게 되는데 그게 바로 국가라는 주장이야.

아리스토텔레스는 《정치학》에서 이에 관해 좀 더 자세히 설명해. "매일 되풀이되는 필요 충족을 위해 먼저 자연적으로 가족을 구성한다. 다음으로 매일 되풀이되는 필요 이상의 것을 충족시키기 위해 부락을 형성한다. 마지막으로 완벽한 공동체로서 여러 개의 부락으로 이루어진 국가에 도달한다." 즉 가족의 확대가 국가를 만들었다는 거야. 가족 없이 살 수 없듯이 마찬가지로 사람은 본질적으로 국가에서 살도록 되어 있는 존재지. 국가 없이 살 수 있는 것은 보잘것없는 존재나 신뿐이라고 해.

그런데 중요한 것은 국가를 본성에 따른 자연스러운 것으로 주장하고자 한 목적이야. 아리스토텔레스는 "개인이나 가족이 시간으로는 국가에 선행하지만 논리적으로는 국가가 개인이나 가족에 선행한다."는 결론을 이끌어 내. 가족에서 부족을 거쳐 국가가 생겨났으니까 시간순으로 보면 당연히 가족이나 그 가족을 구성하는 개인이 우선이잖아. 하지만 그가 보기에 논리가 시간보다 중요해. 가족이나 부락은 국가로 가는 과정일 뿐이야. 국가가 최종적인 목적이자 단계인 거지. 국가가 가장 이상적이고 우월한 상태라면 개인이나 가족은 열등한 상태를 의미해. 이런 논리는 국가의 이익이 개인의 이익에 우선해야 하고, 국가를 위한 개인의 희생이 당연하다는 결론으로 이어져.

개인의 자유로운 계약이 국가를 만들었다

위와 같은 관점은 고대 그리스에서 시작하여 중세까지 이어졌어. 다만 중세에는 인간 본성보다 신(神)의 작용을 강조했지만 말이야. 거의 천 년 동안 중세 유럽은 신의 명령에 의해 사회가 만들어지고 유지된다는 생각으로 가득했잖아.

그런데 중세가 점차 종말을 향해 나아가면서 새로운 사회 운영 원리가 필요해졌어. 새 술은 새 부대에 담으라고 하잖아. 당연히 과거 신의 자리를 대신할 사회 운영 원리가 필요했을 테고, 이를 밝혀내는 과정에서 '사회 계약론'이 나왔지. 그런데 왜 사회 '계약'이었을까? 신이 자리를 비운 곳에 들어갈 것은 사람밖에 없잖아. 그런데 사람은 신처럼 하나의 절대자가 아니고 수많은 개인으로 이루어져 있어. 그럼 다수의 개인이 어떻게 단일한 사회로 나아갈 수 있을까를 고민하게 됐지. 이게 사회 계약론의 출발점이라고 생각하면 돼.

사회 계약론을 주장한 대표적인 사상가가 바로 루소야. 그는 신의 명령에 의한 국가의 구성만이 아니라 가족의 확대로 국가가 만들어졌다는 전통적인 이론을 부정해. 신이나 가족이 아니라, 있는 그대로의 인간을 통해 사회 질서 속에서 정당하고 확고한 원칙을 찾고자 했어. 《사회 계약론》에서 루소는 자신의 문제의식을 다음과 같이 설명해.

"사람은 자유로운 몸으로 태어나, 도처에서 사슬에 매여 있다. 주인으로 자처하는 자도 노예임을 어쩔 도리가 없다. … 그러나 사회 질서는 다른 모든 권리의 기초가 되는 신성한 권리이다. 그런데도 이 권리는 자연에서 생겨나지는 않고, 약속에 근거를 둔다. … 사회 계약의 근본 문제란 이런 것이다. 자기가 양도하는 것과 같은 권리를 얻지 않는 자는 하나도 없으므로, 자기가 잃는 것과 맞먹는 것을, 또 자기가 가진 것을 보존하기 위한 보다 많은 힘을 얻게 된다."

루소는 왜 "주인으로 자처하는 자도 그들 이상으로 노예임을 어쩔 도리가 없다."라고 했을까? 주인이면 주인이고 노예면 노예지 왜 현실 사회에서 주인도 노예에 불과하다는 걸까? 우리들은 흔히 사회에서 권력이나 부를 가지고 있는 사람을 부러워하잖아. 그런데 왜 그들이 노예 상태라는 걸까? 가난하고 힘없는 사람을 노예에 비유하는 건 이해가 되는데 어떻게 주인도 노예라고 하는 거지? 자기가 하고 싶은 것은 무엇이든 할 수 있고, 갖고 싶은 것은 무엇이든 가질 수 있을 텐데 말이야.

먼저 권력의 최고봉인 대통령을 생각해 볼까? 대통령은 항상 무엇이든 할 수 있고 자유로울 것 같잖아. 하지만 길거리를 마음대로 걷고 혼자 여행을 갈 수 있을까? 불가능하지. 항상 경호원에 둘러싸여 살아야 하고 개인 생활을 제한받을 수밖에 없어. 재벌 총수는 어때? 항상 높은 담과 감시 카메라로 둘러싸인 집에서 살아야 해. 과연 이 상태를 자유롭다고 할 수 있을까? 물론 돈과 권력으로 할 수 있는 게 많겠지만 본질적으로는 자유롭지 못하다는 게 루소의 생각이야. 결국 모두가 부자유스러운 삶 속에 있지. 그런데 루소는 정의로운 사회 계약을 통해 이 문제를 어느 정도는 해결할 수 있다고 생각해.

사회 질서는 정의로운 사회 계약에서

루소의 주장은 개인과 개인 사이의 자유로운 약속에 근거를 두고 사회 질서를 만들면, 인간은 여전히 자유로운 상태로 사회를 형성할 수 있다는 거야. 과거 노예제 사회나 중세 사회는 약속이 아니라 노예주와 영주의 일방적인 강압에 의해서 만들어졌잖아. 어떤 바보가 "너는 노예 해, 나는 주인 할게. 자, 이제 우린 공평하게 계약을 하는 거야."라는 식의 계약을 자유로운 상태에서 받아들였겠어. 과거에는 폭력과 강제로 사회가 형성됐고, 중세 사회에서는 이를 '신의 질서'로 합리화했지.

그렇기 때문에 루소는 개인이 자유로운 자연 상태에 있다고 가정하고 여기에서 출발하는 자발적이고 정의로운 계약이 이루어진다면, 노예 상태는 끝날 수 있다고 봤어. 그렇다고 고민이 다 해결된 것은 아니야. 왜냐하면 수많은 사람이 모여 사회 질서를 만들어야 하는데 그 협력이 간단한 게 아니잖아. 전체를 위해 일방적인 양보를 하거나 손해를 감수한다면 다시 노예 상태에 빠지니까 말이야. 그러면 도대체 어떻게 해야 각자가 손해를 안 보면서도 사회 질서를 만들 수 있을까? 모든 사람과 함께 사회 질서를 만들면서도 개인이 전과 다름없이 자유로울 수 있는 체제를 찾아내야 모두가 만족할 수 있다는 게 루소의 생각이야.

그가 무엇을 고민했는지 이제 이해가 가지? 고민 끝에 루소는 "자기가 양도하는 것과 같은 권리를 얻지 않는 자는 하나도 없어야 한다."는 답을 제시했어. 이게 무슨 말일까? 루소가 "사회 계약의 근본 문제란 이런 것"이라고까지 했으니, 이게 해답인 건 분명한데 좀처럼 이해가 쉽지 않지? 해답지를 줬는데 해답 자체를 이해할 수 없는 황당한 상황이네. 원래 사상가들이 말을 좀 어렵게 하잖아. 그렇다고 그냥 넘어가면 지금까지 머리에 쥐가 나면서 따라온 게 도루묵이 되어버릴 테고. 자, 이제 이 문장과 씨름해야 돼. 안 풀리는 수학 문제를 붙잡고 끙끙대다 새벽녘쯤 풀었을 때 그 환희를 생각하면서 조금 더 고생하자고!

문장을 파고 들어가 보자. 먼저 '자기가 양도하는 것'이 무슨 뜻일까? 일단 누구에게 양도하는 거야? 당연히 사회 구성원 모두에게, 즉 사회에 양도하는 것이지. 그러면 양도한다는 말은 무슨 뜻이야? 누군가에게 전해 준다는 얘기지. 결국 개인이 집합체로서의 모두에게 무언가를 준다는 뜻일 텐데 무엇을 준다는 거야? 지금 우리는 개인이 모여 어떻게 사회를 구성하는가를 고민하고 있는 중이니 개인이 갖고 있거나 계속 유지하고 싶은 무언가를 내놓는다는 뜻이겠지. 모든 개인이 자신의 이해만을 주장하면 사회 질서가 혼란스럽게 되잖아.

그럼 이제 역으로 내가 사회에 무언가를 양도해야 하면 사회는 내게 무엇으로 다가올까? 모두를 위해 내가 지켜야 할 어떤 '의무'로 다가오지 않겠어? 이제 해답에 거의 접근했네. 지금까지 우리가 보물찾기 한 것을 가지고 루소의 문장에 대입시켜 볼까. '의무와 같은 권리를 갖지 않는 사람은 하나도 없어야 한다.'가 되지. 모든 사람이 의무와 동일한 만큼의 권리를 가질 때 사회 질서 속에서도 인간은 자유로울 수 있다는 뜻이야. 그래서 루소는 이어서 "자기가 잃는 것과 맞먹는 것"을 얻어야 한다고 말했던 거지.

어떤 사람에게 의무는 많은데 권리가 적다면 이는 분명히 억압적인 상황이겠지? 반대로 누군가 의무보다 권리가 많으면 다른 누군가가 적은 권리만을 가져야 하겠지? 이것 또한 억압적인 상황일 테고. 의무와 권리가 일치할 때 공평하고 자유로운 계약이 성립한다는 것이 루소가 밝힌 해답이야. 그러면 이 해답을 우리의 현재 상황과 비교해서 살펴보자. 학생에게는 학교에서 교칙이라는 형태로 수많은 의무가 주어져 있어. 그런데 어떤 권리가 있지? 만약 여러분이 생각하기에 권리보다 의무가 많다면 그것은 정의로운 질서가 아닌 것이 돼.

루소의 주장대로라면 국가는 무조건 개인에 앞선다는 발상이 성립할 수 없어. 개인과 개인의 자유로운 합의에 의해 만들어졌고, 개인의 권리와 사회적 의무가 대등한 상태이기 때문에 서로의 관계는 최소한 균형을 이루어야 하지. 만약 어떤 권력자가 국가 이익을 핑계로 권리보다 많은 의무를 개인에게 강제하려 한다면, 그것은 정의로운 사회 계약을 어긴 행위이므로 개인들은 권력의 자리에서 그를 강제로 끌어내릴 수 있어.

《사회 계약론》은 지금 우리에 어떤 의미일까?

루소의 주장은 적지 않은 한계에도 불구하고 현재 한국 사회 상황에서 여러 가지 적극적인 의미를 지니고 있어. 먼저 한계를 살펴보자. 무엇보다 과연 사회는 루소의 생각대로 '계약'에 의해 구성되는지에 대한 문제가 있어. 계약에 필요한 개인의 합의가 무엇을 통해 확인될 수 있는지가 막연해.《사회 계약론》에서 루소는 그것이 투표를 통해 가능하다고 주장해. 어떻게 생각하면 그게 상식이라며 고개를 끄덕이겠지만 조금만 의심의 눈으로 들여다보면 이게 참 허점이 많거든.

투표란 얼마든지 엉뚱한 결과를 초래할 수도 있잖아. 민족주의를 자극해서 다른 나라를 침략하는 것을 다수의 의사로 합리화할 수도 있을 테고, 다수의 이해로 인해 소수가 억압을 받는 상황도 충분히 가능해져. 또한 다수의 의견이라는 것은 대중 매체에 의해 얼마든지 조작될 수도 있다는 점에서 더욱 위험하지. 2차 세계 대전을 일으킨 히틀러만 하더라도 선거를 통해 정권을 잡았거든. 당시 독일 국민 다수의 열광적인 지지를 받았어. 그래서 다수결에 의한 사회 계약이라는 발상 자체가 잘못일 수 있고, 다수결이 사회의 억압을 은폐하는 도구로 사용된다는 비판에 직면할 수 있는 거지.

하지만 우리의 현실을 살펴보면 권리만큼의 의무, 의무만큼의 권리가 동시에 주어져야 한다는 루소의 생각이 중요한 의미를 지녀. 지난 수십 년간 한국 사회는 국가의 경제 발전이라는 전체 이익을 명목으로 국민 개개인에게 허리띠를 졸라매라고 희생을 강요했잖아. 또한 국가 안보와 사회 안정이라는 목표를 위해 개인의 표현이나 사상의 자유를 제한해 왔고. 학생이든 직장인

이든 개인은 권리보다는 더 많은 의무를 지는 것이 당연하다는 식으로 강요받아
왔어. 루소의 주장은 이러한 상태를 정의롭다고 할 수 있는지, 권리보다 더 많은
의무를 강제하는 집단에 대해 어떻게 생각해야 할지에 대해 고민할 수 있는 기
회를 주고 있어.

3. 《법의 정신》 샤를 몽테스키외

: 권력 분립이 왜 필요한가?

● 권력 분립의 원리

국가 권력이 어느 한 곳에 집중되면 국민의 자유와 권리를 침해하여 민주 정치에 커다란 위협이 될 수 있다. 국가 권력의 자의적인 행사를 막고 국민 기본권을 보장하기 위해 국가 권력을 몇 개로 분리하여 서로 독립된 기관이 맡도록 했다. 이것이 권력 분립의 원리다. 오늘날 민주 국가에서는 일반적으로 국가 권력을 입법·사법·행정의 3권으로 분리하여 입법권은 의회에, 행정권은 행정부에, 사법권은 법원에 맡기고 있다.

● 몽테스키외의 《법의 정신》

"동일한 인간이나 집단이 두 권력 또는 세 권력을 장악하게 되면 압제자가 될 것이므로 시민의 생명과 자유를 확보하기 위해서는 권력이 서로 분리되지 않으면 안 된다."

"정치권력을 가진 사람은 권력을 남용하기 쉽기 때문에 개인의 자유를 확보하기 위해서 법을 만드는 입법권, 그 법을 집행하는 행정권, 그리고 범죄 및 개인의 법적 다툼을 재판하는 사법권은 서로 분리되어야 한다."

 《법의 정신》은 왜 교과서에 실렸을까?

보통 우리 사회를 자유 민주주의 체제라고 불러. 자유 민주주의는 말 그대로 자유와 민주주의를 동시에 보장한다는 얘기지. 그런데 자유 민주주의는 단순히 우리가 지향하고자 하는 이상적 방향이나 듣기 좋은 구호만은 아니야. 만약 자유와 민주주의가 지켜지지 않는다면 우리는 노예처럼 억압을 받으며 살아야 할 거야.

조선 시대나 유럽 중세 사회에는 신분적 억압이 극심했잖아. 양반이나 귀족의 지위를 갖지 못한 일반 평민은 대부분의 자유를 박탈당했어. 마음대로 살 곳을 정할 수 있는 거주 이전의 자유나 능력에 따라 어떤 분야에서든 일할 수 있는 직업 선택의 자유 등도 없었지. 심지어 중세 유럽에는 초야권(初夜權)이라는 게 있어서 결혼을 하면 영주가 신랑보다 먼저 신부와 첫날밤을 보낼 수 있는 권한까지 가졌으니 말 다했지. 가장 기본적인 신체의 자유조차 보장되지 않았거든.

하지만 자유의 박탈과 억압이 옛날이야기만은 아니야. 현대 사회에서도 자유가 상실되거나 억압되는 상황은 얼마든지 많아. 20세기 초중반에 전 세계에 세계 대전이라는 비극을 안겨준 전체주의나 파시즘의 지배가 대표적이지. 뿐만 아니라 그 이후에도 민주주의 체제인 국가에서조차 사상의 자유나 언론의 자유를 비롯한 여러 자유가 심각하게 제한되는 경우가 많았으니까.

한국 사회도 예외가 아니야. 얼마 전까지만 해도 법적으로 야간 집회가 허용되지 않았다가 최근에야 국민의 기본적인 자유를 제한한다는 이유로 위헌 판결을 받았지. 야간 집회를 금지하면 특히 직장인이 집회나 시위를 통해 자신의 의사 표현을 할 수 있는 자유가 원천적으로 봉쇄당하게 되잖아. 정부의 경제 정책을 인터넷상에서 비판했다는 이유로 구속되어 재판을 받은 경우도 있었지. 어디 신문에 크게 보도된 것뿐이겠어? 정도의 차이야 있겠지만 알게 모르게 개인의 자유가 제한을 받는 상황은 오늘날에도 끊임없이 일어나고 있어.

몽테스키외의 '권력 분립론'은 권력에 의해 자유가 부당하게 제한되는 상황을 막고자 제안되었다는 점에서 우리에게 중요한 내용이야. 그의 이론은 이후 미국 독립, 프랑스 혁명 등에 많은 영향을 끼쳤고, 오늘날까지도 삼권 분립의 원리를 대부분 민주주의 국가에서 헌법 원리로 채택하고 있지. 그렇기 때문에 삼권 분립의 의미와 한계를 정확히 이해하는 일은 현대 사회에서 자유의 보장 문제를 고민하는 데 여전히 큰 의의를 지녀.

몽테스키외는 누구일까?

샤를 몽테스키외(Charles de Montesquieu, 1689년~1755년)는 법조계의 귀족 출신으로 법률학을 전공한 법학자야. 귀족 출신임에도 불구하고, 당시 사회에 대한 비판 의식을 갖고 있었지. 그의 생각이 담긴 《법의 정신》은 종교계로부터 비판과 함께 금서 조치를 받았어. 법학을 신학의 일부로 여겼던 기존의 종교

적 관점에서 벗어나 법을 일반 사회관계에서 설명하고 있기 때문이었지. 법을 사회와 동떨어진 이상적인 목표가 아닌, 현실에 존재하는 여러 요소가 어우러진 결과로 보았거든. 특히 구체제의 모순을 비판하며 시민의 자유를 보장하기 위한 제도적 장치인 그의 권력 분립 이론은 근대는 물론, 현대 헌법과 국가 구성에 큰 영향을 주고 있어.

 ## 《법의 정신》에 대해 더 알아볼까?

몽테스키외는 법학을 신학에서 독립시키고자 해. 법을 "사물에서 유래하는 필연적 관계"로 봤거든. 역시 말이 어렵지? 신의 지배를 중심으로 한 중세 사회는 법조차 종교 교리에서 출발해야 한다고 생각했거든. 하지만 사물은 다양하잖아. 몽테스키외는 현실에 나타나는 구체적이고 실질적인 관계로부터 법의 원리를 수립하고자 했어. 그렇기 때문에 종교 세계에 신의 법이 있다면, 자연과 같은 물질세계에는 법칙과 그 나름의 인간의 법이 있다고 보았지. 이러한 생각은 교회의 지배력이 아직 위력을 지니던 당시 상황에서는 혁명적인 것이었어.

그는 법을 구체적인 사회관계의 문제로 좁혀 놓고 현실에서 어떻게 시민의 자유를 보장할 수 있는지 고민했어. 정치 체제를 합리적으로 잘 조정하면 안정된 자유를 유지할 수 있다고 생각했지. 이를 실현할 수 있는 방안으로 삼권 분립을 주장해.

"법이란 사물에서 유래하는 필연적 관계다. … 정치적 자유는 권력이 남용되지 않을 때만 존재한다. … 사법권이 입법권과 행정권에서 분리되지 않을 때 자유는 존재할 수 없다. 만약 입법권에 결합되어 있다면 시민의 생명과 자유를 지배하는 권력은 자의적일 것이다. 행정권에 결합되어 있다면 재판관은 압제자의 힘을 가진다. … 행정권이 입법부에서 선출된 몇 사람에게 맡겨지면 자유는 없다. 두 가지 권력이 결합되어 동일한 인간이 언제든지 쌍방의 권력에 참가할 가능성이 있기 때문이다."

자유는 권력이 남용되지 않을 때만 가능하다

몽테스키외는 정치적 자유가 권력이 남용되지 않을 때에만 지켜질 수 있다고 강조하고 있어. 막연한 자유를 말하는 게 아니야. 법이나 국가가 존재하는 상태에서의 자유로 좁혀서 접근해. 이미 대부분의 인류가 원시 사회에서 벗어나 크든 작든 법을 매개로 국가 안에서 살고 있는 이상, 현실적 의미의 자유를 탐구하려면 이러한 접근이 필요하다고 본 거지. 법이 없는 상태라면 그냥 원하는 대로 무엇이든 할 수 있는 것이 자유일 거야. 하지만 법은 일정한 제약을 하는 상태잖아. 그러니까 법이 없는 사회에서의 자유가 원하는 바를 행할 수 있는 모든 권리라면, 법이 있는 사회에서 자유란 법이 허용하는 한에서 할 수 있는 권리야. 만약 어떤 사람의 위법 행위를 허용하면 다른 사람도 그러할 테니

서로에게 피해를 주고 각자의 자유도 사라질 테니까 말이야.

그런데 만약 어떤 정부가 법이 정한 한계를 넘어서 권력을 남용하면 개인은 법이 허용하는 모든 자유를 누릴 수 없겠지? 하지만 역사의 경험을 볼 때 대체로 권력자는 권력을 남용하는 경향이 있었어. 우리나라도 정부 스스로 법을 어기고 권력을 휘두른 사례가 적지 않아. 가장 심하게는 아예 군대를 앞세운 쿠데타로 법 자체를 무력화시켰는가 하면, 투표로 선출된 대통령이라고 해도 국가 정보기관이나 경찰력을 이용해 불법으로 국민을 사찰해 문제가 된 적도 있었지. 권력이 남용될 때 당연히 법이 보장하는 개인의 자유가 제한되는 상황이 발생해. 그래서 몽테스키외는 권력 남용 문제를 통해 권력 분립의 필요성을 강조했어.

삼권 분립이 자유를 보장하다

몽테스키외는 삼권 분립에 대한 논의를 사법권 독립 문제에서 시작하고 있어. 사법권이 입법권에 묶여 있다면 시민의 생명과 자유가 침해될 수 있다고 경고하지. 왜 입법권이 재판에 간섭하면 이러한 권리 침해가 생길까? 입법 기관을 구성하는 국회 의원은 투표권을 지닌 시민에 의해 당선되잖아. 당연히 시민의 지지에 민감할 수밖에 없는 처지니, 그때그때 시민의 요구나 취향이 재판에 적지 않은 영향을 주겠지. 법의 엄밀한 적용보다는 인기를 얻기 위한 방식으로 판결을 유도하게 될 가능성이 높아질 수 있어. 객관적이지 못한 주관적인 재판이 진행되면서 자유를 침해하는 결과를 낳을 수 있다는 경고야.

이번에는 사법권이 행정권에 결합될 경우를 살펴보자. 재판관이 압제자의 힘을 가진다고 하네. 당연하겠지. 최고 권력자와 정부가 직접 재판관 노릇을 하면 아무것도 무서울 게 없이 독단적으로 재판을 진행할 거야. 특히 권력자는 자신이 모든 권한을 독점하고 싶어 하잖아. 아무도 방해할 수 없는 무소불위의 힘을 가지고 싶어 해. 여기에 사법권까지 한 손에 쥐면 통제할 수 없는 압제자가 되겠지. 우리나라 역사에서도 독재 권력이 집권하면 항상 사법권을 손 안에 넣고자 했어. 군사 정권 시절에 민주화 운동가들을 간첩으로 누명을 씌워서 무더기로 사형 선고를 내렸던 적이 한두 번이 아니었지.

우리나라 유신 정권 시절의 '인민 혁명당 사건'은 사법 살인으로 불려. 1970년대에 군사 독재에 맞서 대학생들이 궐기하자 당시 중앙정보부가 23명을 구속했고, 법원은 8명에게는 사형, 15명에게는 무기 징역과 징역 15년형을 선고했지. 사형이 선고된 8명에 대해선 대법원 재판이 끝나고 불과 20여 시간 만에 형이 집행됐어. 2006년 '민주화 운동 관련자 명예 회복 및 보상 심의위원회'는 이 사건이 수사 당국의 가혹한 고문에 의해 조작되었다는 사실을 밝혀내고 관련자 16명을 민주화 운동 관련자로 인정받는 데 성공했어.

다음으로 행정권과 입법권도 서로 분리되지 않으면 자유를 지킬 수 없다고 해. 만약 행정권을 가진 권력자가 입법권에 직접 개입하여 결정 권한을 가지면 가장 불행한 사태가 벌어져. 시민의 삶을 규제하는 법을 권력자 마음대로 주무를 수 있으니 말이야. "짐이 곧 국가요, 법이다."라는 말이 절대 왕정을 상징하잖아. 집행권을 가진 권력자가 입법권까지 장악한다면 절대 왕정과 다를 바가 없는 상태가 되겠지. 자신이 원하는 대로 법을 만들고 그 법을 근거로 개인의 권리와 생명을 마음대로 처분할 수 있으니까.

반대로 입법권이 행정권을 통제하는 권한을 가져도 안 된다고
주장해. 행정은 시민의 삶에 직접 관련되는 일을 집행하는데, 사사건건 입법부
의 간섭으로 방해를 받는다면 당장 필요한 일을 집행할 수 없으니까 말이야. 그
러면 정부 기능은 항상 혼란에 빠지거나 마비되기 십상이지. 사회는 서로의 이
기적인 목적을 추구하는 개인과 개인 사이의 충돌로 아수라장이 될 거야. 그래
서 행정권을 가진 자는 입법권의 간섭을 저지할 수 있는 능력을 가져야 해. 보통
현대 국가에서는 대통령이 국회에서 의결한 법에 대해 거부권을 행사할 권한을
가지는데, 바로 이러한 입법부의 간섭을 견제하려는 이유 때문이지.

결론적으로 몽테스키외는 권력을 가진 각 기관이 서로 독립되
어 있으면서 상호 견제할 수 있는 장치를 가져야 한다는 주장을 펼쳐. 당시 유럽
사회에 만연했던 권력의 절대화와 부패 상태를 막기 위해 만들어진 장치였지.
권력 남용을 막고 시민의 자유를 지키면서도 안정된 사회 질서를 세워야 하는
시대적 요청에 몽테스키외가 삼권 분립으로 응답했던 거야.

물론 그의 생각은 시대적인 한계를 지녀. 그가 구상했던 이상
적인 사회 질서는 우리가 살고 있는 현대 민주주의 체제와 상당히 다르거든. 그
는 국민이 주권을 갖는 민주 정치 체제를 반대했어. 민주 정치는 고대 그리스의
도시 국가와 같이 매우 작은 규모의 나라에서만 가능하다고 여겼지. 한 사람이
통치하되 법률에 따라 통치하는 입헌 군주정을 가장 이상적인 정치 체제로 제
안했어.

그렇기 때문에 민주주의에 대한 사고가 제대로 형성되지 않은
당시의 시대적 한계를 고려하면서 그의 논리를 이해해야 해. 하지만 적어도 시민

의 자유를 옹호하고 권력 분립을 통해 권력에 대한 통제를 주장한 점은, 민주주의 사회의 기본 질서를 이루는 데 몽테스키외가 크게 기여했다는 것을 의미해.

 ## 《법의 정신》은 지금 우리에게 어떤 의미일까?

몽테스키외의 삼권 분립론은 지금까지 여러 나라의 헌법을 통해 구현되고 있다는 점에서 현대 사회에서도 중요하게 검토해야 할 정치 원리야. 그렇기 때문에 삼권 분립론의 한계에 대해서도 명확한 이해가 필요해.

먼저 권력 분립을 통해 이루고자 했던 시민적 자유의 한계를 생각할 필요가 있어. 그가 생각하는 시민적 자유는 권력 분립을 통해 국가로부터 부당한 행위를 당하지 않기 위한 자유, 그러한 의미에서 소극적 자유에 속해. 그렇지만 적극적 권리의 자유로까지 나아가는 데는 부족함이 있지. 현대 사회에서는 시민의 권리가 단순히 권력의 간섭에서 벗어나는 것만이 아니라 국가를 상대로 적극적으로 자신의 권리를 주장하는 것으로 확대되었으니까.

흔히 사회권이라고 불리는 권리, 예를 들어 노동할 권리와 사회 보장의 권리 등을 말하지. 몽테스키외의 소극적 자유는 적극적 권리를 포함할 수 없다는 한계가 있어. 시민의 소극적 의미의 자유는 보장하지만 시민을 사회의 주인으로 만들지는 않으니까 말이야.

현대 사회의 다양한 조건을 고려하면서 살펴볼 필요도 있어. 현대 사회에서 삼권 분립은 많은 변화를 겪었어. 영국과 일본 등 의원 내각제의 경

우 입법부인 의회가 행정권을 지휘하는 수상을 선출하잖아. 대통령을 선거로 뽑
는 나라는 삼권 분립에 가깝지만 이 경우에도 고전적인 삼권 분립에 딱 들어맞
지는 않는다고 할 수 있지.

또한 현대 사회에서 복지 국가의 필요성이 증가되면서 몽테스
키외가 주장했던 것보다 행정권의 범위가 더 확대되는 추세이기도 해. 이러한
변화를 몽테스키외의 권력 분립 이론만으로 설명하기에는 적지 않은 한계가 있
어. 따라서 권력의 제한과 시민적 자유의 보장이라는 문제의식은 살리되 현대에
맞게 정치 체제를 수정하거나 보완하여 민주주의를 발전시킬 수 있는 방안을 모
색하려는 노력이 필요해.

4. 《국부론》 애덤 스미스

: 시장과 정부의 관계

● 소극적 국가

외적 침입 방지와 치안 유지 외에는 국민 삶에 개입하지 않는 국가를 소극적 국가라고 한다. 산업 혁명 무렵 일부 사람은 국가의 간섭이 없는 자유로운 경제 활동을 원했다. 국가가 시장 경제에 간섭하지 않는 것이 국가의 부를 증대시키는 데 도움이 된다고 생각했다. 당시 이러한 생각을 가진 사람들은 경제 활동에서 능력을 최대한 발휘하여 많은 부를 축적했고, 나아가 국가 경제의 성장에도 기여했다. 그러나 부유한 사람과 가난한 사람 사이에 빈부 격차가 심해졌다. 이런 상황에서 국민 모두가 빈곤과 질병에서 벗어나도록 국가가 나서서 적극적으로 정책을 펴야 한다는 주장을 하는 사람들이 나타났다. 이에 국가는 노동자를 보호하고 경제적으로 궁핍한 사람을 지원하려 했다.

● 애덤 스미스

"간섭하지 말고 그대로 내버려 두십시오. 시장은 모든 문제를 해결할 것입니다. 그러면 국가의 부가 증대될 것입니다."

아마 여러분이 학교에서 배웠거나 배울 경제 관련 내용에서 가장 중요하게 다뤄지는 주제 중에 하나가 바로 시장과 정부의 관계일 거야. 그만큼 시장은 현대인에게 많은 영향을 주고 있어. 시장과 떨어져서는 잠시도 살 수 없을 정도로 우리의 삶 구석구석에 파고들었지.

당장 사용하는 물건 중에 시장에서 구입하지 않은 것이 얼마나 있는지 생각해 봐. 몸이나 방 안을 한번 살펴보면 금방 알 수 있어. 옷이나 신발, 가방이나 휴대 전화 같이 몸에 걸치거나 갖고 있는 것은 말할 것도 없이 방 안에 있는 물건도 대부분 직접 사거나 부모님이 주신 돈으로 구입했을 거야. 거실로 한번 나가 봐. 가전제품이나 주방 용품을 비롯해서 어느 것 하나 시장의 손을 거치지 않은 게 없어. 액자에 넣어 둔 유치원 시절에 그린 그림, 혹은 엄마가 문화 센터에서 배운 실력으로 만드신 뜨개질 작품 정도가 시장과 관계 없을걸?

불행한 일이지만 학생들이 입시 경쟁을 하는 이유도 솔직하게 얘기하면 취업과 직결되잖아. 물론 공부 자체가 좋은 학생도 있기야 하겠지만, 대부분은 시장에 더 경쟁력을 갖춘 상품으로 나가기 위한 과정으로 생각하는 경우가 많지. 초등학교에서 대학교에 이르는 10여 년의 기간이 일종의 시장 경쟁이라 해도 과장이 아닐 정도야. 그러다가 학교 울타리를 넘어서 사회생활을 시작하면 시장에서의 생존 경쟁이 삶의 많은 부분을 차지해.

개인 생활만이 아니라 정부의 일이나 국가 관계도 시장의 이해 관계에 영향을 받아. 정부 정책 가운데 가장 중요한 영역이 경제 분야잖아. 대통령 선거나 국회 의원 선거에서도 경제가 언제나 뜨거운 쟁점으로 떠오르지. 경제 정책은 시장에서 정부의 역할에 해당하고, 외교도 겉으로는 정치나 군사적 이해관계로 나타나지만, 본질적으로는 경제적 이익이 지배해. 직접적으로 국가 간 자유 무역 협상(FTA)이나 환율 조정 압박 등과 같은 국가와 국가 사이의 약속도 시장 문제와 직접 연결되어 있어.

시장이 현대인의 삶에 지배적인 영향을 미치는 만큼 만약 시장이 잘못 움직인다면 큰 해를 끼쳐. 그렇기 때문에 시장의 본질과 역할을 어떻게 이해하는가의 문제가 중요할 수밖에 없어. 그래서 지난 수백 년 동안 시장과 정부의 관계를 둘러싸고 치열한 논쟁이 이어져 왔지. 정부 기능을 안보나 치안 영역으로 최소화하고 시장을 자율 기능에 맡기자는 주장이 있는가 하면, 한편으로는 시장에 대한 정부의 적극적인 개입이 있어야 한다고 주장해. 이 두 가지 주장의 대립은 경제 분야의 오래된 논쟁이야.

애덤 스미스는 누구일까?

애덤 스미스(Adam Smith, 1723년~1790년)는 근대 경제학의 아버지로 잘 알려져 있어. 대표 저작인 《국부론》의 발표로 근대 경제학이 본격적인 발전 궤도에 오르게 되었다고 해도 과언이 아니야. 그는 영국을 중심으로 산업 혁명의 열기가 조금씩 달아오르기

시작하던 시기에 태어났어. 농업에서 공업 분야로 생산 활동의 중심이 이동하는 시대였기에 그의 관심도 사회 변화에 초점을 맞춘 새로운 경제학으로 옮겨졌지. 무려 10여 년의 노력 끝에 제임스 와트가 산업 혁명의 상징인 증기 기관을 발명한 해에 《국부론》을 완성했어. 시장에서의 자유 경쟁을 옹호하는 내용을 중심으로 다루는 그의 책은 현재에 이르기까지 시장 경제 이론의 기준에 해당할 정도로 대표적인 고전으로 자리 잡았지.

 ## 《국부론》에 대해 더 알아볼까?

형식적으로는 정부를 중심으로 사회가 돌아가는 것 같지만, 실제로는 현대 사회에서 질서의 중심이자 지배자 역할을 시장이 담당하고 있어. 특히 시장이 모든 문제를 저절로 해결해 준다는 믿음이 수백 년 간 인류의 삶을 지배하고 있지. 시장 경제 체제를 중심으로 살아가는 현대인에게 시장은 하나의 종교가 되었고, 애덤 스미스의 《국부론》은 흔들림 없이 성경의 역할을 하고 있어. 기독교 중심의 서양 중세 사회를 지배하던 신(神)의 기적은 이제 이 유명한 '보이지 않는 손', 즉 시장의 마법에 의해 실현된다고 믿는 사람이 많아. 애덤 스미스는 시장의 중요성과 역할에 대해 다음과 같이 주장해.

"각 개인이 최선을 다해 자본을 국내 산업 자원에 사용하고, 노동 생산물이 최대의 가치를 갖도록 노동을 이끈다면, 필연적으로 사회의 연간 수입이 최대치가 되도록 노력한 것이 된다. 노동 생산물이 최대 가치를 갖도록 노동을 지도함으로써 오직 자신의 이득을 의도한 것이다. 이렇게 함으로써 '보이지 않는 손'에 이끌려 전혀 의도하지 않은 목적을 증진시킨다. … 자본을 어떤 분야에 투자하면 좋은가, 가장 큰 가치를 가진 산업 분야는 무엇인가에 대해, 각 개인은 어떠한 정치가나 입법자보다 훨씬 더 잘 판단할 수 있다."

개인의 이익 추구가 사회 발전의 원동력

애덤 스미스는 '각 개인'의 행위에서 이야기를 시작해. 그런데 여기에서 '개인'이란 누구를 말하는 걸까? 잘 읽어보면 그냥 무작위로 지칭하는 각각의 사람이 아니야. 첫 문장을 보면 개인이 자본을 사용하고 노동을 이끈다는 내용이 나오지? 자본을 사용한다는 게 무슨 의미야? 쉽게 말하면 사업에 투자한다는 얘기지. 그러면 노동을 이끈다는 것은? 노동 생산물이 최대의 가치를 갖도록 노동자들의 노동을 이끈다는 말은 효율적으로 경영한다는 것을 의미해.

그러면 이러한 자본의 투자와 효율적인 경영을 할 수 있는 사람은 누구일까? 직장 생활을 하는 평범한 사람은 임금을 받아서 빠듯하게 생활하지, 자본을 투자하고 경영을 하는 건 아니잖아. 물론 신분이 직업을 정하는 사회가 아닌 이상, 자유로운 사회에서 누구나 다 돈을 벌면 투자와 경영을 할 가능성이 있지. 모든 사회 구성원에게 기회가 열려 있다는 점에서 개인이라는 표현을 쓰는 거야. 하지만 현실적으로 생각해 보면 기회야 모두에게 주어져 있지만 누구나 가능하지는 않아. 사업에 투자할 정도의 많은 자본을 지닌 사람은 극소수에 불과하잖아. 실제로 그가 말하는 개인은 매우 한정된 수의 자본가일 수밖에 없지.

다음으로 이어지는 내용을 보면, 개인이 투자와 경영에 최선을 다하면 사회의 연간 수입이 최대치가 되도록 노력한 것이 된다고 하네. 이건 또 뭔 얘기래? 말이 좀 어렵긴 하지만 사회의 연간 수입이란, 말 그대로 1년 동안에 한 사회가 거둔 전체 소득의 합계를 말해. 다시 말하면 사회 전체의 부(富)를 의미하지. 사회의 부는 열심히 자본을 투자하고 경영하는 행위를 통해 늘어난다는 얘기야.

일반적으로 국가의 부를 측정하고 비교하는 기준인 국내총생산(GDP)을 예로 들어 생각해 보면 더 쉬워. GDP는 국가 안에서 일어나는 경제 활동의 최종 생산물의 총합을 의미하기 때문에, 자본을 많이 투자하고 효율적인 경영을 하면 높은 성장을 기록하지. 사회 구성원 전체의 소득도 늘어나고 말이야. 그러한 의미에서 결과적으로 사회적 이익이 증진된다고 볼 수 있어.

그는 왜 이러한 행위가 "오직 자신의 이득을 의도한 것"이라고 말했을까? 오직 자신의 이득을 의도했다는 말은 한 마디로 개인이 이기적으로 이익을 추구했다는 말이잖아. 어떻게 개인의 이기적인 이익 추구가 사회적인 이익을 낳는다는 걸까? 사적인 이익 추구가 다른 동료들의 도움이 필요 없다는 애기는 아니야. 애덤 스미스는 인간이 사회적 삶을 살기 위해서는 항상 동료의 도움이 필요하다는 점을 인정하거든. 하지만 이때 동료의 이타심이나 자비를 기대하는 것은 불가능하다고 강조해. 오히려 동료의 이기심을 자극하는 것이 서로에게 이익이라고 주장하고 있지.

어라? 우리가 상식적으로 생각하는 거랑 상당히 다르지? 이기심은 서로에게 피해를 주고 반대로 이타심이 서로의 협력과 상호 이익을 낳는다고 보는 게 상식적인 생각이잖아. 그는 실생활을 예로 들어 설명해. 우리가 음식을 먹을 수 있는 건 정육점 주인, 양조장 주인, 빵집 주인의 자비가 아니라 자기 이익에 대한 관심 때문이라는 거야.

사실 생각해 보면 상점 주인은 무엇을 팔든 더 많은 돈을 벌기 위해 손님에게 열심히 친절을 베풀잖아. 우리는 가까운 곳에서 질 좋은 상품을 손쉽게 구매하니까 좋은 일이지. 이타심이나 인간성이 아니라 이기심이나 이익에 호소할 때 서로의 이익은 물론이고 결과적으로 사회 이익도 증대된다는 주장이야. 국부를 증대시키는 게 곧 개인의 이기심이라는 결론에 이르게 되는 거지.

시장에 맡길 때 모두의 이익이 실현

이러한 미술 같은 일은 '보이지 않는 손(an invisible hand)' 덕택에 가능해. 모두가 자기 이익을 추구했을 뿐인데 보이지 않는 손에 이끌려 전혀 의도하지 않았던 목적인 사회 이익을 증진시킨다는 거야. 보이지 않는 손이란 시장을 의미해. 좀 더 자세히 말하자면, 시장에서 벌어지는 자유로운 경쟁에 의한 상품 가격의 결정과 이에 따른 자본의 이동을 말해. 그렇다면 어떻게 시장이 사회적인 이익을 증가시킨다는 걸까?

　　　기업가들이 자유롭게 경제 활동을 하도록 내버려 두면 각자 가장 높은 이득을 얻을 수 있는 곳에 자본을 투자할 테고, 그 결과로 각 부분에서 상품 생산이 확대될 거야. 기업은 상품을 자유롭게 생산하고 판매함으로써 국내 산업을 성장시킬 테니 사회 전체의 부가 증가하겠지. 곧 국부(國富)가 증대돼.

　　　그는 시장은 기업가만이 아니라 모두에게 이익이라고 말했어. 국내 산업의 성장은 더 많은 일자리를 만들어서 사람들이 풍요롭게 살아갈 수 있는 터전을 마련해 줘. 뿐만 아니라 자유로운 시장 경쟁이 공정한 거래를 가능케 해 준다고 주장하지. 만약 경쟁을 제한하여 소수 상인만 독점적인 지위를 얻게 되면 말도 안 되는 가격으로 상품을 판매하게 되잖아. 그러니까 시장에 맡겨야지만 서로가 만족할 만한 가격으로 더 좋은 제품을 사고 팔 수 있게 된다는 의미야.

　　　개인이 어떠한 정치가나 입법자보다 훨씬 더 잘 판단할 수 있다는 말은 정치적 개입을 반대하는 내용이지. 정부나 의회가 시장의 자율 기능을 제한할 때 오히려 해가 되니까 그냥 모든 걸 시장에 맡기라는 주장이야. 자기 이익에 대해서는 세상에 자신만큼 잘 아는 사람이 없으니 간섭하지 말라는 뜻이지. 반대로 정부가 투자와 경영에 간섭을 하면 사적 이익은 물론이고 사회 이익도 줄어들게 된다고 경고해. 투자, 경영, 교환 등 경제 활동의 필수 요소에 대해 정부가 개입해서는 안 되고, 사적인 이익 추구와 시장 기능에 맡겨야 한다는 거야.

　　　시장의 자율 조정 기능이 살아 있다고 가정해 봐. 만약 어떤 기업가가 더 많은 이익을 얻기 위해 터무니없이 비싼 가격으로 상품을 판매한다고 한다면, 사람들은 구매를 꺼리겠지? 그러면 그 상품은 잘 안 팔려서 기업가의 의도와 달리 오히려 기업이 얻는 이익이 줄어들게 돼. 이번에는 싸게 구매하려는 소비자의 기대만 반영해서 상품 가격을 터무니없이 낮추면 아무리 많이 팔아도 이윤이 별로 남지 않으니까 기업이 생산을 포기하는 상황이 벌어지겠지? 그러면 원하는 물건을 제때에 구매할 수 없어서 소비자에게 큰 손해가 발생하고. 이렇게 시장은 기업가와 소비자의 이해득실을 자율적으로 조정해서 상품 가격이 적정 수준에서 결정되도록 하는 역할을 해. 시장에 의해 경제 활동 전반이 조율되고, 결과적으로 개인과 사회의 이익이 늘어난다는 것이지.

같은 논리로 국가와 국가 사이에서도 시장에 의한 자유 무역이 모두의 이익을 증진시켜. 애덤 스미스는 자유 무역의 채택이 국부 증대에 무엇보다 유리하다면서 다음과 같이 강조해.

"사려 깊은 한 집안의 주인은 사는 것보다 비싼 비용이 드는 것을 스스로 만들려고 해서는 안 된다는 격언이 있다. 양복점 주인은 자기 신을 만들어 신지 않고 제화점에서 사며, 제화점 주인은 자기 옷을 만들어 입지 않고 양복점에서 사 입는다. … 만약 어떤 상품을 직접 제조하는 것보다 싼 가격으로 외국이 공급해 준다면, 우리가 잘하는 산업 활동에 주력하여 그 생산물의 일부로 외국 상품을 사는 편이 이익이 된다."

기업가의 이기심에 입각한 행동을 자유로운 시장으로 보장해 주면 생산 활성화와 국내 산업 성장, 나아가서는 해외 무역 확대로 지속적으로 부의 증가를 유지할 수 있다는 결론이야. 그리하여 시장에 기초한 자본주의는 영구히 발전할 것이라고 예측했어.

 ## 《국부론》은 지금 우리에게 어떤 의미일까?

애덤 스미스의 이론은 사회적으로 자유방임 시장 경제 체제를 만들어 냈어. 자유방임이란 기업 활동에 대해 아무런 개입도 하지 않는 것을 말하지. 정부를 비롯해 어떠한 외부적 개입 없이, 기업가가 어떤 사업을 할 것인지 뿐 아니라 노동자에 대한 고용과 해고, 임금과 노동 형태의 결정 등을 아무런 제한 없이 마음대로 할 수 있는 자유를 의미해.

그런데 역사는 시장 경쟁과 자유방임이 모두의 행복을 이루어 준다는 애덤 스미스의 기대와는 상당히 다른 방향으로 전개됐어. 19세기에서 20세기 초반까지 자유방임에 철저히 의존했던 미국과 유럽의 시장 경제는 대공황이라는 커다란 재앙을 맞았지. 수많은 사람이 일자리를 잃고, 최소한의 의식주조차 제대로 해결하지 못한 채로 길거리를 떠돌아야 했어. 그 후에도 시장 경제 안에서 반복적으로 경제 불황이 나타났지. 최근에도 한국이 겪은 외환 위기나 미국과 유럽의 금융 위기를 비롯해 크고 작은 경제적 위기가 전 세계를 뒤흔들었어.

게다가 시장의 자유는 기업가의 이윤만 보장할 뿐, 노동자의 권리는 축소시켰어. 예나 지금이나 기업가가 이윤을 획득하는 가장 일반적인 방식은 임금 인하, 노동 시간 연장, 노동 강도의 강화야. 임금을 낮추면 같은 시간의 노동에 대한 이윤의 몫이 늘어나거든. 동일한 임금에 노동 시간을 늘리면 같은 효과가 나타나겠지.

직장을 다니시는 부모님을 한번 생각해 봐. 정확하게 하루 8시간 일하고 퇴근하시는 분이 과연 얼마나 될까? 또한 노동 과정의 효율성과 합리성의 강화는 같은 노동 시간에 노동자들이 더 많은 일을 하게 하니까 기업의 이윤 확대를 가져 오지. 이 같은 기업의 이윤 추구 행위에 제한을 두지 않으면 빈부 격차는 더욱 심해질 수밖에 없어.

시장의 손길이 닿는 곳곳에서 빈부 격차가 심해져 수많은 사람들이 고통을 받고 있어. 지난 수십 년 간 미국이나 유럽에서조차 실질 임금은 거의 오르지 않았고, 전 세계적으로 양극화 현상은 점점 극심해졌잖아. 그럼에도 불구하고, 자유로운 시장에 대한 찬가는 여전해. 물론 현대 사회에서 예전처럼 완전한 의미의 자유방임주의는 찾아보기 어렵지. 일정 정도 정부에 의한 시장 개입을 인정하고 있거든. 하지만 여전히 시장이 경제뿐 아니라 정치, 사회, 문화, 나아가서는 인간의 내밀한 의식을 규정하고 판단하는 기준으로 작용하고 있어.

시장은 인간에게 목적이 아니라 단지 유용한 수단 중의 하나야. 그래서 언제든지 시장의 역할 비중을 줄이거나 수정할 수 있다는 걸 인정해야 한다는 주장이 일기도 해. 적어도 '보이지 않는 손'을 영원히 변하지 않는 진리처럼 믿는 사고방식은 곤란하다는 거야. 시장이 지배하는 시대의 뒤틀린 자화상

을 보면서, 시장이 무조건 조화로운 결과를 보장하는 만병통치약은 아니라는 사
실을 진지하게 고민할 필요가 있어.

5. 《자본론》 카를 마르크스

: 자본주의와 그 한계

● 사회주의 운동의 활성화

산업 혁명으로 자본주의가 확립되면서 빈부 격차 심화나 열악한 노동 환경과 같은 여러 사회 문제가 발생하자 이를 해결하려는 방안의 하나로 사회주의 사상이 대두했다. 사회주의 사상가들은 기계나 공장 같은 물건이 개인 소유가 되어서는 안 되고, 사회 공동의 소유가 되어야 한다고 보았다. 마르크스와 엥겔스는 노동자들이 정권을 획득함으로써 노동자가 지배하는 이상적인 사회를 건설할 수 있다고 주장했다. 특히 마르크스는 '공산당 선언'을 선포하여 자본가에 대한 노동자의 계급 투쟁을 강조했다. 이후 마르크스의 사상은 유럽 각국의 사회주의 운동에 큰 영향을 끼쳤다.

● 마르크스 《자본론》

마르크스는 《자본론》에서 자본주의 사회가 종말을 맞이하고 대신 노동자들이 생산의 주인공이 되는 사회주의 사회가 건설된다는 논리를 전개했다. 마르크스는 기업의 이익을 창출하려는 자본가의 욕심 때문에, 대다수 노동자가 경제적 파탄 상태에 빠질 수밖에 없기에, 노동자들이 일치단결하여 소수 기업가나 자본가를 타도함으로써 모두가 평등한 공산주의 사회를 이룩할 수 있다고 주장했다.

애덤 스미스의 《국부론》에서 자본주의 시장 경제의 폐해 중 하나로 빈부 격차 심화를 꼽았던 것 기억나지? 마르크스는 빈부 격차의 심화가 우연한 현상이 아니라 자본주의 체제에서 필연적으로 나타날 수밖에 없는 문제임을 밝히고자 했어. 시장과 사적 소유를 중심으로 하는 자본주의 체제에서는 공장이나 기계 등 생산 수단이 극소수의 자본가에게 집중되고, 대다수의 노동자는 점점 더 극심한 빈곤 상태에 빠지게 된다는 주장이야.

빈부 격차의 심화는 오늘날에 지속적으로 나타나는 문제이긴 해. UN개발계획(UNDP) 보고서에 따르면, 세계 인구 가운데 부유한 20%가 전체 소득의 거의 80%를 차지한 반면, 가난한 20%는 고작 전체 소득의 0.5%에 불과하거든. 최근 30년 사이에 격차가 두 배로 늘어났다는 점에서 더 심각한 상황이야. 토지 소유에 있어서도 선진국이나 후진국을 막론하고 상위 10%가 전체 토지의 70% 이상을 소유하고 있지.

빈부 격차가 심화되는 현상의 원인과 대안을 놓고 상반된 분석이 나타나. 한편에서는 시장과 사적 소유권이 인간 본성에서 출발하는 신성불가침 영역이기에 진단과 대안도 시장 경제의 틀 안에서 이루어져야 한다고 주장해. 주로 자본주의 시장 경제를 옹호하는 사람들이 이러한 주장을 펼치지. 사적 소유권과 시장 경쟁을 중심으로 하면 빈부 격차는 불가피하지만, 열심히 일하거나 능력 있는 사람이 더 많은 몫을 차지하는 것은 정당하다는 입장이야. 전체적으로 사회의 부가 증가하면 빈곤 문제는 자연스럽게 해결될 수 있다고 주장하지.

　　다른 한편에서는, 사적 소유권이나 시장 경쟁은 인간 본성이 만들어 낸 자연스러운 결과가 아니라 역사적으로 형성된 것에 불과하다는 주장을 펼쳐. 지배 계급을 중심으로 하는 특정 집단의 이해를 보호하기 위해 강제로 만든 것이라는 입장이야. 마르크스를 중심으로 한 사회주의자들이 내세운 주장이지. 이들은 빈부 격차를 비롯한 현실 문제의 해결을 위해 사적 소유를 폐지하고, 시장 경제를 계획 경제로 바꿔야 한다고 주장해.

　　특히 마르크스는 사적 소유권 형성 과정은 물론이고, 인류 역사에서 소유권이 사회와 어떤 연관성을 갖고 변화했는지에 대해 본격적으로 연구한 최초의 사상가라 할 수 있어. 사적 소유와 시장 경제의 부당성을 전면적으로 제기하고, 새로운 체제에 대한 전망을 제시했다는 점에서 자본주의의 한계와 대안을 고민할 때 빼놓을 수 없는 중요한 인물이야.

 ## 카를 마르크스는 누구일까?

카를 마르크스(Karl Marx, 1818년~1883년)는 사회주의 이론을 성립한 사상가로 잘 알려져 있어. 청년 시절에는 급진적인 신문을 통해 혁명적인 민주주의 사상을 전파하다 점차 공산주의 사상으로 전환했어. 엥겔스를 만나 평생을 두고 이론과 실천에 있어 동지 관계를 이

어 갔지. 마르크스와 엥겔스는 비밀 단체인 '공산주의자 동맹'에 가입하고,《공산
당 선언》을 발표했어. "만국의 프롤레타리아여 단결하라!"라는 구호가 포함된
이 문헌은 공산주의의 강령이 되는 첫 문헌이지. 말년에는 자본주의의 운동 법칙
과 사회주의로의 전환을 다른 그의 대표 저작《자본론》집필에 몰두했어. 하지만
완성하지 못하고 65세가 되던 해에 런던에서 숨을 거두었지.

 ## 《자본론》에 대해 더 알아볼까?

《국부론》이 자본주의의 성경이라면《자본론》은 사회주의의 성경으로 불려. 마르
크스는 자본주의 현실과 원리를 분석하면서 왜 노동자의 상태는 갈수록 비참해
질 수밖에 없는지, 왜 자본주의는 해체되고 사회주의 사회가 도래할 수밖에 없
는지를 증명하고자 했어.

"최초에는 소유권이 인간 자신의 노동에 기초한 것처럼 보인다. 그런데
이제는 소유가, 자본가 측에서는 타인의 부불노동 또는 생산물을 취득하
는 권리로 되며, 노동자 측에서는 자신의 생산물을 취득하지 못하는 것으
로 된다. … 자본주의에서 노동 생산력을 끌어올리기 위한 모든 방법은 노
동자의 희생 위에서 이루어진다. 생산을 발전시키는 모든 수단은 생산자

소유는 근면성이 아닌 약탈에 근거한 것

마르크스는 먼저 소유권 문제를 다루는데, 최초에는 소유권이 노동에 기초한 것처럼 보인다고 하네. 그런 것처럼 보인다는 표현을 보니까 실제로는 그렇지 않다고 말하려 했다는 점을 눈치챌 수 있어. 일단 어떤 점에서 소유권이 노동에 기초한 것처럼 보이는지 살펴볼게.

원래 우리가 살고 있는 지구라는 땅덩어리는 누구의 소유일 수 없는, 인간 모두에게 주어진 공유물이잖아. 만물이 공유물인데 왜 사적인 소유권이 노동에서 생겨난 것처럼 보인다고 할까? 우리 자신의 육체적·정신적 노동은 개인에 속하잖아. 그래서 자연이라는 공유물에 개인의 노동이 섞이면서 소유권이 나타난다는 주장을 펴는 사람이 많아.

이는 어떤 사람이 노동을 통해 토지를 열심히 개간하면, 그 토지와 거기에서 나온 결과물은 정당하게 그 사람 개인의 것이라는 '소유' 개념이 생겨난다는 주장이야. 열심히 일한 만큼 더 많은 소유를 하게 된다는 의미지. 아득한 옛날에 한편에는 근면하고 절약하는 특출한 사람이 있었고, 다른 한편에는 게으르고 모든 것을 탕진해 버리는 불량배가 있었다는 식의 논리야. 근면함과 게으름의 차이에서 소수의 부와 대다수의 빈곤이 생겨났다는 생각이지.

　　　　하지만 마르크스는 실제 역사를 볼 때 소유권은 노동이 아닌 약탈을 통해 만들어졌다고 강조해. 고대 국가가 출현하면서 토지에 대한 소유권이 대규모로 자리 잡았거든. 대부분의 고대 국가는 우리가 잘 알고 있듯이 노예제 사회였잖아. 주로 정복 전쟁으로 인한 약탈로 대규모의 토지 소유가 나타났지. 중세 사회 역시 신분제를 기반으로 영주나 귀족이 토지를 강제로 소유했어.

　　　　그는 자본주의 사회를 가능케 했던 자본의 축적도 정복이나 노예화 등의 폭력이나 약탈의 방식으로 이뤄낸 것이라고 주장해. 유럽에서는 섬유 산업이 발전하면서 자본주의가 시작됐어. 당시 양모 산업을 위해 지주들은 농민을 토지에서 강제로 내쫓았고, 대규모로 양을 길러 막대한 이익을 챙겼지. 유럽에서 벌어진 이러한 약탈 과정을 인클로저(enclosure)라고 불러. 이 과정에서 지주들은 대규모의 화폐를 축적할 수 있었지. 다른 한편으로 아무런 생산 수단도 갖지 못한 대부분의 농민들은 어쩔 수 없이 살 길을 찾아 공장이 있는 도시로 몰려갔고, 공장 노동자 신세로 전락했어. 그는 자본주의가 이러한 약탈 과정을 통해 시작되었다고 이야기해.

이윤과 자본주의의 본질

　　마르크스는 자본가의 소유가 타인의 부불노동(不佛勞動) 또는 생산물을 취득하는 권리처럼 되었고, 노동자는 생산물에 대한 권리를 박탈당했다고 해. '부불노동'이라는 이상한 단어가 나오니까 머리가 지끈거리지? 조금 어려운 개념이긴 하지만, 이윤의 본질을 설명하는 중요한 내용이니까 인내심을 갖고 꼼꼼하게 살펴봐야 해.

먼저 노동자에게 생산물에 대한 권리가 정말 없는지 보자. 현대 자동차에서 일하는 노동자가 자신이 만든 생산물이라는 이유로 자동차를 공장 밖으로 끌고 나갈 수 있을까? 마찬가지로 삼성전자에서 일하는 노동자가 그날 만든 휴대 전화 중에 몇 개를 주머니에 넣고 퇴근하면 어떻게 될까? 당연히 바로 절도죄로 처벌받게 될 거야. 자신의 노동력을 사용하여 만든 생산물이지만 소유권은 자본가에게 있기 때문이지.

그러면 자본가가 노동자에게 일한 만큼 임금을 지급하기 때문에 자본가가 생산물을 독점하는 게 당연한 것 아니냐고 반문할 수 있겠지? 하지만 마르크스에 따르면 이조차도 착취로 여겨져. 자본가가 노동자의 노동에 해당하는 가치만큼 정당하게 임금으로 준다는 생각 자체가 성립할 수 없다는 거지. 상식적으로 노동자의 노동에 해당하는 만큼을 모두 임금으로 지급하면 자본가에게는 아무 것도 남는 게 없겠지? 자본가가 무료 봉사를 한 것이잖아. 자본가는 생산 과정에서 노동자의 노동을 통해 무언가 이윤을 얻기 때문에 자본을 투자하지. 그러면 이윤이란 게 도대체 어디서 생길까? 하늘에서 뚝 떨어지는 것은 아닐 테고 말이야.

마르크스는 노동자의 노동에서 이윤이 생겨난다고 해. 자본가는 소유를 통해 노동자의 부불노동을 취득한다는 내용이 여기에 해당돼. 부불노동이 뭘까? 노동자의 노동은 지불노동과 부불노동으로 구분되는데, 이 가운데 전자는 임금으로 지불되는 부분, 후자는 지불되지 않는 부분을 의미해. 노동자의 노동 시간 중에 임금으로 지급되지 않는 노동이 존재하고 이것이 자본가가 공짜로 가져가는 몫, 즉 이윤의 원천이야. 임금으로 받은 것을 초과하는 노동의 양이 이윤을 만들어 내는 비밀이라는 거야.

당연히 자본가는 이윤 확대를 위해 부불노동의 양을 늘리려 하겠지? 그 대표적인 방법이 임금을 더 지급하지 않으면서 일을 더 시키는 것, 혹은 동일한 노동 시간에 아예 임금을 줄이는 거야. 동일한 노동 시간에 임금을 줄이는 게 가능하냐고? 한국 사회에서 기업이 노동자에게 같은 시간 노동을 시키면서 임금을 대폭 줄이기 위해 상습적으로 쓰는 방법은 정규직을 비정규직으로 전환하는 거야. 비정규직은 동일한 시간 동안 노동을 하면서도 임금은 정규직의 거의 절반 정도에 불과하거든.

그것 말고도 동일한 시간에 더 많은 물건을 만들게 하는 방법도 있어. 대표적인 예로, 생산 과정에 컨베이어 벨트 시스템을 도입하는 방법을 들 수 있지. 벨트가 돌아가면서 다음에 일할 물건이 개별 노동자 앞에 즉시 도착하도록 하는 장치 말이야. 그러면 작업과 작업 사이에 시간 낭비가 없어져서 더 많은 물건을 만들 수 있잖아. 자본가 입장에서는 같은 시간에 더 많은 물건을 만드는 것이지만, 노동자 입장에서는 그만큼 조금의 여유도 없이 일만 해야 하는 상황이야. 이른바 생산성과 효율성 증가를 통해 노동자가 쉴 새 없이 일하게 만드는 방법이지. 그 결과 당연히 노동 강도는 훨씬 높아질 수밖에 없어.

노동자에게 지급되지 않은 부불노동을 통해 자본가의 이윤이 늘어나기 때문에 마르크스는 이윤이 노동 착취에 기초한다고 주장해. 노농자에게 부불노동의 증가는 그만큼 소득이 줄어들거나 아니면 더 오래 일하는 상황으로 나타나. 혹은 동일한 시간에 노동 강도가 강해지는 현상이 생기지. 그 결과 빈곤이나 장시간 노동으로 인한 정신적·육체적 고통은 더욱 증가해.

마르크스는 노동자에 대한 착취가 공장과 기계처럼 생산에 필요로 하는 수단을 소수의 자본가가 소유함으로써 나타나기 때문에, 이를 폐지해야 한다는 결론으로 나아가. 물론 그가 주장하는 사적 소유의 폐지가 어떠한 개인적인 소유도 인정하지 않는 것은 아니야. 사적 소유와 개인적 소유는 엄연히 다른 개념이거든.

사적 소유는 토지나 산업 생산에 필요한 여러 수단의 소유를 의미해. 반면에 개인적 소유는 개인의 소비를 위한 화폐나 소비 물자의 소유를 의미하지. 그는 자본주의가 발전할수록 이윤 확대 과정에서 착취가 늘어나고 노동자의 빈곤 현상이 심화된다고 보았어. 그래서 노동자들은 착취 상태를 끝내기 위해, 궁극적으로 단결하고 투쟁하는 방향으로 나아가게 된다고 생각했어. 노동자의 단결을 통한 사적 소유의 폐지로 자본주의를 극복하고 사회적 소유를 중심으로 하는 사회주의로 나아갈 거라 전망했지.

 ## 《자본론》은 지금 우리에게 어떤 의미일까?

마르크스가 주장한 소유의 사회화는 20세기 사회주의 국가에서 모든 산업을 국유화하는 방식으로 나타났어. 소련을 비롯한 동구 사회주의 국가에서는 국유화와 계획 경제의 기치 아래 국가가 모든 산업과 공장을 소유하고, 일방적 결정과 통제 방식으로 운영했지. 그 결과 극심한 비효율이 발생했고, 경제적으로 어려

운 상황을 맞아. 심지어 생활필수품조차 제대로 공급되지 않아 수시로 국가 전체가 흔들리는 몸살을 치르곤 했지.

전체 산업의 국유화와 계획 경제는 통제의 지나친 강화때문에 자유가 축소되는 문제도 낳았어. 소유와 운영이 국가에 집중되면서 정치적 중앙 집권화와 공포 정치가 심해졌지. 세월이 지나도 변하지 않는 억압적 현실은 대다수 노동자에게 실망감을 안겨 주기에 충분했고, 실망은 사회주의 체제에 대한 불신으로 이어졌어. 그 결과 20세기 후반에 소련을 비롯한 동구권 국가의 사회주의 체제는 붕괴되는 결말을 맞았어.

그런데 왜 다시 마르크스의《자본론》을 읽을 필요가 있을까? 동구권 사회주의 체제가 무너지고 자본주의가 승리하면서 마르크스에 대한 조롱과 비난이 쏟아져야 할 것 같은데 말이야. 자본주의의 현실이 그리 밝지만은 않기 때문이야. 자본주의 승리를 경축하는 환호성의 여운이 가시기도 전에 도처에서 자본주의가 위기를 맞는 현상이 나타나고 있거든. 한국 사회만 하더라도 외환 위기를 겪었고, 지금도 스페인을 비롯해 유럽의 몇몇 나라에서 재정 위기 우려가 끊이지 않아. 몇 년 전에 미국도 금융 위기로 큰 혼란을 겪었지. 일본이 거의 10여 년이 넘도록 경제 침체에서 벗어나지 못하는 상황도 자본주의 체제의 약점을 보여 줘.

최근 세계가 다시 내일을 예측할 수 없는 불안과 긴장, 갈등과 빈곤 등 여러 위기 조짐으로 나타나는 상황에서 자본주의에 대한 보다 깊이 있는 진단이 요구되고 있어. 수시로 세계 시장을 엄습하는 주가 폭락과 환율 위기, 전쟁과 테러와 같은 국제적 긴장의 고조, 빈곤층의 증가, 비정규직과 정리해고로 점차 심해지는 노동자 생활의 불안정성 등 이러한 경제 현상의 원인을 정확히 파악하고, 대안을 모색할 필요가 있지. 그러기 위해서 자본주의에 대한 더 깊이 있는 연구가 중요해졌다는 이야기야.

　　　　마르크스의 《자본론》은 단순히 사회주의를 선동하는 책이 아니라 자본주의 현실을 냉정한 시각으로 분석한 고전이거든. 특히 자본주의 사회에서 나타나는 빈부 격차 심화 문제를 체계적으로 연구했지. 그렇기 때문에 다시 자본주의의 폐해가 드러나고 새로운 경제 체제를 모색하는 지금, 마르크스의 문제의식을 검토하는 움직임이 활발해진 건 어찌 보면 당연할 일이라 할 수 있어.

4장

현재를 이해하고 미래를 상상하는 창
신화·역사

1. 《역사란 무엇인가》 에드워드 카

: 역사란 무엇인가?

● 역사란 무엇인가?

우리가 일상생활에서 쓰는 역사라는 말에는 두 가지 의미가 들어 있다. 넓은 의미로는 과거에 있었던 모든 사실을 가리킨다. 그러나 좁은 의미로는 그 중에서 의미 있고 가치 있는 사실만을 골라 기록한 것을 역사라고 한다. 어떤 사실을 골라 기록할 것인지, 또 그 사실을 어떻게 평가할 것인지 하는 것은, 역사를 쓰는 사람의 가치관이나 시대에 따라 달라질 수 있다. 과거 사실은 변함이 없음에도 불구하고 쓰는 사람에 따라 역사는 다르게 기록될 수 있는 것이다.

● 역사책의 편찬

고려는 초기부터 역사 서술을 중시하여 실록을 편찬했으나 거란의 침략으로 모두 불타 버렸다. 이에 태조부터 목종 때까지의 《7대 실록》을 다시 편찬하고, 이후에도 실록의 편찬은 계속되었으나 현재 전해지는 것은 없다. 인종 때는 김부식이 왕명을 받아 《삼국사기》를 편찬했다. 이 책은 현재까지 전하는 가장 오래된 역사책으로, 유교적 사관에 기초하여 삼국시대부터 후삼국 시대까지의 역사를 서술했다.

● 역사에 대한 역사가들의 정의

- 카(Edward Hallett Carr) "역사란 현재와 과거 사이의 끊임없는 대화다."
- 크로체(Benedetto Croce) "모든 역사는 현재의 역사다."
- 토인비(Arnold Toynbee) "인류 역사는 도전과 응전의 역사다."
- 신채호 "역사란 아(我)와 비아(非我)의 투쟁 기록이다."

흔히 병원에서 의사는 환자의 병력을 묻곤 해. 예전에 어떤 병에 걸린 적이 있는지, 가족 중에 아픈 분이 있는지를 확인하지. 보통 질병과 유전은 관련이 깊고, 한번 병이 난 곳이 계속 말썽을 부리거든. 그렇게 병력을 확인하고 지금의 증상과 비교할 때 정확하게 병을 진단하고 치료 방법을 찾을 수 있어.

역사도 마찬가지야. 과거의 일은 오늘 벌어진 사건이 왜 일어나는 건지, 어떤 경과가 예상되는지를 가늠할 수 있는 소중한 자료야. 더 나아가서 현재의 문제를 극복할 수 있는 좋은 참고가 돼. 그래서 역사는 과거만 추적하는 고리타분한 학문은 아니야. 과거를 통해 현재와 미래를 탐구하기에 어찌 보면 첨단 학문이지.

그런데 의학이 다루는 과학적 사실과 역사학이 다루는 역사적 사실이 같지 않다는 데서 문제가 시작돼. 병은 유전자나 바이러스, 신체적 결함처럼 물리적 요소가 중심이어서 객관적인 관찰과 측정이 쉽잖아. 하지만 역사적 사실은 인간의 의지를 포함하여 주관적이고 우연적인 요소가 뒤죽박죽 섞인 채 나타나거든. 자연 과학과 역사학의 논리 사이에 차이가 있을 수 있다는 얘기야. 그래서 과연 역사를 객관화하거나 일정한 패턴을 찾아내는 게 가능한지를 둘러싸고 논란이 생겨. 이른바 객관적 사실과 주관적 해석 가운데 무엇을 중심으로 역사에 접근해야 하는가의 문제야.

먼저 오직 과거의 사실에만 주목해야 한다는 실증주의 입장이 있어. 1830년대에 근대 역사학의 아버지로 불리는 랑케(Leopold von Ranke)는 오로지 실재했던 사실만을 기술해야 한다고 강조해. 주관적이고 도덕적인 가치 판단으로 역사를 서술하는 것을 비판하면서 역사가는 단지 '그것은 실제로 어떠했는가?'만을 보여 줘야 한다고 했어. 사실을 있는 그대로 파악해야 한다는 거야. 역사가는 자신을 숨기고, 사실이 스스로 말하게 해야 한다고 생각했고, 마치 객관적인 과학처럼 역사학을 정립하려고 노력했어.

그와 대조적인 입장으로, 현재의 관점을 중시하는 주관주의 입장이 있어. 역사가의 해석 없이는 객관적인 사실도 없다는 것이지. 자연은 설명되는 것이지만 역사는 이해되어야 하는 것으로, 자연 과학과 역사학은 다르다는 거야. 그래서 크로체(Benedetto Croce)는 "모든 역사는 현재의 역사"라고 했고, 콜링우드(R.G. Collingwood)는 "모든 역사는 사유의 역사"라고 강조했어. 역사가는 현재를 살아가는 사람이니까 지금의 관점에서 역사를 해석할 수밖에 없다는 것이지.

한국의 민족 사관을 정립한 역사학자인 신채호가 "역사란 아(我)와 비아(非我)의 투쟁 기록"이라 한 것도 비슷한 맥락이야. 그는 평소에 "내가 죽거든 시체가 왜놈의 발길에 차이지 않도록 화장해서 그 재를 바다에 띄워 달라."라고 했을 정도로 투철한 민족의식을 가졌어. 그에게 역사는 민족정신이 발현되는 과정을 의미했지. 다른 민족의 간섭과 억압에 저항하면서 자주성을 실현해 가는 과정을 역사라고 본 셈이야. 이는 민족주의라는 주관적인 잣대로 과거의 사실을 재해석했다고 할 수 있어.

그런데 주관주의 역사관에도 적지 않은 한계가 있어. 만약에 역사가 역사가의 주관적 해석으로만 이뤄진 것이라면, 역사와 역사 소설의 구분이 모호해지지 않겠어? 역사학이 학문으로서의 성격을 잃어버릴 수도 있는 일이고. 그래서 사실과 해석을 조정하려는 시도가 나타나는데, 이를 절충주의라고 해. 오늘 우리가 상세하게 살펴볼 카(E.H. Carr)의 입장이 여기에 속하지. "역사란 현재와 과거 사이의 끊임없는 대화"라는 이 유명한 명제는 역사에서 사실과 해석 사이의 균형을 잡으려는 시도로 해석되고 있어.

에드워드 카는 누구일까?

에드워드 카(Edward Hallett Carr, 1892년~1982년)는 영국 역사학자로 외무부에 종사한 후 국제 정치학 교수가 됐어. 역사를 사실의 저장 창고로 보는 견해를 비판하고, 역사가 가지는 현실적인 의미에 주목했어. 그는 스스로를 '저항적 지식인'이라 칭하면서 지식인의 실천적인 역할을 중시했지. 20세기는 두 차례의 세계 대전과 세계 대공황, 냉전의 갈등 등 수많은 위기 상황이 발생했던 시대야. 그래서 역사의 의미를 찾는 것에 회의를 느끼고, 역사는 쇠퇴하고 있고 진보적인 미래에 대한 신념은 어리석은 짓이라고 생각하는 사람들이 많았어. 카는 절망과 회의주의로 둘러싸인 당시의 시대상을 비판하고, 인류에게 더 나은 진보로 나아가는 역사의 길을 제시하고자 했지.

 ## 《역사란 무엇인가》에 대해 더 알아볼까?

'역사란 현재와 과거 사이의 끊임없는 대화'라는 카의 주장이 무슨 의미인지 자세히 이해하려면 좀 더 구체적인 내용을 알 필요가 있어. 이 말은《역사란 무엇인가》에서 역사가와 사실의 관계를 규명하면서 결론적으로 주장한 내용인데, 다음과 같은 맥락 속에서 나왔어.

"실증주의는 우선 사실을 확인하고, 사실에서 결론을 이끌어 낸다. … 사실은 스스로 이야기한다고 하지만 진실이 아니다. 사실에 발언권을 주고 서열이나 차례를 정하는 것은 역사가다. … '모든 역사는 사유의 역사'라고 한 콜링우드는 사실의 단순한 편찬에 반대하여 위험하게도 역사를 정신의 산물로 봄으로써 역사적 진리는 존재하지 않는다는 결론으로 돌아간다. … 역사가와 사실은 서로에게 필수적이다. 사실을 가지지 못한 역사가는 뿌리 없는 존재다. 역사가를 가지지 못한 사실은 죽은 것이며 무의미하다. 역사란 역사가와 사실의 지속적 상호작용 과정, 현재와 과거의 끊임없는 대화다."

사실 중심의 역사관을 비판하다

카는 먼저 실증주의 관점을 비판해. 실증주의는 사실을 주관과 분리된 객관적인 것으로, 역사를 구성하는 유일한 요소로 이해하지. 예를 들어, 번개와 천둥이 치고 비가 오는 자연 현상을 시각과 청각 등 감각을 통해 외부에서 받아들이듯이 역사적 사실도 우리의 의식과 무관하다는 입장이야. 그래서 역사가도 과학자처럼 주관을 배제하고 수동적으로 사실 그 자체를 처리하고 정리하는 역할에 충실해야 한다고 주장해.

하지만 카가 보기에 이러한 가정은 성립할 수 없었어. 사실에만 충실하라는 입장은 결국 사실의 짜깁기 행위에 불과하다고 지적해. 사실이 기록된 사료를 여기저기 가위로 오려 내 풀로 이어 붙이는 기계적인 작업이라는 말이야. 그런데 사실은 스스로 말을 할 수가 없지. 그렇기 때문에 그 사실에 발언권을 주고, 중요도와 차례를 정해서 제 역할을 하도록 하는 것이 역사가의 일이란 주장이야.

예를 들어, 오늘 뉴스에 얼마나 많은 사건과 사고가 보도되었는지 생각해 봐. 그렇지만 모든 사건이 다 보도된 것은 아니지. 기자들이 의미 있다고 생각한 사건만 추려서 보도를 해. 매일 보도되는 사건 사고를 역사서에 다 실을 수는 없지 않겠어? 역사가들이 그날의 사건과 사고를 선별하고, 중요도에 따라 그 순서를 결정해. 결국 뉴스를 보도하거나 역사를 서술하는 데에도 주관적 해석이 개입될 수밖에 없다는 얘기야.

또한 역사적 사실은 너무 빈약하거나 사실 자체에 이미 주관적 해석이 개입되어 있는 경우가 대부분이야. 사실 자체가 빈약한 이유는 오래된 과거로 갈수록 기록이 비어 있는 부분이 많기 때문이야. 예를 들어, 우리나라 삼국 시대 역사를 체계적으로 다룬 문서 자료는 김부식의 《삼국사기》와 일연의

《삼국유사》 정도가 고작이야. 고려 시대에는 전쟁 과정에서 상당수의 문서가 없어졌기에 더 부족하지. 고려 초기부터 실록을 편찬했지만 거란의 침략으로 모두 불타 버려서 태조부터 목종 때까지를 담은 《7대 실록》을 다시 편찬했고, 이후에도 실록의 편찬은 계속되었지만 현재까지 전해지는 것은 없는 형편이야.

고조선을 비롯한 그 이전의 상고사는 더 심해. 상당 부분이 신화적 요소로 서술되어 있어. 지극히 알량한 문서와 유물만을 가지고 긴 시간의 역사를 정확히 기술하는 일은 불가능에 가까워. 역사가의 상상력 없이는 기본적인 체계조차 잡기 어려운 경우도 많지. 그런데 그다지 많지 않은 사료조차 이미 특정한 관점이 개입된 경우가 많다는 게 더 문제야. 흔히 역사는 승자의 기록이라고 하잖아. 문서화된 형태로 남아 있는 기록은 대부분 당시 지배 세력의 관점을 담기 마련이어서 왜곡 가능성을 무시할 수 없거든. 《삼국사기》나 《삼국유사》만 해도 그래. 신라 출신 김부식은 고려 시대에 중앙 정계에 진출했는데, 신라의 영향력이 커지자 고려가 신라를 계승한 국가라며 신라 중심의 역사를 서술했어.

우리가 흔히 백제하면 떠올리는 왕이 의자왕이지. 의자왕 하면 삼천 궁녀와 놀아난 무능한 왕의 이미지로 알려져 있는데, 이는 왜곡된 면이 다분해. 고려 시대 승려였던 일연은 그 정도가 김부식보다 더 심했어. 의도적으로 역사적 사실을 있는 그대로 서술하는 방식을 버리고, 자신의 감정과 느낀 바를 분명하게 드러내는 방식으로 역사를 서술했지.

그렇기 때문에 주관주의자는 사료에 나타난 사실을 그대로 나열하는 방식만으로는 역사를 올바르게 구성할 수 없다고 보았어. 오랜 기간 역사학을 지배한 사실에 대한 숭배는 지양되어야 한다는 것이지. 그래서 주관주의 관점은 모든 역사는 현대사이고, 역사란 본질적으로 현재의 눈을 통해서, 현재의 문제에 비추어 과거를 바라보자는 거야. 역사가의 주요 임무는 기록하는 것이 아니라 평가하는 것이라는 주장이지.

역사는 사실과 해석의 상호 작용

카는 주관적 해석 중심의 역사 서술에 대해서도 비판해. 사실에 대응하여 해석을 선택하는 방식으로는 또 다른 편향이 나타나니까. 주관을 절대화하면 사실에 대한 해석이 무한해져서 특정한 역사적 사실에서 끌어낼 수 있는 의미가 올바르지 않다는 극단적 상대론에 빠지거든. 카는 어떤 산이 보는 각도에 따라 다른 모습으로 보인다고 해서, 그 산이 객관적인 모습을 가지고 있지 않다거나 무한한 모습을 가진다고 할 수는 없다고 말해. 해석이 불가피하다고 해서 곧바로 역사적 사실에 어떠한 객관적 해석도 존재하지 않는다고 말할 수는 없다는 의미야.

사실 역사가 주관적이기만 하다면 여러 가지 곤란한 문제가 생겨. 해석의 다양성을 인정하는 것이 어떠한 해석도 다른 해석보다 정당하거나 타당다고 할 수 없는 상대성 논리로 치달아 버릴 수 있거든. 예를 들어, 안중근의 암살은 우리나라 입장에서 식민지 지배에 저항한 정당한 행위이지만 일본 제국주의 입장에서는 테러 행위에 불과하잖아. 이러한 문제는 현대 사회에서도 반복적으로 니타나. 팔레스타인을 비롯한 중동의 테러 단체들은 나름대로 이슬람 해방 운동의 방법으로 여겨 테러 행위를 정당화하지만 미국이나 유럽 입장에서는 용서받지 못할 반인륜적 폭력 행위로 규정하거든. 2차 세계 대전을 일으키고

600만 명에 이르는 유태인을 학살한 히틀러와 나치의 행위에 대해서도 다른 해석이 가능해져. 만약 주관주의가 올바르다면 이 모든 해석을 다 인정하자는 결론으로까지 이어질 수 있는 거지.

그렇게 되면 역사에서 교훈을 이끌어 내는 작업은 무의미해져 버리겠지. 만약 동일한 사건에 대해 모든 해석을 다 인정하면 역사를 통해 과거의 잘못을 반성하고 더 나은 미래를 만들어 나가기 위한 공통의 교훈을 이끌어 내려는 노력은 허망한 시도로 전락될 테니까. 역사에 대한 고민이나 논의가 학문으로서의 자격을 잃고, 그저 입담을 자랑하는 수다의 장으로 변질될 수도 있겠지. 그래서 역사는 단순히 과거의 사실을 모아 놓은 잡동사니 창고가 아님과 동시에, 특정 개인의 지식을 자랑하거나 변명하는 웅변의 장도 아니라는 문제의식이 생기는 거야. 사회 구성원의 다수가 공감을 통해 얻은 공통의 역사적 교훈을 이끌어 내지 못한다면 역사는 미로 속에서 제 역할을 잃어버리고 말아.

그래서 카는 사실과 해석을 역사에서 서로 필수적인 요소로 삼아야 한다는 절충적 입장을 제시해. 역사가 현재와 과거의 끊임없는 대화라는 규정은 역사가의 주관적 해석과 역사적 사실의 지속적인 상호 작용 과정을 강조한다는 의미를 지녀. 그런 점에서 역사가는 근본적으로 곤란한 상황에 처한 사람이야. 항상 사실과 해석 사이에서 어려운 항해를 하기 때문이지. 이는 환경에 완전히 매몰되거나 얽매이진 않지만, 다른 한편으로 환경에서 완전히 독립적이거나 부조건적인 지배자일 수 없는 역사가의 현실을 반영하기도 해. 사실과 해석은 서로 주고받는 평등한 관계이기 때문에 역사의 서술은 이 두 요소가 끊임없이 상호 작용하며 서로를 보완해 나가는 과정이라는 주장이야.

《역사란 무엇인가》는 지금 우리에게 어떤 의미일까?

역사에서 사실과 해석 문제는 학문적 차원의 논쟁에 머물지 않아. 여러분이 살아가는 세상과 밀접한 문제야. 예를 들어, 사회나 국사 교과서에는 여러 가지 역사적인 사실이 실려 있잖아. 보통은 교과서 내용이니 당연히 객관적 사실이라고 믿어 버리는 경향이 있지. 시험도 객관식 위주로 보니까 그 내용을 답으로 암기하는 데 집중하다 보니 그것들을 의심할 수 없는 사실로 받아들이게 돼.

하지만 곰곰이 생각해 보면 교과서도 시대와 사회 변화에 따라서 달라져. 심지어 정권이 바뀐다고 교과서가 달라져 논란이 되기도 하잖아. 교과서조차도 집필 주체나 정부에 따라 달라진다는 건 역사에도 다분히 주관적 해석이 개입되어 있다고 봐야지. 교과서의 내용을 그냥 무작정 외울 것이 아니라 여러분 스스로가 토론하고 해석하는 과정이 더 중요해졌다는 의미야.

또한 사실과 해석 문제는 단지 과거의 일에만 해당되는 건 아니야. 오늘 우리 사회에서 벌어지는 여러 사건에도 적용되지. 현재 벌어지는 일이 결국 역사의 과정이고 일부분이니까. 당장 TV나 신문에 보도되는 뉴스만 하더라도 그래. 우리는 뉴스를 통해 보도되는 사건이 당연히 객관적 사실이라고 생각하는 경향이 있어.

하지만 정말 언론 보도가 주관이 배제된 객관적 사실일까? 언론은 광고 수입과 연관되어 있기 때문에 특정 시각이 개입되는 경우도 있거든. 언론에 광고를 싣는 광고주는 대부분 대기업이잖아. 아무래도 광고주의 구미에 맞는 방향으로 보도하는 경향이 생길 수 있겠지. 특히 한국처럼 편집권이 독립되어 있지 않은 상황에서는 더욱 편향이 심하게 발생할 수 있기 때문에, 여러분 스스로가 사실과 해석의 상호 작용을 주의 깊게 살펴봐야 해.

카가 강조하듯이 이 과정에서 극단적인 상대론으로 치닫지 않도록 경계하는 것도 중요해. 인간의 인식은 개인적 차원의 작업에 머물지 않고, 경험을 통해서 이해를 넓혀가며 공통분모를 찾아가는 능력을 가지고 있거든. 개인의 반성에서 출발하든, 아니면 상호 비판과 토론의 과정을 통해서든 교감을 넘어 공감으로 나아갈 수 있어. 그래서 우리는 동시대에 공감되는 사실을 두고 흔히 '시대정신'이라고 말해.

시대정신은 같은 시대를 살아가는 다수 구성원이 공감하는 판단 기준이라는 점에서 의미 있어. 예를 들어, 전체주의에 대한 저항과 민주주의 옹호, 소수자와 약자의 보호, 절대 빈곤의 해결과 빈부 격차의 완화, 환경 보호의 필요성 등은 이미 많은 공감대를 형성한 시대정신이라고 볼 수 있어. 이러한 시대정신을 고려하면서 오늘날 우리 사회에서 벌어지는 사건에 대해 여러분 나름의 해석을 적용해 보면 역사가 더 재미있게 다가올 거야.

2. 《삼국유사》 일연

: 신화도 역사인가?

● 《삼국유사》 속 '단군 신화'

옛날 하늘나라 왕 환인의 아들 환웅이란 이가 있어 자주 천하에 뜻을 두면서 인간 세상을 몹시 바라고 있었다. 아버지가 아들의 뜻을 알고 지상 세계를 두루 내려다보니 인간에게 큰 이익을 줄 만하므로 천부인 세 개를 주어 내려보내 다스리게 했다. 환웅이 3천여 명의 무리를 거느리고 태백산 꼭대기 신단수 아래에 내려와 그곳을 신시라 이름 붙이고, 자신을 환웅천왕이라 했다. 바람, 비, 구름을 관장하는 자들을 거느려 곡식과 생명, 병과 형벌, 선과 악을 맡게 하고, 무릇 인간 세상의 360여 가지 일을 주관하며 세상을 다스리고 교화했다. 때마침 곰 한 마리와 호랑이 한 마리가 같은 굴에 살면서, 환웅에게 늘 사람으로 변하도록 해달라고 빌었다. 환웅은 영험이 있는 쑥 한 타래와 마늘 스무 개를 주면서 말하기를, "너희가 이것을 먹고 100일 동안 햇빛을 보지 않으면 사람이 될 수 있을 것이다."라고 했다. 곰은 21일 동안 조심하여 여자의 몸이 됐으나, 호랑이는 조심하지 못해 사람이 되지 못했다. 곰 여인은 혼인할 자리가 없었으므로 매번 신단수 아래에서 아이를 갖게 해달라고 빌었다. 환웅이 잠시 사람으로 변해서 그녀와 혼인하여 아들을 낳으니, 이름을 단군왕검이라 했다. 단군왕검은 중국의 요 임금이 왕위에 오른 지 50년이 되는 경인년에 평양성에 도읍하고, 비로소 조선이라 일컬었다.

● 고조선의 건국과 단군 신화

단군 신화를 통해 고조선 선국 과정을 엿볼 수 있디. 하늘에서 내려온 환웅이 바람과 구름, 비를 주관하는 신하들을 둔 것은 고조선이 농업 사회를 기초로 건국되었음을 보여 준다.

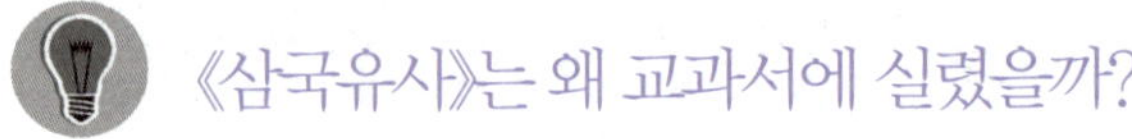

《삼국유사》는 왜 교과서에 실렸을까?

고조선은 한반도 일대의 지역에서 만들어진 최초의 국가로 여겨져. 그런데《삼국유사》에 실린 고조선에 대한 내용이 신화여서 난감한 일이 아닐 수 없어. 신화는 사실 기록이 아니라 이야기니까 말이야. 신화를 역사의 일부로 인정해야 하는지가 문제가 되는 거지. 흔히 신화는 학문과 무관한 영역으로 치부되곤 했어. 역사적으로 '신화적 사고에서 이성적 사고로'라는 발상이 지배하는 시기가 많았고, 신화가 끝나는 곳에서 학문의 첫 삽을 뜨려는 경향이 강했지. 그래서 고대 국가가 등장한 청동기 시대의 역사는 고고학이나 미술사의 영역으로 여겨지는 경우가 많았어.

하지만 문자화된 사실 기록이나 유물에만 의존해서는 역사가 단절될 수밖에 없어. 신화를 역사 외부에 방치해 두면 선사 시대나 고대 역사에 접근할 수 있는 길이 상당 부분 막혀 버리기 때문이야. 문자가 없거나 통용되지 않았던 시대에는 입으로만 정보를 전달했기 때문에 신화는 가장 일반적인 기록 방식이었어. 때문에 문자로 기록된 사료가 절대적으로 부족한 시대의 역사를 이해하기 위해서는 신화가 매우 중요한 역할을 해.

또한 현재의 상식과 합리적 사고방식으로만 고대 역사를 살필 수는 없어. 신화는 고대인이 과거를 기록하는 독특한 방식이었기 때문에 신화를 정보와 지식의 일부로 이해하는 태도가 필요해. 물론 신화니까 당시 여러 상황과 조건을 고려하면서 해석해야겠지. 아무래도 상상이나 무의식의 영역에 속하는 내용이 많으니까. 현실적이고 논리적으로 분석해 종합하고 재구성하는 작업이 필수적이지. 그러므로 신화의 해석은 이야기의 허구성을 드러내는 방식이 아니라 신화를 만드는 바탕에 숨은 진실을 찾는 과정이어야 해. 진실이 신화의 탈을 쓰고 나타나기 때문이야.

일연은 누구일까?

일연(一然, 1206년~1289년)은 고려 시대의 무인 집권과 몽골의 침략을 겪는 모진 세월을 살았어. 14세에 승려가 되고, 22세에 과거 시험에 합격했지만 수행에만 몰두했지. 50세 이후에야 정치에 관여했고 주로 충렬왕의 곁에서 자문하는 역할을 했어. 78세에 나라의 스승인 국사(國師) 지위에 올랐고, 은퇴한 후 《삼국유사》를 완성했지. 이 책은 공식적인 역사서인 《삼국사기》와 구분해서 흔히 야사(野史)로 불려. 왕권 중심의 《삼국사기》와 달리 당시의 삶을 담은 수많은 일화를 정리했거든. 그는 기이한 이야기처럼 전해지지만 나라와 왕에 관한 뿌리가 되는 신화를 《삼국유사》에 수록하겠다고 밝혔는데, 그 대표적인 것이 바로 단군 신화야.

건국 신화는 대부분 당시 통치 세력에 의해 만들어졌어. 국가가 만들어질 때에는 보통 지배 세력과 피지배 세력으로 나눠지는데, 이때 지배 세력은 그들의 권력과 지배를 정당화하기 위한 수단이 필요했어. 신화는 그러한 수단으로 효과적이었지. 대부분의 건국 신화가 고대 국가가 탄생하던 청동기 시대에 만들어졌다는 사실도 그것을 뒷받침 해.

신화는 신격화된 존재가 있다는 걸 전제로 해. 만약 원시 사회처럼 모든 사회 구성원이 동등한 위치에 있다면, 신의 힘을 가진 특별한 존재는 필요 없겠지. 극소수의 지배 세력과 대다수의 피지배 세력으로 나뉘면서 소수였던 지배 세력은 권력의 정당성을 위해 신화를 만들어 냈어. 인류는 대부분의 세월을 평등한 관계로 살아와서, 특정 집단이 권력을 독점하면 저항할 수 있기 때문이야. 신이 그들에게 권력을 주었다고 해야 그제서야 자연스럽게 그들의 지배를 받아들이게 되는 거지.

대홍수 신화 속에 숨은 비밀

이제 단군 신화 속에 드러난 역사적 상황을 살펴볼게. 하늘에서 내려온 환웅이 바람과 구름, 비를 주관하는 신하를 둔 것은 농업 사회에 기초한 건국 과정을 보여 줘. 동서양을 막론하고 대부분의 고대 국가는 농사를 짓는 농경 사회에서 출현하지. 수렵과 채취는 소규모 집단으로도 얼마든지 가능해서 아마존 원주민과 같은 부족이라도 문제 없었어.

하지만 농경과 목축은 정착 생활을 해야 가능했고, 대규모 인구를 필요로 했지. 농사를 위해서는 큰 강을 관리해야 하고, 이를 위해서는 많은 인력과 강력한 통치 기구가 필요했거든. 또한 수렵과 채취는 그때그때 마련한 식량을 나눠 먹는 방식이지만, 농경과 목축은 재산을 쌓을 수 있게 했어. 그러면서 집단은 재산을 더 가진 사람과 그렇지 못한 사람으로 나누어지게 됐지. 소수가 권력을 휘두를 수 있는 조건을 마련하게 된 셈이야.

특히 구름과 비는 농경에 절대적이었지. 물을 안정적으로 공급하지 않고는 농사를 지을 수 없으니까. 단군의 아버지격인 환웅이 구름과 비를 다스렸다는 이야기는 국가가 농업을 관리했다는 사실을 보여 줘. 단군 중심의 지배 세력이 농사를 관장하는 신의 혈통임을 강조함으로써 권력의 정당성을 확보하려했다고 볼 수 있지.

서양의 고대 국가 신화도 농사와 연관된 내용이 많아. 《성경》에서 노아의 방주로 유명한 대홍수 신화도 인류 최초의 문명이라고 일컬어지는 메소포타미아 신화에 뿌리를 두고 있어. 대홍수 신화는 농경 사회의 발전과 고대 국가의 성립 과정을 보여주는 상징적인 이야기야. 농경은 큰 강 주변에서 발달하기 마련이잖아. 당연히 그들에게 가장 큰 두려움은 오랜 기간의 노동을 헛수고로 만들어 버리는 홍수였어. 인간에게 내려진 대재앙의 상징이 홍수였다는 점은 농경이 그만큼 폭넓은 지역에서 이뤄졌다는 사실을 말해 주지.

대홍수 신화는 고대 국가의 권력을 분명하게 드러내. 신에게 순종하지 않은 인간에게 내려지는 재앙이 대홍수를 의미하거든. 한편, 대홍수 신화에는 신을 공경한 한 명의 인간이 곧 홍수가 발생한다는 사실을 신에게 듣고,

큰 배를 만들어 자신의 생명과 인류의 씨앗을 구하는 영웅이 공통적으로 등장해. 그렇게 살아남은 한두 사람이 대홍수 이후의 새로운 세계를 창조하는 인물로 부각되는 이야기 구조야. 그 한두 사람은 누구일까? 바로 권력의 창시자야. 대홍수 신화는 권력이 기존 공동체의 확대나 강화가 아니라 새로운 권력이 창조된 결과임을 강조해. 신에게 순종하지 않아서 생긴 재앙은 신을 대신하는 권력의 창시자에게 철저하게 복종해야 한다는 걸 보여 주지. 국가를 통치하는 권력자에게 인간을 넘어서는 신격이 부여되는 셈이야.

환웅이 곧 국가다!

환웅이 관장한 일은 국가의 역할과 거의 비슷해. 신하를 두어 형벌과 선악의 심판을 맡게 하고, 세상의 360여 가지 일을 주관하면서 세상을 다스린 점은 국가의 통치 행위와 일치해. 범죄자를 벌하고 사회 질서를 유지하는 행위지. 특히 형벌과 선악을 주관하는 것은 법과 도덕에 의한 강제 통치를 보여 줘. 형벌은 법 규범, 선악은 도덕규범의 확립을 상징하니까 말이야.

먼저 법 규범에 대해 이야기해 볼까? 청동기 이전의 소규모 부족 사회에서는 과거에서부터 자연스럽게 내려오던 관습에 의한 공동체 운영이 지배적이었어. 하지만 거대한 규모의 고대 국가가 만들어지면서 관습만으로는 사회 운영이 어렵게 됐지. 넓은 영토와 많은 사람을 효과적으로 통치하기 위해서는 체계적인 형식과 내용을 갖춘 법이 필요해졌어. 법이 있어야 인간의 행동을 규제하거나 처벌할 수 있거든. 법의 출현은 씨족이나 부족과 같이 혈통에 기초한 공동체를 넘어서 국가 통치로 나아가는 변화를 이끌었어.

다음으로 도덕규범이야. 보통 도덕은 선과 악의 구분을 통해 나타나. 지배 세력에 해가 되는 행위는 악이나 금기로 정해 막았지. 단군 신화에 등장하는 금기도 비슷한 역할을 해. 신화를 보면 환웅이 곰과 호랑이에게 쑥 한 타래와 마늘 스무 개로 100일 동안 버티며 햇빛을 보지 않으면, 사람이 될 수 있을 거라 하잖아. 고통에 대한 극기의 형태로 금기를 설정하고 있어.

단군 신화만이 아니라 그리스 신화든 수메르 신화든 모든 신화에는 공통적으로 인간의 고통을 강제하는 내용을 담고 있어. 신은 세상에 착함, 아름다움, 풍요뿐 아니라 악과 거짓, 폭력과 억압 등 인간 행위의 부도덕한 양식도 만들었지. 왜 신은 죄와 악, 고통과 불행을 만들었을까? 통치 계급은 신화 속에 등장하는 고통의 윤리관을 통해 무엇을 유포하려고 의도한 걸까?

고대인은 이해할 수 없는 현상을 신을 통해 설명했어. 신의 결정이 아무리 이해할 수 없고 이치에 맞지 않더라도 순순히 따라야 했지. 고통의 윤리관은 왕족이나 귀족과 달리 평생토록 고된 노동을 해야 하는 평민이나 노예의 처참한 삶을 어쩔 수 없는 운명으로 받아들이게 해. 고통을 피하지 말고 참아야 한다는 신화 속의 숙명론적 윤리관은 현실의 억압이나 부당함을 끊임없이 참을 수밖에 없는 것으로 생각하게 하지. 그러한 윤리관이 퍼질수록 지배 세력의 억압적인 통치는 더 쉬워지기 마련이야.

동서양 신화 속의 국가 정복 이야기

신화는 인간이 되기를 갈망한 곰과 호랑이 모두를 사람으로 만들어 주지는 않아. 곰은 동굴에서 100일 동안 쑥과 마늘만으로 버티라는 명령을 우직하게 지켜서 여자가 되고, 호랑이는 지키지 못해 동물에서 벗어나지 못했어. 곰은 인간이 되고, 호랑이는 동물에 머물렀다는 설정이 왜 필요했을까?

곰과 호랑이 이야기는 환웅 중심의 부족과 곰 숭배 부족, 호랑이 숭배 부족 사이의 권력 관계의 변화로 이해하는 의견이 많아. 토템 신앙과 연결지어 해석한 거지. 환웅 중심의 부족이 곰과 호랑이를 토템으로 하는 부족을 통합하려 했다는 거야. 곰 숭배 부족은 평화적인 방법으로 환웅 부족에 편입되는 과정을 거쳤지만, 호랑이 숭배 부족은 갈등으로 합류를 거부하고 동물로 남게 됐다는 의미지. 즉, 환웅 중심의 부족이 곰 숭배 부족의 협력을 얻어 고조선을 세웠다는 이야기야.

이는 농경에 기초한 국가의 형성 과정과 연관되어 있기도 해. 호랑이는 육식 동물이잖아. 환웅 부족과 갈등 관계인 집단이 수렵 위주의 북방 유목 부족이었는데, 농경 중심으로 국가 질서를 짜려다 보니 그들과 맞지 않아 갈라섰다는 해석이 있어. 농경과 관련된 쑥과 마늘을 먹어야 했다는 점도 이와 연관 지어 고려할 만하지.

반면에, 곰은 잡식 동물이어서 적어도 농경이나 목축에 호의적인 집단이라 자연스럽게 통합에 이르게 됐다는 거야. 농경 부족 입장에서는 정착 생활을 통해서만 진정한 공동체를 이룰 수 있기 때문에, 끊임없이 이동 생활을 하는 유목 부족은 동물과 다를 바 없는 야만적 집단으로 규정할 수 있다는 논리야.

이와 같은 국가 건설을 위한 정복 사업의 모습은 서양의 고대 신화에서도 비슷하게 나타나. 그리스 신화의 제우스나 헤라클레스에 얽힌 이야기도 마찬가지로 이해할 수 있어. 제우스는 아버지 크로노스를 누르고 최고의 신 자리에 오르잖아. 제우스가 그리스 북방 민족의 신이었음을 고려할 때, 크로노스는 정복 대상인 원주민 세력의 상징으로 볼 수 있지. 제우스가 강과 바다를 지배한 동생 포세이돈과 연합하여 아버지를 제거했다는 내용은, 제우스를 추종하는 세력이 해양 세력과 동맹을 맺어 그리스의 지배자가 되었음을 짐작케 해.

하지만 순탄한 과정은 아니었던 것 같아. 제우스가 번개를 무기로 아버지 세력을 물리치고 올림포스를 평정한 이야기는 토착 세력의 저항이 상당 기간 지속되었다는 것을 보여 줘. 신들 사이의 갈등 역시 당시 고대 국가가 부족 연합의 성격을 완전히 탈피하지 못했음을 암시하지.

헤라클레스 신화도 제우스 신화와 비슷한 맥락으로 이해할 수 있어. 헤라클레스가 치러 낸 12가지의 유명한 모험은 악에 저항하는 선의 승리, 혹은 불의에 대한 정의의 승리를 의미해. 네메아의 식인 사자와 히드라 퇴치하기, 아우게이아스 왕의 외양간 청소하기, 아마존의 여왕 히폴리테의 허리띠 가져오기 등 흥미진진한 이야기로 가득해. 이러한 헤라클레스의 모험도 고대 국가의 형성 과정과 주변 국가에 대한 정복 신화를 상징한다는 점에서 제우스 신화와 비슷한 의미로 해석할 수 있어.

가부장제 사회로의 정착

신화에서 남성인 환웅과 여성인 곰의 결합으로 단군이 태어났다는 이야기는 가부장제 사회의 정착을 보여 줘. 곰 부족이나 호랑이 부족에는 여성을 중심으로 하는 원시 사회의 모계 전통이 남아 있었거든. 환웅 부족은 이미 가부장제 중심의 사회로 넘어가는 상태였지. 우월한 신을 상징하는 환웅이 남성이고, 하위의 상대자로 선택된 곰 부족이 여성이라는 점, 그리고 둘의 결합으로 태어난 아들이 지배자가 되었다는 점을 고려하면, 가부장제 사회로의 전환이 폭넓게 이루어졌다고 해석할 수 있어.

메소포타미아나 이집트, 유럽의 고대 신화도 비슷한 구조를 지녀. 대부분 하늘의 신은 남성, 바다의 신은 여성을 상징하지. 물이나 바다가 생명의 원천이라는 점에서 아이를 잉태하는 여성과 연결되고, 하늘이나 태양은 남성을 의미해. 그런데 대체로 신화에서 태양이나 하늘의 신이 지배적인 위치를 차지하기 때문에 이는 당시 남성 우위의 가치관과 가부장제적 사회 구조를 반영한다고 볼 수 있어.

그리스 신화의 제우스만 해도 그래. 제우스는 부인인 헤라에 대해 지배자의 입장에 있다는 점을 분명히 해. 잘 알려져 있듯이 제우스는 부인 헤라 외에도 수많은 연인과 정부를 거느렸어. 이 때문에 헤라와 불화가 끊이지 않았지. 헤라의 질투에 제우스가 당혹스러워 하기도 하지만 결정적으로 자신의 뜻을 거스르려고 하면 가차 없는 폭력과 협박을 하거든. 남성은 위대하고 용감한 지도자이자 도덕적인 존재로, 여성은 주로 외모나 성적 상징에 의존하는 수동적 존재로 대비시키는 표현이 신화 속에 계속 나타나지.

 ## 《삼국유사》는 지금 우리에게 어떤 의미일까?

이제 단군 신화에 숨은 역사적 의미를 여러 측면에서 이해할 수 있겠지? 그런데 우리 역사 속에는 단군 신화뿐 아니라 다양한 신화가 있어. 국가에서 보급한 신화는 물론이고 민간에서 생겨난 신기한 이야기도 많아. 이제 그러한 신화를 단순히 옛날이야기, 전혀 합리적 근거가 없는 허무맹랑한 이야기로만 여기지 말고 예사롭지 않은 눈으로 살펴보는 시도가 필요해. 신화를 하나의 정보로 이해하고 해석하려는 노력이 있어야지. 그러면 역사를 보는 눈이 훨씬 깊고 풍부해질 수 있어. 과거의 일을 막연히 암기하는 공부에서 벗어나 나름의 상상력과 시각을 가지고 이야기를 해석하는 재미를 만끽할 수 있을 거야.

현대 사회에 나타나는 신화에 대한 분석도 의미 있는 작업이야. 흔히 현대 사회는 신화가 사라진 시대라고 해. 어느 정도는 일리가 있는 말이지. 근대 이후 이성 중심의 사고방식이 지배하면서 신화적 사고를 마법적이고 비합리적인 이야기로만 여겨 왔으니까. 엄밀한 객관적 사실과 예측 가능한 과학적 사고만을 올바르다고 여기면서, 신화적 사고와 상상력은 거의 멸종에 가까운 상황에 처했지.

하지만 꼼꼼하게 살펴보면 의외로 현대 사회에도 알게 모르게 신화적인 요소가 꽤 많아. 여전히 많은 사람이 자신이 겪은 신비한 경험을 이야기하고 그것에 의존해 판단하는 경향이 있지. 현대에 와서 새롭게 부각되거나 등장하게 된 신화적인 요소도 있어. 예를 들어, 우리가 흔히 미확인 비행물체라고 부르는 UFO도 현대판 신화일 수 있지. 적지 않은 사람이 외계인과 UFO의

존재를 밝혀내려고 시도하고 있잖아. 우리는 이러한 현대판 신화에 대해서도
그 이면에 숨어 있는 논리를 파헤치고 규명하는 작업을 해야 할 거야.

3. 《일리아드》, 《오디세이아》 호메로스

: 인간의 시대를 열다

● 인간 중심적인 그리스 문화

오리엔트 문명의 영향하에 성장한 그리스는 다양한 분야에서 독창적 문화를 꽃피웠다. 그리스 문화는 이후 서양 문화의 토대를 이루게 된다. 그리스 인들은 여러 신을 믿으면서 신을 인간과 같은 모습으로 묘사하는 등 인간 중심적인 문화를 발달시켰다. 문학 작품으로는 호메로스의 《일리아드》와 《오디세이아》가 유명하고, 역사 분야에서는 헤로도토스가 이름을 떨쳤다. 특히 아테네에서는 민주적인 분위기에서 토론을 즐겼기 때문에 다양한 철학이 발달했다. 철학은 처음에 자연에 대한 관심에서 시작되었다가 점차 인간과 사회로까지 확대되었다. 특히 소크라테스는 인간의 삶에는 객관적이고 절대적인 진리가 있다고 주장했다. 그리스 문화는 알렉산드로스의 동방 원정과 함께 헬레니즘 문화로 발전하여 세계로 전파되었다.

● 우리 주변에서 볼 수 있는 그리스 신화

오늘날 그리스 문화의 흔적은 우리 주변에서도 쉽게 찾아볼 수 있다. 올림픽 경기를 비롯해 여러 학술 용어나 사물의 명칭 등에서도 그리스 신화와 관련된 이름이 많이 발견된다. 우리는 흔히 뛰어난 재능이나 능력, 운을 가지고 있는 사람을 표현할 때 '미다스(마이다스)의 손'을 가졌다고 한다. 여기에서 미다스는 그리스 신화에 나오는 손에 닿는 모든 것을 황금으로 변하게 하는 힘을 가진 왕이다. 우주선 이름으로 사용된 아폴론, 오이디푸스 콤플렉스, 피그말리온 효과 등은 무엇을 뜻하며 어디에서 유래하였을까?

《일리아드》와《오디세이아》는 왜 교과서에 실렸을까?

그리스 로마 신화는 서양 문화의 뿌리라 할 수 있어. 선사 시대부터 이야기가 시작되었는데, 입에서 입으로 전승되어 호메로스 시대까지 이어져 내려왔지. 서양 작가의 소설이나 미술은 물론이고 인문학이나 사회학 고전을 보면 시도 때도 없이 그리스 신화에 관한 내용이 톡톡 튀어나와. 하지만 맥락을 모르면 무슨 얘기를 하자는 것인지 도무지 모르겠는 경우도 많지. 우리 문화도 많은 부분 서구 학문의 영향에서 자유롭지 않기 때문에 이러한 대표적 신화들은 웬만큼 알아둘 필요가 있어.

흥미롭게도 그리스 신화는 다른 지역 신화보다 인간 중심적 요소가 더 강해. 유일신에 기초한 유대교나 기독교와 달리 수많은 신이 등장하는데, 세상에서 일어나는 일을 신을 매개로 이야기한 경우가 많아. 신과 인간의 관계에서 대체로 다른 지역의 종교는 신의 절대적 권위와 인간의 복종을 강조하지. 하지만 그리스 신화에서는 곳곳에 신과 무관한 이야기가 나오기도 하고, 심지어 인간의 이익을 위해 신이 저항하는 경우도 있어.

그래서 브루노 스넬(Bruno Snell)이란 사람은 그의 저서 《정신의 발견 : 서구적 사유의 그리스적 기원》에서 "호메로스의 인간은 신에게서 자유롭다. … 인간이 신에 의해 고난을 당해도, 신에게 굴복하지 않는다. 오히려 순종과 오만 사이에서 고난을 견디며 용감히 이 적대 행위에 맞선다."라고 말해. 신을 인간과 같은 모습으로 묘사하는 그리스 로마 신화의 특징은 인간 중심적인 그리스 문화를 꽃피우는 데 큰 영향을 미쳤어. 그러므로 서구적인 세계관과 사

고방식을 이해하는 데 그리스 신화는 매우 중요한 역할을 한다고 할 수 있어

호메로스는 누구일까?

호메로스(Homeros, 기원전800년~기원전750년)는 《일리아드》와 《오디세이아》의 작가야. 역사가인 헤로도토스는 호메로스가 그리스인에게 신을 만들어준 사람이라고 말했을 정도로, 그는 그리스를 대표하는 시인이야. 하지만 이 책이 탄생하기 전에 이미 수많은 서사시 단편이 구전으로 전해졌기에 호메로스 혼자만의 작업이라고는 볼 수 없을 거야. 두 고전은 서양 문학의 최초이자 최고의 걸작으로 손꼽혀. 《일리아드》는 트로이와 그리스 간의 전쟁을 다루는데, 그리스 영웅 아킬레우스와 트로이의 헥토르의 결투, 트로이 목마 이야기가 특히 유명해. 《오디세이아》는 트로이 전쟁 후에 오디세우스가 10년 동안 바다를 떠돌면서 겪는 모험담과 고향에 돌아간 후에 가정을 짓밟은 자들에게 복수하고 아내와 다시 만나는 이야기로 꾸며져 있어.

 ## 《일리아드》와《오디세이아》에 대해 더 알아볼까?

호메로스의 서사시는 인간의 냄새를 담뿍 담고 있어. 인간이 주인공이고 신은 조연으로 등장해. 예를 들어,《일리아드》의 첫 장은 다음과 같은 내용으로 시작돼.

"분노를 노래하라, 여신이여. 펠레우스의 아들 아킬레우스의 그 무서운 노여움이야말로 헤아릴 수 없는 고통을 아카이아 사람에게 주고, 많은 용사의 씩씩한 영혼을 황천으로 보내어 그 시체를 개와 독수리의 밥이 되게 하였으나 그동안에도 제우스의 뜻은 이루어졌다. 무사의 군주 아가멤논과 용감한 아킬레우스가 처음 다투기 시작하면서부터 오늘에 이르기까지."

인간을 주인공으로 한 신화

호메로스는 신화에서 가장 중요한 첫 대목에서 인간의 분노를 노래하고 있지. 여신이 노래한 분노란 무엇일까? 전쟁을 지휘하는 그리스 총사령관 아가멤논과의 갈등에서 발생한 아킬레우스의 분노야. 인간의 분노는 수많은 사건과 고통을 불러일으켜. 물론 사건 배후에 신의 의지가 개입되어 있지만 대개 그것은 간섭일 뿐이고, 신화에서 주인공은 단연 인간이야.

《오디세이아》도 마찬가지야. 오디세우스는 신이 만든 온갖 시련에 불굴의 의지로 도전하지. 신의 뜻을 거부하고 스스로의 판단으로 곤경을 헤쳐 나가. 예를 들어, 바다의 신 포세이돈이 배를 부서뜨리고 뒤집는 장면에서 오디세우스는 뗏목에 의지해 죽음의 위기를 피하려 하지. 신은 죽음에서 벗어나는 방법을 알려 줘. "뗏목을 버리고 헤엄쳐서 파이에케스족이 사는 나라로 가시오. 그곳에 가면 당신의 운명은 박해의 손아귀에서 벗어나도록 정해져 있지요." 신의 말을 듣고 오디세우스는 스스로에게 말해. "하지만 그 말을 듣지 않겠다. 육지는 아직 멀리 떨어져 있다는 것을 이 눈으로 똑똑히 보았으니까."

박해에서 벗어날 길을 신이 제시했지만 오디세우스는 사실상 이를 거부해. 거부하는 이유도 분명하지. 육지가 멀리 있다는 사실을 눈으로 똑똑히 보았으니까 자신의 판단에 따라 행동하겠다는 거야. 판단 근거를 신의 명령이 아닌 스스로의 시각적 경험과 판단에서 구하고 있지. 일차적으로는 자기 판단에 따르고, 그래도 문제가 생길 때 신이 시키는 대로 하겠다고 결심해.

서사시에 나오는 도덕관도 비록 신의 입을 통해 드러나지만 인간 세상에서 필요로 하는 내용이야. 국가의 유지와 강화에 필요한 규범을 신화를 통해 강조하지.《일리아드》에서 영웅에게 강조된 도덕관은 용기와 헌신성, 분별력이었어. 하지만 용기에는 함정이 있어. 지나치면 문제가 오히려 커질 수도 있기 때문에 그것을 경계하면서 분별력을 강조하지.《오디세이아》에서는 일상생활에서의 소소한 사건에 대해 옳고 그름의 문제를 나누는 내용이 자주 등장해. 그만큼 도덕이 소수 영웅에서 모든 사람에게 요구되는 일반적인 것으로, 실제 인간의 삶과 밀착된 방향으로 구체화된다고 볼 수 있지.

우주선 이름으로 사용된 아폴로 : 이성의 시대

아폴로(Apollo)계획은 1961년 미국 케네디 대통령의 지시로 추진된 우주 계획이었어. 당시 의회 연설에서 "인간이 달에 착륙한 후 무사히 지구로 귀환하는 이러한 계획이 성공한다면, 다른 어떠한 우주 계획도 인류에게 이보다 강렬한 인상을 심어줄 수 없다고 확신한다."면서 우주 시대의 막을 올렸어. 1970년대 초반의 아폴로 17호에 이르기까지, 총 여섯 차례나 달 착륙에 성공했지. 유인(有人) 우주 비행의 성공은 아폴로 7호부터였는데 최초로 우주 비행이 텔레비전에 생방송됐고, 11호에 이르러서야 달 착륙에 성공할 수 있었어.

아폴로라는 이름은 미국의 항공 우주국에서 지었는데, 그리스 신화의 아폴론에서 따온 거야. 아폴로는 아폴론의 로마식 이름이거든. 훗날 우주선의 이름을 지은 사람이 "내 아이 이름을 짓는 것처럼 우주선 이름을 붙였다."라고 말했을 정도로 아폴로라는 이름에 나름의 의미를 담았어. 그러면 신화에 등장하는 수많은 신 가운데에서도 왜 아폴론을 선택했을까?

아폴론은 올림포스의 신 가운데 제우스 다음으로 존경받는 지위에 있어. 태양의 신이자 음악의 신, 예언의 신, 의술의 신이었지. 그런데 아폴론은 초월적 존재이기보다는 인간의 모습과 닮았어. 흔히 인간을 '이성적 존재'라고 규정하는데 아폴론은 이러한 인간의 이성 능력을 상징하거든.

아폴론 숭배는 공상적이고 모호하며 형태 없는 것과 반대되는, 지적이고 단호하고 명확한 형태를 지닌 것에 대한 그리스인의 사랑을 보여 줘. 아폴론이 태양의 신이니까 태양계를 탐사하는 우주선의 이름으로 적당하다고 판단했겠지. 하지만 무엇보다 우주선이 인간의 이성 능력에 의해 만들어진 최첨단 과학 기술의 상징이라는 점에서도 그 의미를 찾을 수 있을 거야.

그렇다면 태양이나 의술, 예언이 이성과 무슨 관련이 있을까? 태양의 신은 '빛'의 신을 의미하지. 빛은 어둠을 물리치고 모든 사물을 비춰 밝히는 역할을 하잖아. 비춰 밝힌다는 것은 그만큼 현상을 명확하게 드러낸다는 것을 의미하지. 그러니까 자연이나 사회 현상에 대한 치밀한 탐구욕을 자극하는 역할을 해. 빛의 신인 아폴론은 겉으로 보이는 지식을 넘어서는 진실, 본질적 사고를 담당하는 존재라는 점에서 '합리적 이성'을 상징하지. 특히 고대 사회에서 의술은 과학 지식과 인간의 이성을 상징했어. 신이 인간을 좌우한다는 인식이 지배하던 시대에 의술은 인간이 자신의 운명을 거스르는 수단으로 여겨졌지. 의술을 통해 신의 영역까지 넘보려고 했다 해도 과언이 아니었어.

고대 그리스인은 중요한 결정을 할 때마다 델포이 신전에 올라가 아폴론의 신탁을 받았어. 델포이 신탁은 소크라테스를 지상에서 가장 지혜로운 자로 선언하기도 했지. 신전에는 소크라테스의 가장 유명한 명제인 "너 자신을 알라."라는 유명한 금언이 새겨져 있어. 예언을 관장하던 신관이 그리스 초기의 지식에 대한 권위를 상징했다는 점에서 아폴론은 지식의 총책임자였던 거야. 이세 왜 아폴론이 이성과 과학 기술을 상징하는지 이해가 가지?

미다스의 손 : 인간 욕망에 대한 경고

흔히 뛰어난 재능과 능력, 운을 가진 사람을 표현할 때 미다스의 손을 가졌다고 하지만 실제 신화에서 인간의 멈출 줄 모르는 욕망에 던지는 경고 메시지를 담고 있어. 토마스 불핀치(Thomas Bulfinch)의 《그리스 로마 신화》

에 나오는 미다스는 술과 욕망의 신 디오니소스의 스승을 도와주고, 그 답례로 손으로 만지면 무엇이든 황금으로 변하는 능력을 달라고 요구해. 디오니소스는 현명하지 못한 선택이라며 유감스럽게 여기면서도 그의 소원을 들어주었지.

미다스가 힘을 시험하기 위해 나뭇가지를 꺾자 가지는 황금으로 변했어. 돌멩이를 집거나 사과를 따도 모두 금이 되었지. 그는 기뻐하며 집에 돌아오자마자 하인에게 음식을 가져오라고 시켰는데 빵과 요리, 포도주가 모두 금으로 변해 입에 넣을 수가 없었어. 미다스는 자신이 그토록 바라던 선물이 재앙이라는 것을 알고 신을 증오했지. 절박한 마음으로 황금의 저주에서 구원해 달라고 애원했어. 디오니소스는 "강으로 가서 네가 범한 과오와 그에 대한 벌을 씻어 내거라."라며 그를 용서해 주었지. 그 후로 미다스는 부와 화려함을 멀리하고, 시골에서 소박하게 남은 생을 살았다는 이야기야.

현대인은 대부분 부자가 되는 꿈을 꾸며 살아. 특히 한국 사회는 십여 년이 넘도록 부자 신드롬이 지배하고 있지. 어느 신용 카드 회사가 "부자 되세요."라는 광고를 사용한 이래 지금까지 가장 익숙한 덕담이 돼 버렸어. 이제는 부자와 대박에 대한 꿈을 공개적이고 아주 노골적으로 표현하는 세상이야. 돈을 위해 수단과 방법을 가리지 않다 보니, 황당한 사건이 자꾸 벌어지지. 보험금이나 재산 분배 때문에 가족을 죽이는 사건이 발생한다거나 권력을 이용해 천문학적 액수의 돈을 삼켜 버린 대통령이 나오기도 하지. 돈때문에 생기는 범죄와 부패가 너무 심각한 상황이야.

미다스 왕 이야기에 알 수 있듯이 많은 돈이 더 많은 행복을 보장한다는 생각은 우리의 삶을 파괴해. 일확천금을 꿈꾸다 도리어 큰돈을 잃거나 범죄에 빠져들기 일쑤지. 주식이나 부동산 투기를 통해 많은 사람이 재산을 전부 탕진하고 실의에 빠져. 투기란 게 다수의 손해를 전제로 소수가 이득을 보는 구조이기 때문이야. 아주 운이 좋아서 투기로 부자가 되어도 행복이 보장되는지는 의문이야. 돈은 가질수록 부족하다고 느껴서 오히려 가난한 사람보다 더 큰 결핍감을 느끼기 쉽거든. 대부분은 부를 쌓는 데에만 소중한 세월을 다 보내고, 정작 중요한 사람과 사람 사이의 정서적 유대를 잃어버린 삭막한 삶을 살아야 하는 경우가 많아.

물론 돈 자체에 무관심할 수는 없는 게 현실이야. 현대 사회의 경제 활동은 돈이라는 매개 수단이 없이는 불가능하니까. 건강, 문화, 여가 등에 이르기까지 돈이 없으면 누릴 수 없는 일상의 혜택이 변하지 않는 한, 돈을 마냥 무시할 수는 없어.

그래서 기본적인 삶의 조건을 국가가 제도를 통해 보장하는 복지 정책이 중요해졌지. 그런데 사회 조건의 변화는 우리의 의식 변화와 맞물려 있기 때문에 미다스 왕의 교훈은 지금 우리 현실에서도 중요해. 돈을 목적이 아니라 사용 수단으로 여기고, 돈의 지배를 받기보다는 돈을 지배할 수 있어야 할 거야.

피그말리온 효과 : 칭찬은 고래도 춤추게 한다

피그말리온 신화는 보통 심리학에서 '피그말리온 효과'라는 이름으로 많이 쓰여. 먼저 신화 내용을 간단하게 살펴볼까? 피그말리온은 여자에게 실망해서 평생을 독신으로 지내겠다고 결심한 조각가였어. 대신 아름다운 조각상을 만들어서 사랑을 하지. 조각상에 예쁜 옷을 입히고, 목걸이와 반지를 선물하고 아내라고 부르기도 했어. 조각상에 대한 사랑이 깊어지자 그는 아프로디테 여신에게 "내 상아로 만든 조각상과 닮은 여인을 제 아내로 주세요."라고 간청했지. 여신은 그의 소원을 들어주었어. 조각상을 만지자 손에 온기가 퍼지면서 부드러운 살결이 느껴졌고, 키스를 하니 살며시 얼굴을 붉히며 수줍은 듯 그를 바라보았지. 피그말리온과 사람이 된 조각상은 부부로 행복하게 살았다는 이야기야.

이러한 신화 내용에서 '피그말리온 효과'라는 심리학 용어가 나왔어. 사전적인 의미로 '타인의 기대나 관심으로 인해 능률이 오르거나 결과가 좋아지는 현상'을 뜻해. 타인이 나를 존중하고 기대하는 것이 있으면 기대에 응하는 쪽으로 변하려고 노력한다는 의미지. 특히 교육 심리학에서는 교사의 관심이 학생에게 긍정적 영향을 미치는 중요한 요인이 된다는 사실을 증명하는 이론으로 쓰여.

하버드대 사회 심리학 교수였던 로버트 로젠탈이라는 사람은 한 초등학교 전교생을 대상으로 지능 검사를 했어. 검사 결과와 상관없이 무작위로 한 반에서 20% 정도의 학생을 뽑았고, 그 명단을 교사에게 주면서 "이 학생은 지적 능력과 학업의 향상 가능성이 높은 학생입니다."라고 말했지. 8개월 후 명단에 속한 학생들의 지능 점수와 학교 성적은 실제로 크게 향상됐어. 교사가 학생에게 거는 기대가 실제로 학생의 성적 향상 효과로 나타난 거야. 이 실험은 교수의 이름을 따서 '로젠탈 효과' 또는 '피그말리온 효과'라고 불러.

피그말리온 효과는 그만큼 심리적인 요소인 행동과 그로 인한 결과에 큰 영향을 미친다는 점을 보여 줘. 만약 상대방에게 안 좋은 선입관을 가지면 실제로 좋은 결과가 나타나기 어렵지. 반대로 믿음을 가지면 그만큼 좋은 결과를 맺는 경우가 많고, 이는 자신에게도 적용할 수 있어. 자신에 대한 기대와 믿음을 가지면 그것이 인생을 바꿀 수 있는 결정적인 요인이 될 수 있다는 거지.

 ## 《일리아드》와 《오디세이아》가 지금 우리에게 어떤 의미일까?

그리스 로마 신화에 등장하는 수많은 이야기는 인간 세상에서 일어나는 일을 신들의 이야기인양 꾸며서 후세에 교훈을 전달하고자 했던 경우가 많아. 역사학이 과거로부터 교훈을 얻어 내일을 대비하는 성격을 지니듯이, 신화도 충분히 그러한 역할을 한다고 봐야지. 이를 위해서는 과거 이야기에 머물지 말고 오늘날 우리의 현실 문제를 신화에서 얻은 지혜로 풀어 가려는 실천적인 시도가 있어야 할 거야.

그러려면 여러분이 위에 언급된 신화 외에 흔히 접할 수 있는 신화를 우리 현실에 맞게 스스로 해석하고 적용하려는 노력이 필요해. 그리스 로마 신화가 서구적인 사고방식의 뿌리를 이루기 때문에 시도 때도 없이 인용되거나 특정 현상을 지칭하는 대명사로 사용되는 경우가 많거든. 어떤 신화가 자주 등장하는지 찾아보는 일부터 시작해 봐. 그리고 현대 사회의 여러 상황과 연결시켜서 자기만의 메시지를 이끌어 내 보는 거지.

예를 들어 '이카로스의 날개'라는 표현도 그 중의 하나야. 아무도 탈출할 수 없는 미궁에 갇혀 지내던 다이달로스와 이카로스가 새의 깃털과 밀랍으로 날개를 만들어 미궁을 탈출하는 이야기야. 이카로스는 새처럼 나는 것이 신기해서 하늘 높이 올라가지 말라는 아버지의 경고를 잊은 채 높이 날아올랐고, 결국 날개를 붙인 밀랍이 태양열에 녹아서 바다에 떨어져 죽었어. 이 신화는 과학과 기술 만능주의를 추구하는 현대 사회의 비판 논리로 자주 인용되곤 해. 어떤 점에서 우리에게 교훈을 던지고 있는지 여러분이 곰곰이 분석해 봐.

4. 《사기》 사마천

: 역사에는 목적이 있는가?

● 한(漢) 사회와 문화

약 400년에 이르는 한(漢)시기에는 중국 전통 문화의 기틀이 마련되었다. 특히 유학이 모든 학문의 중심이 되었으며, 통치 이념과 사회 윤리로서 뿌리를 내렸다. 유학에서는 유교 경전을 해석하고 분석하는 훈고학이 발달했다. 또한, 역사책으로는 사마천이 쓴《사기史記》가 편찬되어 이후 역사 서술의 표준이 되었다.

● 동양의 전통 역사서술 체계를 세운 《사기》

《사기》는 중국 최초 문명 시대인 황제, 요순으로부터 한 무제 때까지 2,500년에 걸친 역사를 정리한 책이다. 사마천은 제왕들의 즉위 연대에 따라 기록하는 기존의 편년체라는 역사 서술 방식을 탈피하여, 기전체라고 하는 새로운 역사 편찬 방식을 만들어 냈다. 즉 통치자를 중심으로 그 신하와 제도 및 문물, 주변 여러 국가의 정보 등을 분류하여 체계적으로 서술함으로서, 왕조 전체의 역사적 모습을 총체적으로 이해할 수 있도록 했다. 이로써 시대순에 따른 역사적 사실뿐만 아니라 다양한 관점을 포괄할 수 있어 역사를 생동감 있게 재현할 수 있었다. 이후《사기》와 기전체는 동아시아 여러 나라에서 국가가 공인하는 정사(正史)의 모범이 됐다.

《사기》는 왜 교과서에 실렸을까?

《사기》는 새로운 역사 편찬 방식으로 동아시아 여러 나라에서 역사 서술의 표준이 된 책이야. 이전의 역사 기록은 왕의 즉위 연대에 따라 단편적 사실을 기록했어. 이런 서술 방식으로는 당시 인물과 사회에 대해 전체적으로 이해하기 어려웠지. 사마천은 왕뿐만 아니라 신하들의 이야기, 통치 제도, 문물 등을 포함하여 시대 전체를 이해할 수 있도록 역사서를 서술했어. 그런데 《사기》의 중요한 가치는 단순히 역사의 다양한 측면을 다루었다는 데 있는 것만이 아니야. 인물 중심으로 역사를 기술하되 그 과정에서 자신의 역사관을 제시했다는 점이 중요해. 개인의 행동과 동기의 평가만이 아니라 사건이나 시대에 대한 평가를 내렸어. 한 인물을 도덕적으로 평가하더라도 그것은 시대를 평가하기 위한 의도를 지녔어. 특히 이 과정에서 그가 수행한 비판적 평가는 역사적 진실에 보다 가까이 접근하는 수단이었지. 많은 사람들은 《사기》에 등장하는 영웅 이야기에 재미를 느끼거나, 다양한 인간 유형을 탐구하는 인간학 백과사전으로서 이 책을 찾곤 해. 하지만 우리는 사마천이 이루고자 했던 역사 서술의 목적에 주목할 필요가 있어. 지금부터 그의 역사관이 우리 현실에서 얼마나 설득력을 가질 수 있는지 살펴보려고 해.

사마천은 누구일까?

사마천(司馬遷, 기원전 145년~기원전 86년)이 살았던 시기는 대략 한 무제의 통치 시기와 일치해. 진시황에 의해 통일되었던 중국이 붕괴된 후, 항우와 맞선 싸움에서 승리한 유방이 한나라를 세웠지. 그는 역사서를 정리하는 사관의 아들로 태어나서 일찍이 역사학에 관심을 가졌어. 아버지 사마담은 공자가 지은 《춘추》의 정신을 계승하는 역사서 편찬을 아들에게 부탁하고 세상을 떠났어.

《춘추》는 공자가 쓴 역사책으로 대의 명분, 즉 옳고 그름의 가치 판단에 따라 역사를 서술했어. 아무리 큰 사건이라도 대의 명분에 어긋나면 간단히 사실만 기록했지. 이러한 공자의 역사 기록 정신은 '춘추 정신'으로 불리며 후대에 계속 전해져.

사마천은 아버지의 유언을 받들어 《사기》를 집필하던 중에 흉노에게 항복한 장수를 변호하다가 남근을 제거당하는 형벌을 받게 돼. 그는 처벌을 받고 치욕스럽게 살아가고 싶은 마음은 없었지만 이 역사서를 "완성시키지 못한 채 중도에서 끝낸다는 것은 도저히 견딜 수 없는 일"이었기에 분노를 억눌러야 했어. 그렇게 20년이라는 장구한 세월을 보내면서 그는 《사기》 편찬에 자신의 전생을 걸었지.

사마천이 강조한 역사적 진실은 과거에 일어난 어떤 사건이 실제로 일어난 그대로 기록되었는지를 가리는 데 맞춰져 있지는 않았어. 역사적 인물의 생각이나 행위가 옳은지 그른지, 일어난 사건이 어떤 가치를 지니는지를 묻고자 했지. 인간의 진정한 의미와 삶의 가치를 탐구하고 역사 속에서 진리에 대한 답을 찾으려 했어. 단순한 사실 나열보다는 시대와 사회에 대한 근본적인 물음과 평가를 통해 하늘의 도리를 밝히고자 했지. 그의 문제의식은 "역사는 과연 하늘의 도를 실현해 왔는가?"라는 의문으로 모아져. 사마천은 《사기》의 〈공자세가〉중 백이열전에서 다음과 같이 토로하지.

"흔히 하늘은 언제나 착한 사람 편을 든다고 하는데 그건 부질없는 말이다. 이 말대로라면 착한 사람은 언제나 번영해야 한다. 그러나 과연 그런가? 어질기만 했던 백이와 숙제는 청렴 고결하게 살다가 굶어 죽었다. 70명 제자 중에서 공자가 가장 아끼고 칭찬한 안연은 가난에 찌들어 쌀겨도 제대로 먹지 못하다가 젊은 나이에 죽었다. 하늘이 착한 사람 편을 든다면 이는 어찌된 까닭인가? 도척은 죄 없는 사람을 죽이고 사람의 간으로 회를 쳐 먹는 등 악행을 일삼았으나 제 목숨을 온전히 누리고 죽었다. 도대체 무슨 덕을 쌓았기 때문인가? 이러한 일은 일상생활 주변에서 얼마든지 일어나고 있다. 과연 하늘의 도(道)는 옳은 것이냐, 그른 것이냐?"

하늘의 도는 옳은가 그른가?

우리는 흔히 선은 승리하고 악은 패하기 마련이라고 얘기해. 드라마나 영화를 보면 처음에는 악이 득세하다가 우여곡절을 겪지만 마지막에는 결국 악은 응징을 받고 선이 이기잖아. 하지만 사마천은 실제 현실에서는 이러한 결말과 다른 일이 너무나 많이 벌어진다고 지적해. 그는 대표적으로 백이와 숙제 이야기를 언급하는데 어떤 내용인지 구체적으로 알아볼까?

백이와 숙제는 작은 나라의 왕자였어. 그의 아버지는 아우인 숙제에게 왕위를 물려주려고 했지. 하지만 숙제는 형에게 왕위를 양보했어. 그러자 백이는 "네가 왕위에 오르는 것이 아버님의 명이다."라며 나라를 떠났어. 그러자 숙제도 형 대신 제위에 오를 수는 없다며 나라를 떠났지.

고국을 떠난 형제는 함께 문왕(文王)이 노인을 잘 모신다는 말을 듣고 주(周)나라로 갔어. 그러나 마침 문왕은 죽고 없었고, 아들 무왕(武王)이 동쪽 은(殷)나라와 전쟁을 벌이러 가는 중이었지. 백이와 숙제는 "아버지 장례도 치르기 전에 전쟁을 하니 이를 어찌 효(孝)라 할 수 있겠습니까? 신하의 몸으로 군주를 죽이려 하니 이 어찌 인(仁)이라 할 수 있겠습니까?"라며 무왕의 말고삐를 붙들고 간청했어.

하지만 결국 무왕이 전쟁에서 승리하고 세상에 평화가 찾아오자 사람들은 그를 우러러보았지. 오직 백이와 숙제만이 이를 부끄럽게 여겼어. 그들은 더 이상 주나라 곡식을 먹지 않고 깊은 산으로 들어가 고사리를 캐먹으며 연명하다가 끝내 굶어 죽게 되었지. 백이와 숙제는 다른 사람들처럼 이익을 구하기보다는 사람의 도리를 중시하며 인과 덕을 쌓고 청렴하게 살던 사람들이야. 하지만 그들은 결국 비참하게 죽음을 맞아야 했어.

뒤이어 나오는 공자의 제자, 안연(顔淵) 이야기도 마찬가지야. 공자는 수많은 제자 가운데 오직 안연만이 학문을 좋아하는 사람이라고 추켜세웠어. 하지만 그의 집은 너무 가난해서 밥커녕 쌀겨도 배불리 먹지 못하다가 끝내 젊은 나이에 목숨을 잃고 말았지. 만약 하늘이 착한 사람에게 보답한다면 이들의 비참한 죽음은 도무지 설명할 길이 없다는 주장이야.

그 반대로 악의 상징으로 나오는 도척(盜跖)은 흉악한 도적이야. 날마다 죄 없는 사람을 죽이고 몸을 난도질하는 등 잔인함으로 이름을 떨친 악인이었지. 수천 명의 도적 집단을 이끌며 천하를 두려움에 떨게 했어. 하지만 도척은 오랫동안 부귀영화를 누리며 살았지. 악인이 응징당한 게 아니라 오히려 누구보다도 편안한 삶을 살았던 셈이야.

사마천은 악행을 일삼던 사람이 평생을 즐기며 살 뿐만 아니라 부귀가 자손 대대로 이어지는 현실을 어떻게 봐야 하느냐는 의문을 던져. 착한 사람은 복을 받고 악한 사람은 벌을 받는 것이 하늘의 도리이고 이치인데, 실제로는 그렇지 않다는 것이지. 그래서 하늘의 도가 과연 옳은 것이지 그른 것인지 묻는 거야.

그렇다고 사마천이 하늘의 도(道)가 옳지 않거나 없다고 결론을 내리는 것은 아니야. 반대로 역사 속에서 옳음이 실현되어야 함을 역설했지. 그가 생각하는 하늘의 도리가 무엇인지 조금은 알 수 있는 대목이 나와. 무왕의 행위를 효와 인을 기준으로 지적하는 내용이 있잖아. 효와 인은 유학이 대표적으로 강조하는 가치야. 유학 이념이 역사 속에서 실현되어야 함을 주장하고 싶었던 거지. 당장은 온갖 불의와 부패가 넘쳐 나더라도 결국에 역사는 올바름을 실현하는 방향으로 갈 것이라는 믿음을 가졌어. 공자가 제시한 유학의 가치에 기초하여 역사의 진보에 대한 신뢰를 표현했지. 그의 관점은 미래에 대한 희망을 올바른 역사의식의 출발점으로 삼았다는 점에서 진보적인 역사관과 긴밀한 연관이 있어.

역사는 진보하는가?

역사학에서 역사의 진보 여부는 뜨거운 쟁점이야. 역사의 진보를 주장하는 사람들은 크게 두 가지 측면에서 근거를 제시해. 하나는 과학 기술 등 문명의 발전으로 인한 물질적인 풍요로서의 진보이고, 또 다른 하나는 이성이나 자유 가치를 중심으로 한 정신적인 측면의 성장이야.

인류는 20세기를 맞이하며 희망이 가득한 미래를 확신하는 경향이 있었어. 합리적 이성 중심의 정신 발전은 정치적으로 민주주의를 확대하고, 경제적으로 물질적 풍요를 약속할 것이라는 믿음을 가졌지. 하지만 20세기를 지나면서 역사의 진보에 의심을 품는 사람이 많아졌어. 토인비는 〈역사에는 의미가 있는가?〉라는 글에서 "오늘날 많은 사실이 역사의 무의미함을 증명하는 편에 기울어지고 있다."라고 해. 역사가 어떤 의미를 지니고 진보의 방향으로 간다는 주장에 대해 깊은 회의를 느낀 거지.

그가 보기에 과학 기술의 발달이 진보를 보증해 주지는 못했어. 역사적으로 기술의 진보는 항상 과거보다 더 무서운 무기를 만들어 냈거든. 예를 들어, 맨주먹으로 싸우다 뾰족하게 간 돌촉을 사용하게 됐고, 돌촉 대신 활과 화살, 활 대신에 총, 총 대신에 원자 폭탄 등 새로운 무기가 생겨날 때마다 전쟁은 한층 더 무서운 것이 되었지. 근대 국가의 형성과 더불어 더 강해진 무력은 국내 정치에서 반대 세력의 탄압에 사용되었고, 외교적으로 강대국이 약소국을 억압하는 무기로 남용되었어. 그는 정신의 발전이 우리를 자연 숭배에서 벗어나게 했지만 곧바로 인간 숭배로 귀결시켰다는 점에서 진보라고 보기는 어렵다고 주장해. 정신을 통해 인간이 자연에 군림함으로써 돌이킬 수 없는 대규모 자연 파괴를 초래했잖아.

그러면 역사의 진보라는 생각이 착각일 뿐일까? 정말 역사에는 아무런 의미나 방향이 없을까? 역사를 하늘의 도를 실현하는 과정으로 생각했던 사마천의 기대는 한낱 공상일 뿐일까? 하지만 역사에 아무런 의미나 방향이 없다고 결론을 내리면 더 큰 문제가 생긴다는 반론도 만만치 않아. 만약 역사가 진보하는 것이 아니라면 현실 문제를 극복하기 위한 노력이 허망한 시도로 이어질 수 있다는 주장이지. 당장의 실천이 내일의 진보를 약속하지 못한다고 판단할 때, 실천 동기는 상당히 약해질 수밖에 없잖아.

그래서 카는 《역사란 무엇인가》에서 "우리가 상상할 수 있는 어떠한 한계에도 결코 굴복하지 않는 진보의 가능성에 찬성할 것"이라고 해. 역사에서 아무런 의미도 찾지 않고 진보는 끝났다고 가정해 버리면 우리는 그저 현실에 안주할 수밖에 없거든. 진보를 이루려는 실천은 허망한 시도가 될 뿐이지. 만약 미래의 진보에 대한 믿음이 없다면 현실 문제 자체가 스스로의 문제를 해결하도록 기다리는 수밖에 없는데, 그건 불가능한 일이라고 말해. 인간이 정신을 지닌 존재인 이상, 사마천이 그러했듯이 역사의 올바른 방향을 설정하고 이를 향해 현실 문제를 해결해 가는 과정, 즉 역사를 진보 과정으로 만들어 내는 노력이 중요하다는 관점이야.

 ## 《사기》는 지금 우리에게 어떤 의미일까?

사마천이 지적한 문제는 현재 우리 사회에서도 여전히 고민거리야. 예를 들어, 일제 강점기의 친일파는 지금 그들의 후손에 이르기까지 부와 권력을 유지하며 잘 살고 있잖아. 그런데 독립 운동가는 고문과 투옥으로 고생하거나 형장의 이슬로 사라지고, 그 후손의 대부분은 지금도 가난하게 살아가. 해방 후 상황도 마찬가지야. 군사 독재의 중심에 있었던 사람들은 여전히 정치나 경제 등 각각의 영역에서 부와 지위를 유지하고 있지만, 민주화 운동에 온몸을 던졌던 사람과 그들의 가족은 대부분 지금까지 경제적으로 어려운 형편에 놓여 있지.

하지만 역사의 진보에 대한 신념과 노력이 헛된 것만은 아니야. 아주 느리지만 정의가 어둠을 물리쳐 온 역사를 확인할 수 있거든. 정치적으로 보더라고 가깝게는 6월의 민주 항쟁 같이 정의가 승리했던 역사적 사건을 우리는 알고 있어. 그 이후에도 사회 각 분야에서 권위주의가 움츠러들고, 참여와 민주주의가 확대되어 가는 과정을 보아 왔잖아.

더 나은 미래를 만들고자 했던 사마천의 역사의식은 오늘날 우리에게도 여전히 중요해. 진보에 대한 믿음을 되살리고 현실을 개선할 수 있음을 확신하는 순간, 우리는 역사의 어둠을 뚫고 나갈 힘을 얻을 수 있어. 물론 사마천이 꿈꾸었던 인과 효와 같은 유교적 가치가 지금 우리 사회의 진보 방향을 이끌 수는 없겠지. 현재 한국 사회 상황과 조건에 맞도록 새로운 가치와 기준을 세워야 할 거야. 올바른 역사의식과 현실 인식을 가지고 스스로 실천할 수 있는 과제를 찾아 나설 때, 우리는 역사의 평가 앞에 부끄럽지 않을 거야.

5. 《동방견문록》 마르코 폴로

: 서구적 시각으로 역사를 보다

● 동서 교류의 확대

몽골 제국이 유라시아 지역을 거의 통합하여 한동안 커다란 분쟁이 일어나지 않았다. 이를 기반으로 동서 문화의 교류가 활발하게 이루어졌다. 육로와 해로의 개척으로 교역이 확대되자, 각 지역의 문화가 영향을 주고받았다. 더욱이 원은 외국 문화에 개방적이었으므로 다양한 외국 문화가 유입되었다.

초원길은 유라시아 대륙의 초원 지대를 따라 형성된 길로 유목민의 주된 생활 무대였으며, 가장 먼저 개발된 동서 문화 교류의 길이었다. 비단길은 현대 이후 상인들이 왕래하는 교역로로 사용됐다. 바닷길은 기원전 4세기경부터 알려졌는데, 항해 기술과 선박 제조 기술이 발달하면서 그 이용이 점차 늘어났다. 세 개의 교역로는 기술 수준, 세계정세에 따라 시기별로 이용에 차이가 있었다. 그러나 원대에는 육로와 해로가 모두 연결되어 유라시아 대륙을 하나로 묶는 교통 체계가 형성됐다.

원대에는 이슬람교, 크리스트교, 라마교 등이 전래되어 다양한 종교가 공존했다. 이와 함께 이슬람의 역법, 천문학, 대포 제작 기술 등이 중국에 유입되었으며, 중국의 화약, 나침반, 목판 인쇄술 등이 서양에 전해졌다. 많은 외국인들도 원에 드나들었다. 선교사들은 포교 활동을 벌였고, 상인들도 교역을 위해 찾아왔다. 또한 이 시기에 동서양을 왕래한 마르코 폴로는 《동방견문록》을 저술하여 유럽에 중국을 소개했다.

 ## 《동방견문록》은 왜 교과서에 실렸을까?

13~14세기에 동아시아에서 유럽 일부 지역에 걸친 거대한 몽고 제국이 설립되면서 동양과 서양이 다방면에서 연결될 수 있는 통로가 생겨났어. 그전에도 상인들에 의한 교류가 있었지만 상당히 제한적이었지. 마르코 폴로의 《동방견문록》은 서아시아, 중앙아시아, 몽골과 중국 내륙, 인도 등에 이르기까지 꽤 넓은 동양에 대한 정보를 서구인에게 전달하는 역할을 했어. 그러면서 서구인의 동양에 대한 관심 확대에 적지 않은 영향을 끼쳤지. 특히 모든 동양 사회를 원시적이라고 생각하던 서구인에게 동양의 우수한 문명을 소개하는 역할을 했어. 쿠빌라이 칸의 몽고 제국은 중국 역사상 손에 꼽히게 뛰어난 문명을 자랑하는 나라였거든.

이른바 '지리상의 발견'을 자극하는 역할도 했지. 콜럼버스가 《동방견문록》을 가지고 항해를 떠난 것은 결코 우연이 아니었어. 하지만 또 한편으로는 동양 사회와 동양인에 대한 편견을 만들어 내는 데도 크게 일조했어. 동양 사회를 소개하는 과정에서 악의적이라 생각될 정도로 야만적이고 후진적인 모습을 묘사하면서 서구의 우월함과 동양의 열등함이라는 이분법적 사고방식이 퍼지게 됐거든. 우리는 특히 후자의 부정적 측면에 주목해서 이 책을 살펴봐야 해.

마르코 폴로는 누구일까?

마르코 폴로(Marco Polo, 1254년~1324년)는 상인 집안에서 태어났어. 교양을 쌓은 인물이 아니었지만 여행가로서 서구인이 궁금해 할 만한 이야기를 남겼지. 1271년 보석 상인이었던 아버지와 숙부를 따라 동방으로 여행을 떠났어. 책 내용에 따르면 그는 육로를 통해 아시아의 여러 지역을 여행했는데, 중국에 머물면서는 쿠빌라이 칸의 총애를 받아 관직에 오르기도 했어. 중국의 각지를 여행하며 풍속과 세태를 쿠빌라이에게 상세하게 보고했고, 외국의 사신으로 나가기도 했다는 내용이 나와. 마르코는 17년간 원나라에 머문 후, 자바·말레이·스리랑카·말라바르·이란 등을 거쳐 1295년에야 베네치아로 돌아왔어. 그 후 베네치아와 제노바 전쟁에 말려들어 제노바 감옥에 포로로 투옥되었는데, 옥중에서 작가 루스티켈로에게 동양에서 보고 들은 것을 쓰게 함으로써 《동방견문록》이 탄생하게 됐어.

 ## 《동방견문록》에 대해 더 알아볼까?

《동방견문록》에는 동양을 비하하는 내용이 자주 나오는데 이것을 일반적으로 '오리엔탈리즘'이라고 해. 서양을 우월한 사회로 전제하고 동양을 열등한 사회

로 이해하는 시각이 깊숙하게 스며 들어 있지. 오리엔탈리즘에 대해 가장 체계적 연구를 한 지식인으로는 에드워드 사이드(Edward Said)를 꼽을 수 있어. 그는 저서인 《오리엔탈리즘》에서 그 본질을 다음과 같이 밝혀. "동양 대 서양이라고 하는 대립 개념을 기초로 열등과 우월로 구분한다. 또한 동양만이 지니고 있는 어떤 특징을 통해 동양과 서양을 나눈다. 몇 세기에 걸쳐 오랫동안 이러한 구별이 지속되어 왔다."

그의 지적대로 오리엔탈리즘은 다양한 영역에서 서양과 동양을 우월과 열등이라는 이분법으로 나누어 버려. 서양이 합리성과 이성을 상징한다면 동양은 비합리성과 감각으로 규정돼. 동양과 서양에 대해 문명과 야만, 지배와 종속, 질서와 혼돈, 정상과 비정상, 도덕과 비도덕이라는 식의 이분법을 적용해. 서양은 긍정적 가치를, 동양은 부정적이거나 미신적인 가치를 상징하는 것처럼 여겨져.

야만으로서의 동양

《동방견문록》은 꽤 많은 부분에서 오리엔탈리즘 시각으로 동양의 모습을 설명해. 먼저 동양인을 야만적 모습으로 왜곡한 대목을 살펴볼게. "카타이인은 육체적 쾌락만을 생각하고, 양심이나 영혼의 문제는 전혀 신경 쓰지 않는다."라는 지적은 점잖은 왜곡에 속할 정도야. 곳곳에서 동양인을 살인이나 일삼는 난폭한 존재로 소개하지. "티베트 주민들은 나그네를 약탈하고 살해하는 것을 죄로 여기지 않는다." 심지어는 식인 풍습이 많이 퍼져 있다는 황당한 이야기도 해. "일본 사람들은 사람 고기가 어떤 고기보다 맛있다고 생각하기에, 포로를 잡으면 친구와 친척을 초대해 포로의 고기를 먹는다." 수마트라 지방의 다그로얀 사람들은 중병에 걸린 병자를 죽인 후, 그 시체를 요리하여 친척과 함께 뼈까지 죄다 먹어 치운다는 황당한 내용도 있어.

아예 동양인을 동물의 모습으로 묘사하는 부분도 있어. "수마트라 북단의 람브리 왕국에 사는 대부분의 남자는 길이 한 뼘 정도의 꼬리가 있다. 그 꼬리는 개의 꼬리 정도 길이며 털이 없다." 동양인의 포악한 성질을 조롱하는 것도 모자랐는지 외모 자체가 마치 개나 고양이처럼 동물의 모습과 섞여 있다는 설명이야. 어떤 경우에는 꼬리 정도가 아니라 아예 얼굴도 동물의 형상이라고 해. "벵갈만에 있는 어떤 섬에 사는 사람들은 머리와 이빨과 눈이 정말로 개와 비슷하다. 그 중에서도 머리는 특히 진짜 사나운 개와 같다."

황금이나 신기한 이야기 소재로서의 동양

서양이 합리적 사고로서의 이성을 상징한다면, 동양은 황금이나 마법과 같은 신비한 모습으로 그려져. 특히 황금 이야기는 동양에 대한 왜곡된 관심을 불러일으키는 데 큰 역할을 했지. 예를 들어, 일본은 상상할 수 없을 정도로 많은 황금으로 뒤덮인 땅으로 나와. "일본 국왕의 커다란 궁전은 순금으로 이루어져 있다. 궁전 지붕은 모조리 순금으로 이어져 있다. 궁전 안에 있는 수많은 방의 마루도 죄다 손가락 두 개 폭의 두께로 순금이 깔려 있다. 이 밖에도 넓은 객실이라는가 창문은 죄다 황금으로 만들어져 있다."

동화책에나 나올 법한 희한한 이야기도 많아. 상식적으로 있을 수 없는 괴물이나 현상을 마치 실제 존재하는 것처럼 서술했어. 예를 들어, 코끼리는 교미할 때 땅에다 큰 구덩이를 파고 암놈을 구덩이에 똑바로 눕힌 다음에 마치 사람처럼 결합한다는 묘사가 있을 정도야. 상상 속에서나 생각할 수 있는 괴물도 등장해. "만지 지방 강에서는 기괴한 물고기 한 마리가 발견되었다. 100 걸음이 족히 되는 길이이며 온몸이 털로 덮여 있다." 동물뿐 아니라 사람도 신비한 이야기의 대상으로 나와. 인도 북부 지역의 브라만교 수행자들은 무려 200 세까지 산다는 이야기도 해. 이 수행자들이 장수를 누리는 비결을 수은과 유황으로 만든 합성 음료를 매일 마시기 때문이라고 소개하는 대목에서는 정말 마르코 폴로가 동양을 실제로 여행한 게 맞나 하는 생각이 들 정도야.

전통적으로 서양의 여행기에서 동양은 이성보다는 감성과 무절제의 이미지로 다루어졌어. 마르코 폴로 역시 동양인을 성적 욕망에 몰두하는 사람들로 왜곡해. 쿠빌라이의 칸에 대해 설명할 때도 그의 여성 편력을 과장하거든. 칸은 2년에 한 번 관리를 파견해서 500명에 이르는 미녀를 찾아내는데, 6명씩 번갈아가며 칸의 침실에 들게 한다고 소개해. 인도 남쪽의 마아바르 왕은 500명의 아내와 500명의 첩을 거느리는 것도 모자라서, 남의 아내건 처녀건 상관 없이 미인을 한번 보면 참지 못하고 자기 것으로 만들어 버리는 버릇이 있다는 거야. 물론 엄청난 과장과 왜곡이지.

왕만 아니라 일반인도 성적 쾌락에 눈이 멀어서 어떠한 도덕적 자제력도 지니지 못한 한심한 사람들로 묘사하고 있어. "카인두 지방 남자들은 외국인이나 기타 어떠한 종류의 남자가 아내, 딸, 자매를 비롯한 가족 내의 여자들을 간음해도 누구 한 사람 그것을 발칙한 행위라고 힐책하지 않는다." 생전 처음 보는 남자라 하더라도 동양의 여자들은 아무런 스스럼없이 성적인 행위에 몰두한다는 거야. 서양인이 합리적 사고를 기반으로 절제하는 분별력을 지니고 있다면 동양인은 지배 세력이나 일반인 모두 부도덕한 집단으로 매도되고 있어.

오리엔탈리즘의 내면화

《동방견문록》을 비롯해 서구인이 지은 많은 여행기가 열등한 동양을 소개하는 데 많은 지면을 할애하고 있어. 그 결과 동양과 동양인에 대해 심각한 편견을 만들어 냈지. 여행기뿐 아니라 문학과 미술을 비롯한 예술 작품이나 학술적인 저술에서도 마찬가지야. 동양에 대한 편견은 서양에 의한 지배가 당연하다는 인식을 형성함으로써, 수백 년간 지속된 서구 제국의 식민지 지배를 합리화하는 논리로 이용됐어.

그런데 더 심각한 것은 오리엔탈리즘을 동양인 스스로가 자연스러운 것으로 받아들여 내면화한다는 점이야. 무의식적으로 그것이 오리엔탈리즘인지도 모른 채 자연스럽게 받아들인다는 거지. 오리엔탈리즘은 오랜 기간 다양한 통로를 통해 가랑비에 옷 젖듯 조금씩 우리의 사고방식을 지배하는 논리로 자리 잡았어. 이처럼 정신적으로나 심리적으로 깊이 마음속에 자리 잡는 걸 '내면화'한다고 말해.

내면화는 우리의 어린 시절부터 시작됐어. 보통 초등학생 때까지는 만화 영화가 인간과 세상에 대한 관점을 형성하는 데 큰 영향을 미치잖아. 그런데 대부분의 만화 영화에서는 색을 통한 편견이 노골적으로 드러나. 좋은 편은 흰색, 나쁜 편은 검은색이나 어두운 색으로 묘사되곤 하지. 흰색은 당연히 백인, 검은색이나 어두운 색은 유색 인종을 상징해. 극장이나 TV에서 수시로 접

하는 영화도 마찬가지야. 헐리웃 영화에서 아프리카는 어떻게 다루어질까? 〈타
잔〉에서 흑인은 거의 오랑우탄 수준으로 나와. 그런데 밀림을 지키는 역할은 백
인인 타잔이 해. 중동은 테러의 땅으로만 다루어지지. 지난 10여 년간 헐리웃 액
션 영화는 주로 아랍의 테러 집단이 주도하는 무자비한 공격을 소재로 하고 있
잖아. 아시아는 주로 쿵후나 사무라이와 같은 무술의 세계로 다루어지지. 정상
적이고 합리적인 주제와는 거리가 멀지.

　　　　　사회를 지탱하는 제도 역시 오리엔탈리즘을 동양인 스스로 내
면화하게 만드는 주요한 수단이야. 우리는 수많은 제도의 틀 속에서 살아가기
때문이지. 한순간도 제도에서 벗어난 삶을 살기 어려울 정도로 촘촘하게 일상의
삶을 규정하지. 그렇기 때문에 제도는 다른 무엇보다 우리 의식을 형성하는 데
중요한 영향을 미쳐. 가족 제도에서 시작해서 교육 제도, 기업 제도, 정당 제도,
사법 제도 등 다양한 제도의 그물 속에서 우리는 사회를 움직이는 원리와 규범
을 익히고 그것을 내면화 해. 그런데 일생을 사는 동안 겪게 되는 그 많은 제도
는 대부분 서구에서 만들어진 사고방식과 행위 규범을 기반으로 한 것이야. 반
대로 동양의 전통적 가치와 규범 위에 만들어진 기존의 사회 운영 원리와 제도
는 모두 없애야 할 대상으로 인식되곤 했지.

　　　　　오랜 기간 문학, 영화, 학문, 제도 등 다양한 통로로 스며든 오리
엔탈리즘은 자연스러운 상식이 되어 버렸어. 스스로 거리낌 없이 동양을 무시하
고 서구 문화를 우월한 것으로 여겨. 문제는 자기가 무엇을 하고 있는지도 모른
채 마치 당연히 그래야 하는 것처럼 여긴다는 점이야. 그러니까 《동방견문록》은
물론이고 동양을 소개하는 다양한 책과 영화를 접할 때에는 단순히 지식을 암기

하는 방식에서 벗어날 필요가 있어. 오리엔탈리즘에 대한 비판적 시각을 가지고 내용을 꼼꼼하게 재검토하는 노력이 필요해.

 ## 《동방견문록》은 지금 우리에게 어떤 의미일까?

오리엔탈리즘의 내면화는 우리 사회에서 적지 않은 문제를 만들어 내고 있어서 사회 문제로 인식하고 대응하는 것이 중요해. 예를 들어, 외국인 노동자에 대한 노골적인 차별도 오리엔탈리즘을 내면화한 사고방식의 단면이라 할 수 있거든. 외국인 노동자를 차별하는 건 동양에 대한 멸시가 아니라 단일 민족이라는 우리나라의 고유한 문화적 특성 때문이라고 주장할 친구들이 있을지 모르겠어. 동양인이 아니라 외국인 모두에 대한 배타성이기 때문에 오리엔탈리즘과는 무관하다는 항변이지. 과연 그럴까? 정말 한국인들은 외국인 모두에 대해 차별적인 태도를 지닐까? 현실에서는 동남아시아 사람은 무시하고 차별하면서 미국인이나 유럽인에게는 극도로 공손한 태도를 취하고 있지 않아?

　　　　서구인이나 서구적 문화와 생활은 세련된 것이고, 동양인이나 동양에 속하는 요소는 유치하거나 시대에 뒤떨어진 것으로 여기는 생각이 우리를 지배하고 있어. 우리 스스로 서구인이나 서구 문화의 관점에서 동양을 바라보는 경향이 강해. 그래서 국내에 거주하는 동남아 출신의 외국 노동자나 이주민에 대한 차별적인 태도가 나타나는 거지. 우리에게 가장 시급한 것은 먼저 우리 안의 오리엔탈리즘을 찾아내는 일이 아닐까 싶어. 차라리 서구인에 의해 노

골적으로 나타나는 오리엔탈리즘은 조금만 주의를 기울이면 어렵지 않게 찾아
내고 비판할 수 있어. 하지만 우리 안의 오리엔탈리즘은 좀처럼 깨닫기도 힘들
고, 자연스럽게 오랜 기간에 거쳐 유전되었다는 점에서 훨씬 더 심각한 문제라는
걸 기억했으면 해.

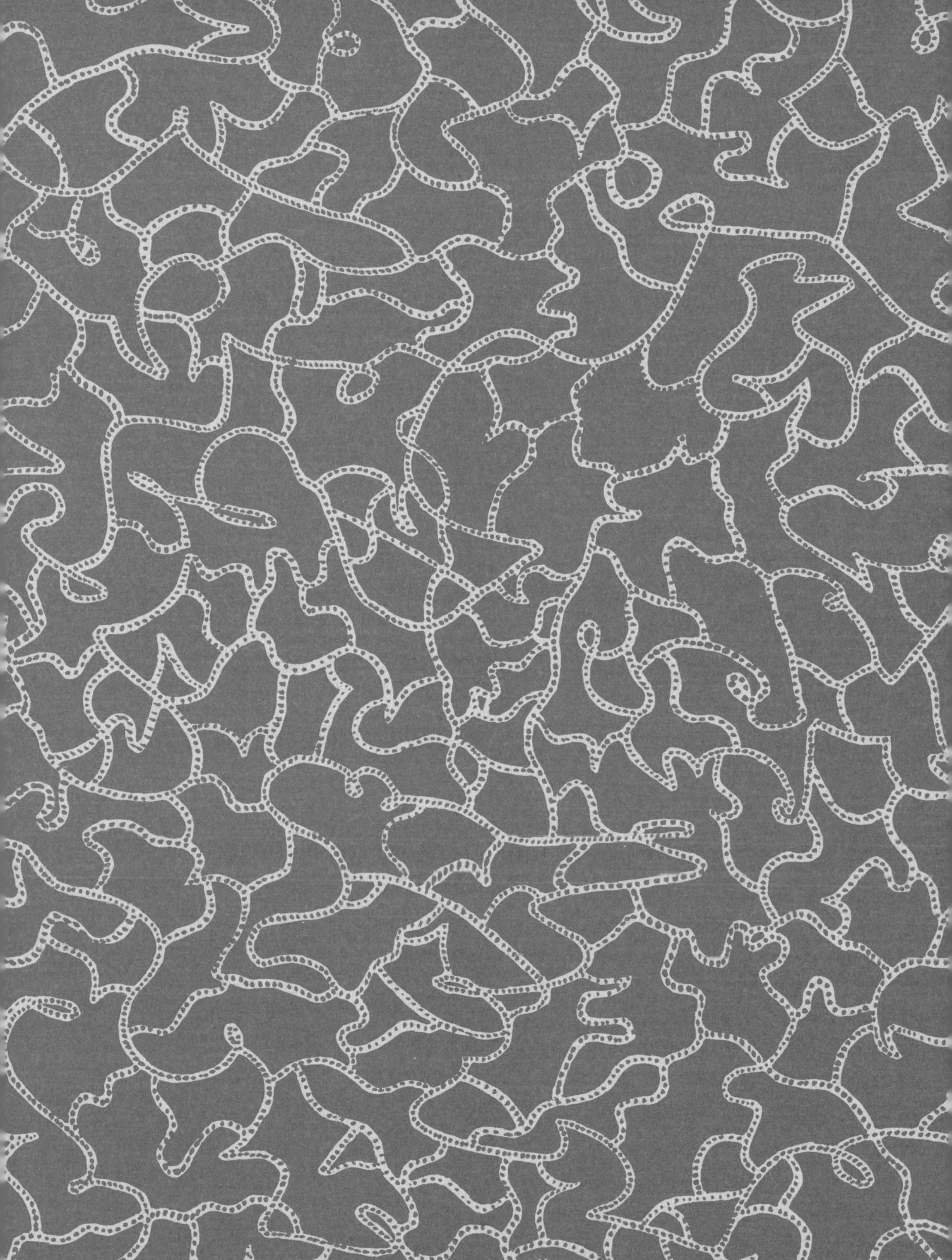

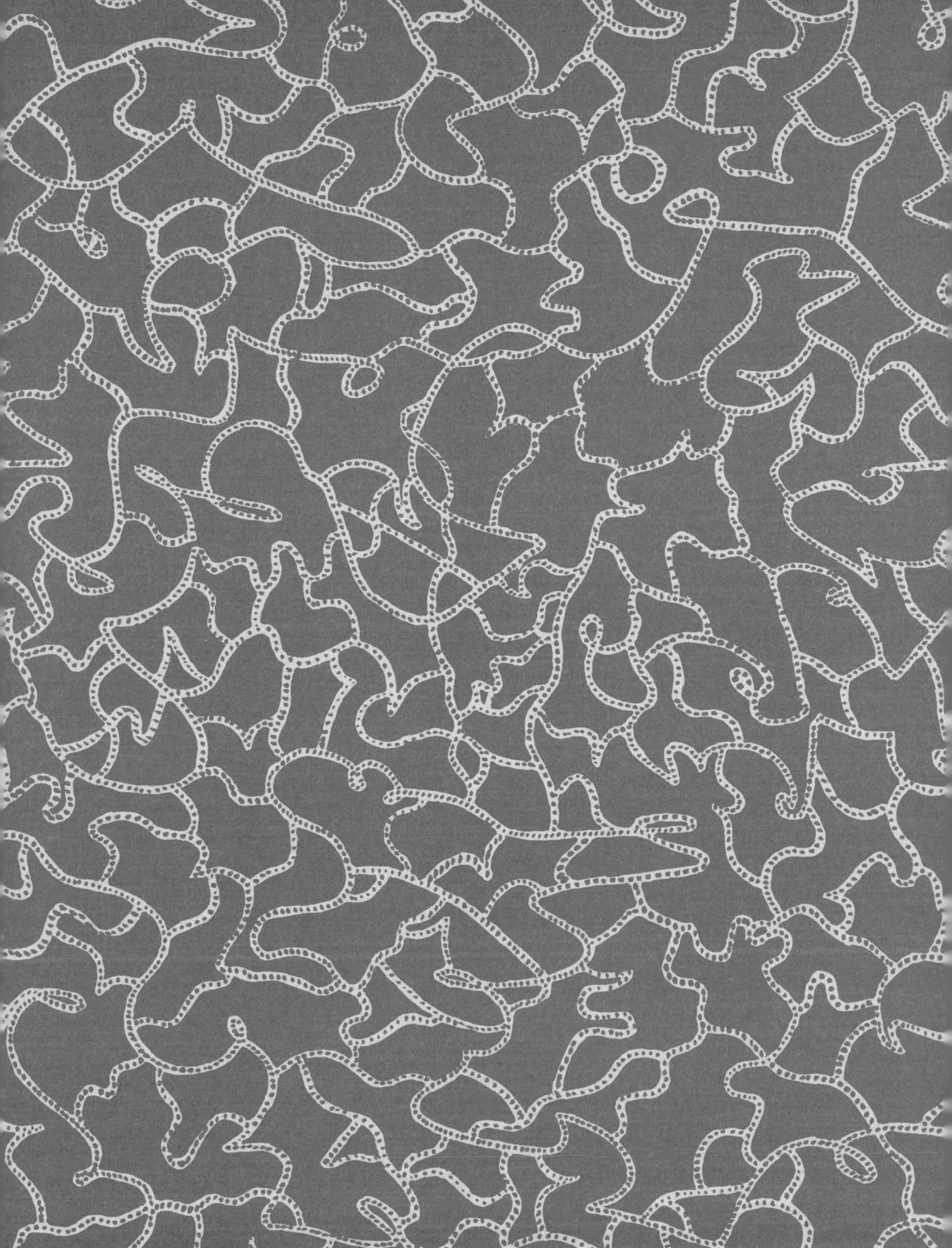